어우동, 사랑으로 죽다

김별아 장편소설

어우동,
사랑으로
죽다

해냄

• 차례 •

꽃을 이다

초여름 냄새가 났다. 비리고 서늘한, 사내 냄새였다. 돌연 살아 있음이 낯설었다. 여름비 내리는 한낮 몽유의 병에 걸려 질척대는 고샅길을 헤매다 조리친 듯하였다. 졸음은 어이하여 작달비처럼 쏟아졌나. 젖어 붙은 발끝이 시리지도 않았나. 꿈속에서 꾸었던 악몽에 울컥 서러워졌다.

"떨고 있나? 그런 겐가?"

사내가 옷고름을 만지작거렸다. 불현듯 등짝에 마른땀이 돋았다. 왼고개를 젓는 그녀의 턱 끝을 사내가 슬며시 잡아당겼다.

"부끄러워 그러는 게냐? 무엇이 부끄러운가?"

계집을 다룰 줄 아는 사내였다. 빙긋한 미소와 무심한 손끝 장난이 예사롭지 않았다. 수컷다운 성질을 자신하며 자랑하는 티가 역력했다. 체격이 다부지고 자세가 늠름한 호남이였다. 게다가 차고앉은 벼슬자리가 사헌부의 아전이랬다. 직위 고하를 가리지 않고 비행 사실이 발견되면 거침없이 수사하고 탄핵하는 사헌부는 양반과 관리는 물론 임금까지도 두려워하는 관아였다. 그리고 식초병보다 식초 마개가 더 시기 마련, 어쩌면 서른 명의 서슬 퍼런 관원들보다 그 수하에서 명령을 집행하는 아전들의 위세가 세속에선 더욱 짱짱하였다.

―이자가 내가 사족(士族)의 딸이요 종친(宗親)의 처였다는 걸 알면 어떻게 나올까?

별안간 헛웃음이 새어나올 듯하여 그녀는 입술을 감쳐물었다. 중인의 손으로 양반님네를 오라지우며 느꼈던 통쾌감이 욕정을 가열할까? 허세와 만용으로 부풀어 오른 물건이 어마 뜨거라, 시르죽을까?

"그래, 본서방이 기생첩에 미쳐 소박을 놓았다니 마음이 어지간도 하겠다. 색을 쓰는 일로 밥벌이하는 천것에게 서방을 뺏겼으니 안방 찬 이불 위에서 몸도 얼어붙었겠지. 나도 사내지만 사내놈들은 관 뚜껑을 닫을 때까지 저희의 빙충맞음을 깨닫지 못한다. 꽃 중의 꽃은 아무나 꺾을 수 있는 노류장화가 아니라 난실에서 고이 자라 숨어 핀 꽃인 것을!"

제 흥에 겨운 사내가 그녀의 침묵을 곡조 삼아 깨춤을 췄
다. 경망스럽고 천박한 잡말이었으나 뜻밖에 뭉근한 위로가
되었다. 부끄러워할 일은 없었다. 세상의 모든 처음이 그러하
듯, 다만 조금 두려울 뿐이었다. 그녀의 마음을 말랑하게 녹인
사내는 더 이상 머뭇대지 않고 얼어붙은 몸을 녹이는 일에 착
수했다.

어느새 옷고름이 풀렸다. 저고리 아래 얄따란 속적삼이 비
명을 삼키며 버석거렸다. 사내의 손끝은 뜨거웠다. 달아오른
쇠꼬챙이 같은 욕망이 속적삼을 헤집고 치마끈을 쉐뜯었다.
달고 물 많은 배처럼 뽀얀 어깨가 수줍은 속살을 드러냈다. 한
입 베어 물면 입가로 주르륵 단물이 흐르는 수밀도 같은 앙가
슴이 툭 튀어나왔다.

"내 이럴 줄 알았네. 어쩐지 몸태며 맨드리가 예사롭지 않
더니만! 개천 치다 금을 줍는다더니, 가련한 생과부에게 부조
를 하려다가 횡재수가 뻗쳤네!"

얼굴이 벌게진 사내가 말까지 더듬었다. 그녀는 좀 어리둥절
하였다. 사내가 흥분하는 까닭을 제대로 이해할 수 없었다. 사
내를 이해하기 전에 스스로를 이해하지 못했기 때문이었다. 아
무러한 겉치레와 간살질 없이도 그녀 자체가 커다란 유혹임을.

사내는 속살을 섬벅섬벅 베어 먹을 기세로 덤볐다. 꽃인 양 입술을 빨고 꿀인 양 침을 삼켰다. 꽃이 뜨거워졌다. 꿀이 들 솟았다. 다디단 열기가 좁은 방 안을 가득 메웠다. 얼음장 같 았던 한때의 이부자리를 생각했다. 냉가슴을 앓으며 속바람 에 떨던 어둡고 깊은 한밤을 떠올렸다. 욕망 때문에 고통스러 웠던 게 아니었다. 그 엄연한 부재(不在), 버림받고 외면당하는 모욕 때문에 괴로웠다. 다시는 그곳으로 돌아갈 수 없으리라. 돌아가지 않으리라. 그녀는 두려움과 희열로 뒤엉킨 팔다리를 더욱 바싹 옥여 조였다.

아버지는 세종대왕 연간에 치러진 식년시 동진사에 급제하 여 경관직과 외직의 벼슬자리를 두루 거친 고관대작이었다. 어머니는 부유한 세족(世族) 출신의 귀부인이었다. 오라버니는 친가의 문풍(文風)과 외가의 실제가적 기질을 아울러 물림한 귀공자였다. 남들은 그들을 고관대작이요, 귀부인이요, 귀공자 라고 불렀다. 겉눈으로 보는 남의 떡은 언제나 푸지고 쫀득쭌 득하기 마련이었다.

하지만 떡시루 안의 사정은 좀 달랐다. 아비는 병신이요, 어 미는 화냥년이요, 오라비는 미친놈이랬다. 그들은 서로를 그렇 게 불렀다. 푹푹 찌고 부글부글 끓어넘쳐 찰떡도 개떡으로 만들어버릴 지경이었다. 거리를 행차하는 그들의 모습은 참으로 위엄차고 우아스러웠다. 전후좌우 구종을 늘어세우고 예라께라 물렀어라 호령호령할 때에 높은 수레와 가마 안에는 옥골과 선인이 들어앉은 듯하였다. 하지만 대문간을 지나 울 안에 들어서는 순간부터 옥골은 개차반이 되고 선인은 개밥그릇이 되었다.

그녀가 예닐곱 살쯤 되었을 때였다. 선대에서 물려받은 낡은 집을 부수고 새 집을 짓는 공사가 한창이었다. 영남에서 난 춘양목으로 들보를 얹었다. 웅천에서 캔 오석(烏石)이 댓돌로 깔렸다. 최고급 자재를 써서 공들여 지은 으리으리한 대궐집이 완성되어 갔다. 그런데 공사가 막바지에 이르러 기와로 지붕을 이는 작업까지 끝났을 때, 결국 사달이 났다.

"무어라고요? 지금 창문을 동북방으로 뚫자고 했소?"

어미의 새청이 쨍하니 터져 나왔다.

"집을 새로 지으면서 동북방에 창을 내는 경우가 어디 있단 말이오? 동북은 음양가들이 한결같이 꺼리는 방위인데, 내가 사람이 아니라 귀신이란 말이오?"

아비가 뚫자는 창문이 어미에게는 귀신이 드나드는 귀문(鬼門)으로 보였다. 어미는 미신을 떠받들고 살았다. 가진 것이 많은 사람은 그것을 잃을까 봐 항시 불안하고, 사기꾼들은 불안의 냄새를 맡는 데 탁월한 개코를 지니고 있다. 어미 곁에는 항시 도사니 신녀니 하는 수상한 인사들이 들끓었다. 시시때때로 별의별 일에 개입해 뭘 하면 안 되고 뭘 해야만 한다며 끊임없이 쏘삭였다.

하지만 어미의 간벽에 대응하는 아비도 미련하기가 곰이 설거지하는 격이었다.

"남쪽은 한길이요 동쪽은 옆집과 담 하나 사이니 어쩔 도리가 없지 않나?"

"도둑놈이 아니고서야 누가 남의 집만 들여다보고 앉았다고?"

"번잡스럽고 시끄러운 일은 애당초 얽히지 않는 게 상책이지."

"말 나온 김에 다 해보오. 그럼 서창은 뭐가 어째서 안 되는데?"

어미가 슬슬 골이 틀리는 얼굴로 아비 곁에 바싹 다가섰다.

"서창은 여름에 바람이 없고 겨울에 찬바람이 드니 사람은 앓고 화초는 시들지."

"동북으로 창을 내면 일 년 열두 달 거의 햇볕이 들지 않으니 어둡고 추운 계절은 어찌 견디고?"

"먼지나 삭풍이나 셈해 보면 비등비등하지."

'집사람이 말하면 마이동풍, 다른 사람 말은 부처님 말씀'이라는 옛말은 아비를 점찍어 만들어진 듯하였다. 말인지 망아진지 못 알아먹는 아비와 걸핏하면 앙분해 바늘을 몽둥이로만드는 어미는 끔찍하게 잘 어울리는 한 쌍이었다. 창문을 내는 방향을 두고 티격태격 이어지던 실랑이질은 끝내 어미가울화통을 터뜨리면서 끝났다.

"야, 이 애꾸눈 놈아! 눈깔이 한 개밖에 없는 네놈이 일이라는 걸 알긴 아느냐?"

어미가 옆에 세워졌던 장대를 움켜잡았다. 우아한 귀부인의두 눈에 사나운 광기가 서렸다.

"안팎이 이따위로 마음이 맞지 않으니 고대광실을 지어서무엇하랴!"

어미는 끝내 분을 이기지 못하고 처마 기와를 와장창 때려부수기 시작했다. 당실과 사방의 벽까지 모조리 가루를 내니,풀풀 날리는 먼지로 뒤덮인 그곳은 대궐집이 아니라 솜틀집같았다.

어미는 아비를 병신이라 불렀다. 하지만 아비의 병신성스러움이 단지 그가 어린 날 안질을 앓아 한쪽 시력을 잃고 묘목(眇目, 애꾸눈)이 되었다는 사실 때문만은 아니었다.

아비는 어미를 사랑하였다. 그것도 지극히 지독하게. 그의 성한 눈 하나는 언제나 어미의 미모와 몸맵시를 어루더듬으며 황홀하게 빛나고 있었다. 구나방 같은 어미의 포악질에 수긋이 견디며 남편 구실보다 종노릇을 했던 것도 어쨌거나 사랑 때문이었다. 하지만 사랑이라면 그저 사랑이어야 했다. 그의 다른 한쪽 애꾸눈은 암흑보다 더 깊은 의심의 굴길을 파고 있었다. 너무 사랑하는 아비의 뜬눈에 어미는 쫄딱보에게 과분한 천하일색이었다. 끔찍이 사랑하는 아비의 먼눈에 어미는 아무 데서나 색을 쓰고 누구에게라도 치마를 걷을 수 있는 화냥년이었다.

병신 아비와 화냥년 어미를 둔 자식은 제정신으로 살 수 없었다. 오라비는 아비의 글재주보다 의심을 더 많이 물림하였다. 어미의 다부진 속타산보다는 망령된 고집을 이어받았다. 부모에 대한 혐오가 막상막하, 난형난제, 백중지간이긴 했으나 오라비는 걸핏하면 뻣성을 내는 어미보다는 찍소리 못하는 아비에게 부지불식간에 마음이 기울었나 보다. 어려서부터 오라비는 서당 친구보다 아이종들과 어울리기를 즐겨 하여 말과 행동이 본데없고 거칠었다. 하지만 아무리 되는대로 주워

* 하인들이 거처하는 방

섬긴 어린애의 말이라 해도 오라비가 주위에 퍼뜨린 소문은 집안을 발칵 뒤집기에 충분했다.

"참 희한스러운 일도 있다. 어머니가 잠잘 때 안방 문을 열어보니, 이불 아래 삐져나온 발이 네 개가 아니더냐?"

그 말을 들은 아이종이 동자아치와 물아범에게 얘기하고, 동자아치와 물아범이 행랑어멈과 행랑아범에게 얘기하고, 계집종과 사내종이 장거리에서 옮기고 배방(陪房)*에서 퍼뜨려, 삽시간에 온 동네에 어미가 서방질을 했다는 소문이 짝짜그르하였다. 어쨌거나 밖에서는 기품 있는 귀부인 대접을 받던 어미의 눈이 회까닥 뒤집혔다.

"이 미친놈아! 네가 뭘 보았다고? 밤마다 이불에 싸개질을 하는 것만으로도 모자라 이젠 몽중방황까지 한단 말이냐? 애비가 눈깔 병신이니 아들놈까지 헛것을 보고 다니는구나!"

어미는 길길이 날뛰며 오라비를 두들겨 패고 궤짝 속에 가두었다.

"어머니, 잘못했어요! 제가 눈이 삐어 허깨비를 보았나 봐요! 용서해 주세요! 제발 여기서 나가게 해주세요!"

오라비는 악을 쓰며 울어댔다. 하지만 얼음덩이처럼 차가운 마음보를 지닌 어미는 오라비를 밤이면 밤마다 궤짝 속으로 밀어 넣었다. 사나흘을 쉰 목소리로 울어대고 네다섯 날을 손톱으로 궤를 긁어대던 오라비는 결국 단념하고 잠잠해졌다. 종내는 밤이 이슥해지면 궤 속으로 스스로 기어들어가 팔다리를 오그리고 잠이 들기에 이르렀다. 이때부터 어미는 미운털이 단단히 박힌 아들을 종놈의 자식처럼 대했다. 웃가지며 먹을거리가 하인들과 다름없으니 도리어 그들이 민망해하며 동정하였다.

어미가 정말 샛서방을 끌어들였는지는 알 수 없었다. 오라비가 보았다는 희한스러운 것이 다리였는지 이불귀였는지, 네 개였는지 두 개였는지도 알 수 없었다. 하지만 더욱 희한한 일은 늘 어미의 행실을 의심하던 아비가 오라비가 벌인 소동에 일언반구가 없었던 것이다. 아비는 어미에게 따지고 묻지 않았다. 그렇다고 궤짝 속에 갇힌 오라비를 꺼내주지도 않았다. 다만 단단하게 입을 닫았다. 아무 말도 하지 않고 누구의 편도 들지 않았다. 집안에 벌어진 난리판에 대처하는 그의 방식은 가장으로서의 그것도 아니고 남편이나 아버지로서의 그것도 아니었다. 턱없이 단순하고 철저히 무책임한 어린아이의 방식이었다. 모르는 체 무시하며, 있는 그대로 내버려두기.

* 성교에 의하여 처녀막이 터짐

사헌부 아전 오종년은 그녀의 첫 남자나 다름없었다. 남편이 있었고 아이까지 낳았음에도 그러하였다. 비로소 자기 몸의 주인이 되어 몸으로 부딪힌 첫 번째 사내였기 때문이었다.

 빳빳이 성을 낸 그의 뿌리가 그녀의 비경(秘境)을 파고들 때, 그녀는 파과(破瓜)*의 그것과 같은 고통에 얼굴을 찡그렸다. 어정쩡히 벌린 다리가 긴장으로 뻣뻣했다. 오종년이 힘을 내어 거듭거듭 도내기샘을 팠지만 좀처럼 옥수(玉水)는 흐르지 않았다.

 "내가 빳빳해진다고 자네까지 뻣뻣해지면 어쩌나? 사내의 빳빳함은 자랑이지만 계집의 뻣뻣함은 흉허물이라!"

 오종년이 음탕한 말을 뜨거운 숨과 함께 귓속에 밀어 넣었다.

 "왜 문이 열리지 않는지 나도 모르겠소. 아프기도 하고 슬프기도 하고 설레기도 하고 두렵기도 하니, 몸만큼이나 내 마음도 모르겠소."

 그녀가 떨리는 목소리로 대꾸하자 사내는 호기롭게 껄껄 웃었다.

 "꼭 사내 맛을 처음 보는 것처럼 말하는구먼. 헌계집이 숫처녀인 양 발발 떨다니!"

 그런지도 모르겠다. 화촉을 밝히고 새신랑이라는 이와 원앙금침에 눕던 날이 기억 속에 있고도 없다. 그때 그녀는 지금처럼 아팠지만 지금보다 더 큰 두려움에 떨었다. 지금처럼 긴장했지만 지금보다 훨씬 겁에 질려 온몸에 마비가 올 정도였다. 몇 번인가 우기고 버티며 실랑이를 하다가 결국엔 부풀었던 물건이 풀이 죽어버렸다. 새신랑은 혀를 차며 짜증을 냈다. 새신부인 그녀는 부끄럽고 미안했지만 한편으로 마음이 놓였다. 그 이상스러운 안도감은 이튿날 실질적인 초야를 치를 때 정체를 드러냈다. 임석(袵席)*에 새겨져야 마땅할 붉은 점이 온데간데없었다. 그동안 무수히 꾸었던 악몽의 현현이었다. 새신랑은 굳게 입을 다물었다. 그 침묵이 그녀의 공포를 강하게 부추겼다. 남자라곤 전혀 모르는 채로, 어쩌면 정말 처녀가 아닐지도 모른다…….

— 쉿! 조용히 해!

관에서 벌떡 일어난 송장처럼 궤짝을 빠져나온 오라비가 그녀의 고사리손을 잡아끌었다.

— 아무한테도 말하지 마! 쓸데없이 입을 놀리면 죽여버릴 줄 알아!

축축한 손, 뜨거운 숨결, 느끼하고 역겨운 입내. 그녀는 자신

* 부부가 동침하는 잠자리
** 여자의 팔에 꾀꼬리의 피로 문신한 자국. 성교를 하면 이것이 없어진다고 하여 처녀의 징표로 여김

에게 무슨 일이 벌어지는지 모르는 채 어리벙벙했다. 얼마나 흉하고 괴상한 일인지도 당연히 몰랐다. 더러운 몰골에 흐릿한 눈을 한 오라비는 똥 마려운 강아지처럼 낑낑대며 손장난에 몰두했고, 그녀는 다만 무섭고 지겨웠다.

무언지 정확히는 알 수 없지만 무슨 일인가 벌어졌다고 말해야 했다. 하지만 누구에게도 말할 수 없었다. 어미와 아비는 한시도 목소리를 낮출 줄 몰랐다. 제 목청을 돋우느라 남의 말을 듣지 못했다. 기억이 생겨난 때로부터 항시 그러했기에, 그녀는 다른 집들도 모두 가족끼리 이야기할 때 핏대를 세워 고래고래 악을 쓰는 줄로만 알았다. 그 악다구니 속에 깊은 침묵이, 음습한 비밀이 곰팡이처럼 피어났다.

"괜찮다, 괜찮아. 주린 까마귀 수박 쪼듯 밀어붙이진 않을 테니 걱정 마라. 오늘 뜻밖의 횡재수가 뻗쳐 공짜로 화초머리를 얹는구나!"

오종년은 흡족한 듯 너털웃음을 치며 능숙하게 그녀를 애무하였다. 정로(精露)가 새어나와 옥지가 흥건히 젖을 때까지 혀끝과 손끝을 바지런히 놀렸다. 몸의 마디마디를 꼬집고 비틀며 통점과 압점을 자극했다. 피가 조금씩 더워졌다. 숨결이 점차 거칠어졌다. 문득 바라본 손목의 붉은 기운이 앵혈(鶯血)** 같았다. 선명하고 새뜻했다. 마음이 문제라면 마음을 버리리

라. 가벼운 코웃음과 함께 그녀가 온몸을 활짝 열었다. 그녀는 처음부터 처녀가 아니었다. 그럼에도 언제고 처음처럼 새로웠다.

반짝임에 홀리다

반짝이는, 세상의 모든 것이 유혹이다.

사내의 목덜미가 하얗게 빛났다. 뽀얀 살결이 함함한 덜미였다. 마디가 길고 끝이 가는 손가락이 은덩이를 주무를 때마다 손끝에서 꽃이 피었다. 은빛 꽃부리가 빵긋 열렸다.

나이는 젊으나 재주 있는 은장(銀匠)이었다. 쇠로 된 모형 틀에 은판을 대고 망치로 두들겨 성형하는 솜씨가 까막눈에도 예사롭지 않았다. 숫제 요술을 부리는 듯했다. 순식간에 밋밋하던 은판이 주전자가 되었다. 대접과 술잔이 뚝딱뚝딱 지어졌다.

"그것 참 신기하기도 하다! 지금 하고 있는 일을 뭐라 부르느냐?"

그 곁에 쪼그려 앉으며 말을 붙였다.

"베알레질."

"베알레질? 왜 그런 이름이 붙었지?"

"이 쇠틀 이름이 베알레니까."

가까이서 살피니 생각보다 더 앳되어 보였다. 말투는 뚝뚝했지만 목소리가 여렸다. 그때까지도 사내는 눈길 한 번 돌리지 않고 배알 세게 베알레질에만 열심이었다. 코가 오뚝하고 옆얼굴의 선이 갸름하니 고왔다. 소년에서 청년이 되어가는 아름다운 시절이었다. 투드럭투드럭 망치질 소리가 그녀의 가슴에서 울렸다.

"네 이름이 무어냐?"

"……?"

"나이는 몇이나 먹었냐?"

"그걸 왜 묻느냐?"

그제야 사내가 일손을 문득 멈추고 그녀를 돌아보았다.

"그냥, 궁금하니까!"

그녀는 산망스러운 계집애처럼 까르르 웃음을 터뜨렸다.

"뭐가 그리 우습냐? 낮도깨비에라도 홀렸느냐?"

사내의 낯빛이 붉게 달아올랐다. 맹랑한 계집종이 자기를 놀린다고 생각했던 모양이다.

"어마 무서워라! 밤에 난 귀신은 경으로 떼고 낮에 난 도깨비는 방망이로 뗀다는데, 네가 좀 도와주련?"

아직 상투를 틀지 않고 머리꼬리를 늘인 걸 보니 총각이 분명했다. 그래서 방망이 운운하는 말에 달아오른 얼굴이 아예 불화로가 되었다. 마음먹고 육담(肉談)을 던지려던 건 아니었는데 어쩌다 보니 분위기가 야릇해졌다. 그녀 역시 조금 당황했지만 당황해하는 사내의 모습이 재미나 웃음을 참을 수 없었다.

"나는 도깨비 쫓는 방망이를 말했는데 너는 무슨 방망이를 생각했느냐? 이리 보니 안방샌님같이 해사한 얼굴을 하고 마음엔 능구렁이가 똬리를 틀고 있구나!"

"에이, 요망한 계집애! 더 이상 말 섞기 싫다. 나는 빨리 이 은기들을 완성해야 하니 방해하지 마라. 너도 안방마님 눈에 띄어 경을 치기 전에 얼른 가서 네 할 일을 해라."

말은 그리 내뱉지만 화난 기색은 아니었다. 천생이 순한 게 아니라면 사내도 그녀를 밉게 보지 않은 듯했다.

"우리 마님은 야박한 분이 아니시라 괜찮다. 나는 마님이랑 동갑내기로 어려서부터 함께 자랐는데 상전 노릇을 하며 구박하거나 홀대하신 적은 한 번도 없다."

그녀의 말에 사내가 처음으로 미소 지었다.

"그것 참 다행한 일이로구나. 하긴 위풍스러운 종친의 댁에 아무나 들어올 수 있나? 그렇게 좋은 분이라면 부귀와 지복(至福)을 누리셔야 마땅하지!"

고운 입에서 나오는 고운 말이 음악처럼 듣기 좋았다. 하지만 그녀의 입은 고운 대답을 할 수 없어 씰긋쌜긋하였다.

"부귀는 눈에 보이지만 지복이야 애당초 보이지 않는 것이 아니더냐? 그러니 남의 행복과 불행을 어느 누가 장담할 수 있으랴!"

스스로 행복할 수 없는 사람들이 무언가를 선택하고 판단하는 기준은 타인의 시선이다. 남들이 우러를 만큼, 부러워 시새워할 만큼 가지고 누려야 마땅하다.

미친놈이라 불리며 종놈처럼 취급받고 자란 오라비는 사족(士族)의 딸과 혼인했다. 속사정을 모르는 남들의 눈에야 귀공자와 귀공녀의 향기롭고 아름다운 인연이었다. 독사는 허물을 벗어도 독사이니 언젠가 미친놈의 본색이 드러나 귀공녀를 미친년으로 만들지는 몰라도, 어쨌거나 당장은 그 성대한 예식과 호화로운 혼수가 장안 말꾸러기들의 화제가 되었다.

그녀도 빨리 혼인하고 싶었다. 혼인과 그 후의 생활에는 눈곱만큼의 기대가 없었음에도 그러했다. 혼인에 대한 일말의 헛꿈마저 가심질해 준 어미와 아비, 그들의 불행과 얼크러져 뒹구는 송곳방석 같은 대궐집에서 하루바삐 도망치기 위해서였다.

"영천군 댁에서 혼담이 들어왔다."

아비의 입에서 그 말이 나오는 순간 그녀는 내심으로 쾌재를 불렀다. 드디어 기다리던 때가 왔다!

"영천군이라면 태종대왕의 차남이시요, 세종대왕의 중형이시요, 세조대왕의 백부이신 효령대군의 자제가 아닌가? 그럼 종실에서 우리 딸을 며느리로 맞겠다는 겐가?"

어미가 반색을 하며 버썩 다가앉았다. 현왕이 즉위하기까지 채 일백 년에 미치지 못한 조선의 역사에서 직계 왕족이라 할만한 이들은 그리 많지 않았다. 따라서 종실의 위세가 대단스러울 수밖에 없었다. 여염집에서야 적자와 서자를 엄밀히 가리지만 왕가의 셈법은 달랐다. 비록 그 어미가 소실이거나 하다못해 미천한 관비라 할지라도 일단 왕실의 혈통으로 인정받으면 종친부의 작첩을 얻어 사족으로 행세할 수 있었다. 그것이 법 너머에 있는 그들만의 법이었다.

"영천군의 별자(別子, 서자)로 올해 열여섯 살이 되었다 한다. 종실이 단자를 보내면 아무리 내로라하는 사대부가도 혼인을 거절할 도리가 없지만, 들리는 말로 낭재는 집안의 내력으로 헌걸스러운 장부라 하더군."

아비의 뜨인 눈엔 신중한 부성(父性)이, 감긴 눈 속엔 속된 욕망이 바글대고 있었다. 하지만 아비의 본바탕은 오갈 데 없는 애꾸였다. 신랑감의 헌칠한 풍채와 당당한 의기가 난봉과 패악의 실마리가 될 수 있음을 번히 알면서도 한 눈을 질끈 감아버린 것이었다.

"혹시 정사품 수(守)를 제수받았다는 그이 말인가? 그가 맞다면 나라에서 토지와 녹봉을 지급받을 테니 평생 구복(口腹)을 채우기엔 충분하겠네. 영천군은 풍류객으로 유명하지만 명색이 왕실 종친이니 물려받을 유산도 쏠쏠할 테고."

어미는 더하고 빼고 나누고 곱하기에 바빠 그처럼 좋아하던 미신도 깜박 잊었다. 혼담이 들어온 신랑감은 그녀보다 한 살 아래였다. 공교롭게도 두 사람이 모두 사람의 운명을 관장하는 아홉 개의 별 중 일곱 번째인 계도직성(計都直星) 자리에 놓여 있었다. 계도직성은 흉한 별로 아홉 해에 한 번씩 돌아오는데, 남자는 열여섯 살에 여자는 열일곱 살에 처음 든다고 했다.

* 반은 승려이고 반은 속인인 사람

불길한 예감이 없지는 않았으나 저항할 수도 없고 저항할 생각도 없었다. 그녀는 어떻게든 가족이라는 굴레에서 벗어나야 했다. 오랜만에 아비와 어미가 악청을 지르지 않는 모습이 낯설었다. 한뜻으로 고개를 주억거리고 셈을 맞추는 모양이 신기했다. 혼사는 일사천리로 진행되었다. 바야흐로 탈출의 적기가 다가오고 있었다. 그렇다고 믿었다. 지옥 바깥에도 지옥이 있을 수 있다는 사실을 까맣게 몰랐기 때문이었다.

세종대왕의 둘째 형인 효령대군은 열두 살에 해주 정씨와 혼인해 아들 여섯과 딸 둘을 두었고 첩실에게서 아들 하나와 딸 하나를 얻었다. 범부(凡夫)에게는 적지 않으나 종친으로서는 많지 않은 자녀 수였다. 그것은 반승반속(伴僧反俗)*으로 불릴 만큼 독실한 불자(佛子)였던 그의 절제된 성품 때문이었다. 성품은 곧 삶의 방식이기에, 한편으로 효령대군의 가통은 장수(長壽)로도 유명했다. 술과 고기와 여색을 즐기지 않는 생활이 조선 왕족 가운데 가장 장수한 인물을 배출했다.

영천군 이정은 효령대군의 다섯째 아들이었다. 그는 형제들 가운데 가장 총명하여 여덟 살 어린 나이부터 종학에 들어가 세종대왕의 여러 왕자들과 함께 공부했다. 호학(好學)의 군주인 세종의 자식들답게 왕자들의 학재도 출중했으나, 이정은 때로 사촌들을 간단히 뛰어넘었다. 지학(志學)*에 이르니 세종이 극찬할 정도로 학문이 높아졌고, 명필로 유명한 부친을 뒤이어 서화에도 뛰어난 실력을 보였다. 사사로운 관계로 숙부인 세종은 명석한 조카를 사랑하여 열여덟 살이 된 이정을 정의대부 영천군에 봉했다.

하지만 그녀가 폐백을 하며 처음 만난 시아버지 영천군은 대유(大儒)도 예술가도 아니었다. 그는 그냥 늙은 잡놈이었다. 스무 살 무렵부터 주색잡기로 탕진한 삼십여 년의 세월이 누렇게 뜬 얼굴과 늘어진 뱃살과 수전증으로 떨리는 손에 고스란히 드러났다.

"동(仝)이 네놈이 처복은 있구나! 그래봤자 내 집 뜰 만화방초보다 먼 골짜기 풀꽃 잡초가 탐나는 법이지만!"

새 며느리의 아래위를 훑어보는 그의 눈빛이 느끼하고 역겨웠다. 아비 앞에 무릎을 꿇고 앉은 새신랑은 치밀어 오르는 염오를 눅이기 위해 고개를 처박았다.

사람은 꿈이 꺾일 때 급격히 망가진다. 영천군이 애초에 돌머리나 얼치기였다면 그 같은 자멸은 없었을 것이다. 하늘에

* 학문에 뜻을 두는 나이. 15세를 달리 이르는 말
** 양민의 신분으로 남의 첩이 된 여자
*** 좋은 운수를 만나 행운을 누림. 또는 그 행운

두 개의 태양이 있을 수 없듯 하늘 아래 임금은 단 한 사람뿐이었다. 그리하여 똑똑한 종친이란 잠재된 위협과 다름이 없었다. 불순한 무리와 어울리면 언제고 반란군의 우두머리가 될 수 있었다. 영천군은 스무 살에 그것을 깨달았다. 총기를 드러내고 재주를 내세울수록 견제와 감시의 대상이 될 수밖에 없음을 알았다. 의심에서 벗어나기 위해 스스로 꿈을 꺾었다. 살아남기 위해 스스로를 망쳤다.

그녀의 지아비가 된 태강수 이동은 영천군이 학문을 작파하고 전국의 명승지를 돌아다니며 뿌린 씨앗에서 우연히 움튼 싹눈이었다. 기생은 물론 민간의 아녀자까지 마구잡이로 섭렵한 영천군은 아는 자식도 많고 모르는 자식도 많았다. 아무리 자손의 번성을 장려하는 종실이라도 그 모두를 자식으로 인정해 작첩을 내릴 수는 없었다. 자칫하면 이동도 영천군의 엽색 행각에 희생자가 되어 아비 없는 자식으로 시들 뻔했다. 하지만 어미가 양첩(良妾)**인 고로 잡음 없이 서자로 인정받고 세조 말엽에 종친부로부터 정사품 수 작첩을 받는 행운까지 누리게 되었다. 운이 좋다는 것은 본디 서자로서 받을 수 있는 작첩이 잘해봤자 종사품 부수(副守)에 불과하기 때문이었다. 물론 그것이 이동 본인의 수치레***만은 아니었다.

세조는 보위에 오르기 위해 조카인 노산군(단종)을 죽였다.

친동생인 안평대군과 금성대군, 이복형제인 화의군과 한남군과 영풍군까지 모두 다섯 명의 형제를 살해했다. 그런데 권력을 둘러싼 잔인하고 자닝한 피바람이 몰아칠 때, 이동의 할아버지인 효령대군과 아버지인 영천군은 일절 왕실에 반하는 잘못을 저지르지 않았다. 이동의 정사품 작첩은 그 침묵과 순응의 대가였던 것이다.

반역자 대신 호색한으로 불리기를 택한 영천군은 좋은 아버지가 아니었다. 하지만 아들은 아버지를 미워하며 닮아갔다. 개 새끼는 나는 족족 짖을지니, 배우거나 익히지 않아도 타고난 천성은 저절로 드러나기 마련이었다.

"네 이년! 간땡이가 부어도 유만부동이지, 종친부의 직품까지 받은 네가 감히 화냥질을 한단 말이냐?"

외출을 했다가 씨근덕거리며 돌아온 이동이 안방 문을 박차며 소리쳤다.

"무, 무슨 말씀이십니까?"

"하긴 네년 스스로 지은 죄를 이실직고할 됨됨을 가졌다면 애당초 개딸년 짓을 할 리가 없지! 에잇, 더럽고 뻔뻔한 것!"

---

* 일정한 삯을 받고 남의 집 세간을 맡아보는 사람

"무슨 말씀이신지 아무래도 영문을 모르겠습니다. 제가 죄를 지었다고요? 화냥……질이라고요?"

느닷없는 생난리에 당황해 그녀는 말까지 더듬거렸다.

"거봐라! 네년이 아무리 모르쇠를 잡아도 네 혓바닥은 제발 저린 도둑처럼 후들대고 있지 않느냐? 온 동네에 네년의 비행이 짜하게 소문났는데 발뺌해 봤자 소용없다!"

이동은 얼굴이 시뻘게진 채 펄펄 뛰며 오쟁이 진 서방을 짓시늉했다. 하지만 그때까지도 그녀는 어리벙벙하여 돌아가는 사정을 파악하지 못했다. 화냥질이니 개딸년이니 하는 쌍욕이 정녕 자신에게 던져진 것인지조차 알 수 없었다.

"어떤 소문이 퍼졌기에 그러십니까? 내가 무얼 어찌했답디까?"

남의 일인 듯 서름한 그녀 앞에서 이동이 가슴을 치며 악다구니질했다.

"요 며칠 은장이란 놈이 집을 드나든 일이 있느냐 없느냐?"

"있습니다. 큰어머님께서 본댁의 은기들을 개비하는 김에 저희 것도 몇 벌 새로 하라고 보내주셨지요. 서방님께도 일이 시작되던 날에 세간차지*가 데려와 인사시키지 않았습니까?"

큰어머님이란 영천군의 정실인 군부인(郡夫人) 권씨를 가리켰다. 권씨 부인은 영천군의 오랜 난봉과 시앗질에 시달리며 죽지 못해 거의 생불(生佛)이 된 여인이었다.

"그러니까 그 은장이 놈과 무슨 일이 있었느냐 말이다. 내가 나간 다음에 무슨 짓을 했냐고?"

그제야 비로소 무언가 잘못되었다는 생각이 들었다. 낮말은 새가 듣고 밤말은 쥐가 들어 물어 나르는 이치에 잠시 부주의하였다.

"그게 어떻게 된 일이냐 하면……."

그녀가 설명인 듯 변명 같은 이야기를 막 풀어놓으려 할 때에, 이동이 말을 가로막았다. 너무도 놀랍고 기막힌 말로 입을 틀어막았다.

"나도 들어서 다 알고 있다. 네년이 내가 나가고 나면 계집종의 옷을 꿰어 입고 은장이놈 옆에 붙어 앉아서 그릇이나 만드는 천한 손재주를 정묘한 솜씨니 뭐니 칭찬했다는 것을. 헌데 네년이 뭣하러 그런 달콤한 말을 지껄였겠느냐? 뻔할 뻔자가 아니더냐? 놈을 꾀어 내실로 끌어들여 마음껏 음탕한 짓을 하며 뒹굴기 위해서였지!"

"서, 서방님! 아닙니다. 그건 말도 안 되는 중상모략입니다. 은장을 내실로 끌어들이다니요? 음탕한 짓을 했다니요?"

* 조선 시대에 정사품과 종사품 종친의 아내에게 주던 봉작

32

깜짝 놀란 그녀가 허둥지둥 손사래를 쳤다.

"그럼 무엇 때문에 비단옷과 당혜 대신 무명옷과 짚신을 꿰어 입었단 말이냐? 천한 놈에게 추파질하기 위해서는 천한 년으로 가장하는 게 제격이겠지! 아무리 네년이 거짓말의 명수라도 혜인(惠人)*의 봉작보다 계집종의 신분이 부럽다고 말할 수는 없겠지?"

"그, 그건……."

사납게 다그치는 이동 앞에 내놓을 대답이 군색했다. 은장이와 야합했다는 것은 억울한 누명이었다. 하지만 때때로 계집종의 누더기를 빌려 입고 몰래 바깥나들이를 했다는 사실은 명백했다. 무엇을 위해? 자유롭기 위해! 그것이야말로 누구도 믿어주지 않을, 화냥질보다 더 턱없는 변명이었다.

"어떠냐? 악사를 먹이는 내 솜씨가 기막히지 아니하냐?"

이동이 연경비의 저고리를 들추고 젖무덤을 헤치며 속살댔다.

"어머머, 나리가 그토록 빼어난 연기력을 가지신 줄 미처 몰랐어요. 사당패의 광대들이 사부님으로 모셔야겠는걸요?"

연경비가 더듬질을 돕기 위해 속적삼의 개씹단추를 풀며 간드러지는 목소리로 치켜세웠다.

"그년 얼굴이 백지장이 되는 걸 너도 봤어야 하는데! 척병에 걸렸는지 잘난 척 아는 척을 해대는 게 눈꼴시더니 이번에 제대로 잘 걸려들었다."

"제가 그랬잖아요? 주머니 털어 먼지 안 나올 사람이 없다고. 그 고고하신 마나님이 적각(赤脚)*으로 꾸미고 쏠라닥질하다 들키셨으니 이젠 꼼짝달싹 못하겠네요."

"그래. 네 말대로 했더니 대꾸질도 제대로 못하고 벌벌 떨더라. 연경비 너는 어찌 이리도 아랫입과 윗입이 다 보배로우냐?"

이동의 숨이 거칠어지면서 가슴팍에서 더듬대던 손이 슬그머니 흘러내렸다.

"나리, 그럼……."

이동의 손끝이 소나무 숲에 닿기 직전에 연경비가 다리를 꼬며 빗장을 걸었다. 운을 떼어두었던 일에 다짐을 놓기 위해서였다.

"소녀는 이제부터 서촌(西村)으로 이사 들어갈 채비를 하면 되는 거지요?"

영추문 밖부터 인왕산 기슭까지의 서촌은 왕실의 일가붙이들 외에는 감히 집터를 닦을 생각조차 하지 못하는 곳이니,

---

* 맨다리. 여자 종을 달리 이르는 말
** 고려·조선 시대에 궁가(宮家)나 공신(功臣)에게 나라에서 산림·토지·노비 따위를 내려주며 그 소유에 관한 문서를 주던 일

연경비는 곧장 이동의 본가로 들어가겠다는 것이었다.

"흐흐! 요, 요 깜찍한 년! 내 진즉에 사패(賜牌)**로 빼주거나 소실로 삼겠다고 해도 극구 마다하더니만 이런 꿍꿍이셈이 있었던 게로구나."

연경비에게 홀딱 빠져 고운 짓 미운 짓을 헤아리지 못하는 이동은 그 잔꾀가 귀여워 죽겠다는 듯 가가대소하였다.

"그럼요. 외첩(外妾)보다는 내첩(內妾)이 좋고, 내첩보다는 별채가 좋고, 별채보다는 곧장 안방으로 입성하는 게 좋다마다요!"

손가락 두어 마디가 들어갈 정도로만 허벅지에 살짝 힘을 빼며 연경비가 대꾸했다.

―요년 보게, 기생 년 주제에 종실의 안방마님 자리까지 노리겠다고?

그 와중에도 어이없다는 생각이 들긴 했으나, 이동은 당장 손끝에 걸릴까 말까 한 솔잎에 안달이 나 괘씸한 마음을 금세 지웠다.

"이제 후사 걱정 따위는 깨끗이 잊으세요. 소녀가 들어가자마자 떡두꺼비 같은 아들을 쑥쑥 낳아드릴 테니까요."

셈속이야 달랐지만 욕심만큼은 하나같았다. 기실 연경비가 이동의 집 안주인 자리까지 노리게 된 것은 정실부인이 딸 하나만 달랑 낳고 무소식하다는 사실을 알게 되면서부터였다. 아들 없는 집안은 무주공산이라 밀고 들어가 일단 말뚝을 박으면 그만이었다. 나중에 색쇠애이(色衰愛弛)*하여 천한 신분을 빌미로 내쳐진다 해도 용족(龍族, 왕족)의 씨앗을 받아두면 용은 못 되어도 이무기는 족히 될 터였다.

"그래, 이 암팡스러운 엉덩이로 아들이 아니라 뭐라도 못 낳을까? 얼른 고것을 바싹 치켜들고 귀한 씨물을 받아라!"

"알았어요. 조심하세요. 한 방울도 흘려서는 곤란해요. 한 방울에 옥동 하나씩이니까요!"

음심으로 후끈 달아오른 이동과 야심으로 녹녹해진 연경비가 한 덩이로 엉겼다. 그 속옷이 그 속옷이니 그들이야말로 찰떡궁합이었다.

세상으로 나가기 위해서는, 세상을 엿보기 위해서는 옷을 벗어야 했다. 새물내 나는 빳빳한 옷을 벗고 누추하고 때 묻은 옷으로 갈아입어야 했다. 세상을 높고 낮음이 아니라 열리고 닫힘으로 이해하기 위해서는 마땅히 그래야 했다.

노비 문서에 올라 있는 계집종의 이름은 부부지(夫夫之)였

---

* 사랑을 받던 아름다운 여자도 나이가 들어서 늙으면 그 사랑을 잃어버림

다. 어린애의 입말 같기도 하고 사내종 이름 같기도 한 그것의 본뜻은 부부지(父不知), 아비를 알 수 없다는 의미였다. 그처럼 아비가 있고도 없는, 이름이라는 것이 있으나 마나 한 계집종을 '장미'라는 어여쁜 이름으로 부르기 시작한 건 그녀가 처음이었다. 그들은 동갑내기에 소꿉친구로 양반이 무엇이고 노비가 무엇인지 모를 때부터 함께 어울려 놀았다. 하나가 비단치마에 궁초댕기를 드리운 채 침선을 배우고, 다른 하나가 깡동치마에 무명베 댕기를 드리운 채 우물질과 걸레질을 익힐 때에도 그들은 여전히 무람없는 친구였다. 그녀가 난장판이 된 집에서 설움과 괴롬에 지쳐 울 때, 장미가 그릇을 깨뜨리거나 심부름을 잊어 먹어 혼찌검을 당하고 울 때, 그들은 가장 가까이에서 단짝의 눈물을 지켜주었다.

서로 옷을 바꿔 입고 어우동이 장미인 듯, 장미가 어우동인 듯 연극하는 것은 그들의 오래된 놀이였다. 앙큼한 격정으로 들떴던 소녀 시절에 그것만큼 짜릿한 비밀은 없었다. 장옷으로 가리지 않고 맨눈으로 바라보는 세상은 넓고 환했다. 장미가 된 어우동은 짧은 치마 아래 맨다리를 드러내고 는실난실 장거리를 쏘다녔다. 그동안 어우동이 된 장미는 폭신한 비단 보료 위에서 늘어져라 한숨 낮잠을 잤다. 그들은 상대방을 질투하지 않았다. 그녀는 장미의 고단함을, 장미는 그녀의 외로움을 누구보다 잘 이해하고 있기 때문이었다.

그날도 다만 예사로이 놀이판을 벌였던 것뿐이다. 혼인한 지 삼 년째에 이르러 그녀는 완전히 감옥에 갇힌 죄수 꼴이었다. 외명부의 여인으로서 지켜야 할 법도와 양식이 쇠창살을 세웠고, 말머리아이*로 낳은 자식이 차꼬를 채웠다. 게다가 파종의 의무를 마치자마자 밖으로 돌기 시작한 이동은 근자에 들어 아예 기방에 처박혀 며칠씩 외박하기 일쑤였다. 우울과 무력감으로 시르죽어가는 그녀를 보다 못한 장미가 먼저 변복을 제안했다. 햇볕을 쬐고 바람을 쐬면 금세 나아지리라 하였다. 장미의 잘못은 아니었다. 단지 그 짧은 외출에서 돌아오는 길에 우연히 은장을 만나 복색에 걸맞은 수작을 떨었을 뿐인데, 잠시 반짝임에 홀린 죄로 그녀는 남편에게 버림받고 내쳐졌다.

"종친의 아내로서 행실을 자못 삼가지 못해 집안에 누를 끼친 죄, 멍석말이를 하고 홀딱 벗겨 내쫓아도 할 말이 없으리라!"

혼례를 치를 때 바리바리 싣고 갔던 예단은 하나도 돌려주

---

* 결혼한 뒤에 곧바로 배서 낳은 아이. 옛 혼례식에는 말을 타고 갔으므로 결혼 초와 관련이 있다는 데서 유래함
** 마루 아래로 내려가게 하지 아니함이란 뜻으로, 집 밖으로 내쫓거나 내보내지 아니함

지 않았다. 이미 대문턱을 넘어 들어온 물건이니 당연히 저희 것이라 했다. 그런데 그 담장 안에서 낳은 아이는 왜 함께 내친단 말인가? 숨 못 쉬는 패물이나 말 못하는 비단보다도 헐후한, 쓸모없는 딸년이기 때문이었다. 그녀는 두 살배기 딸아이 번좌를 안고 빈털터리로 이동의 집에서 쫓겨났다.

"세상에 이런 개새끼를 보았나? 기생첩을 들이자고 처자식을 몰아내? 영감, 그런 개차반이가 떵떵거리며 행세하는 꼴을 그냥 두고 봐야 하오?"

"자고로 조강지처는 불하당(不下堂)**이라 했거늘, 내 종부시에 고하여 반드시 그 연놈에게 벌을 내리게 하리라!"

소박맞은 딸 덕분에 아비와 어미는 잠시 휴전하고 연합했다. 그들의 분노는 딸에 대한 연민과 사랑 때문이라기보다 가문을 흐리고 능멸을 당했다는 모욕감 때문이었다. 도망치려 발버둥질했던 바로 그 자리로 돌아온 그녀는 배신감보다 허탈감으로 허영허영하였다.

검지 아니하다

"어허, 이거 참······ 귀신이 곡할 노릇이구먼!"

오종년은 좀처럼 분심을 일으키지 못하는 물건 앞에서 당혹감을 감추지 못하고 쩔쩔맸다.

"여태 이런 적이 없었는데, 무슨 요사인지 알다가도 모르겠네."

그는 혼잣말을 하는 듯 흘끔흘끔 그녀의 눈치를 보았다.

"서두르지 마세요. 뼈도 없는 녀석이 아무 때나 불뚝성을 내는 게 쉬운 일이겠어요?"

그녀는 민망스러운 상황을 농으로 눙치려 했다. 하지만 오종년은 못내 켕기는 표정으로 미간을 찌푸린 채 한동안 말이 없었다.

"연일 격무에 시달리다 보니 양기가 잠시 쇠한 것뿐이에요. 오늘은 그냥 잡시다. 당신 품에 안겨만 있어도 충분히 좋아요. 이 빚은 나중에 몇 배로 갚으시고요."

애교스런 위로를 건넸음에도 오종년의 얼굴은 좀처럼 시원하게 펴지지 않았다. 끙, 앓는 소리를 토하며 드러누워 천정을 멀거니 바라보았다. 달뜬 애무의 손길도 없었다. 뜨겁고 깊은 욕망의 숨결도 없었다. 밀물 때보다 곱절로 빠르게 빠져나가는 썰물처럼, 그들 사이에 무언가가 사라져가고 있었다.

갑자기 풀이 죽어버린 그의 욕정을 이해할 수 없었다. 지난 몇 달 동안 그들은 시도 때도 없이 만나 벌이 꿀을 빨듯 서로를 탐닉했다. 오종년은 잠복해 있던 그녀의 모든 감각을 일깨웠다. 그녀는 충실한 학생처럼 물으면 답하고 가르치면 익혔다. 나날이 피어나는 그녀의 모습에 오종년은 놀라움과 감탄을 감추지 못했고, 펴놓은 두 벌의 이부자리 중 하나는 먼동이 틀 때까지도 주름 없이 팽팽했다.

모두가 벼락바람이 불기 전까지의 일이었다. 아무리 곱씹어보아도 그것 말고는 갑자기 싸늘하게 식은 침석을 설명할 길이 없었다. 허나 벼락바람이라 해도 지붕이 날아가고 나무가 쓰러질 만큼 대단한 것은 아니었다. 적어도 그녀는 그렇게 생각했다. 기생첩에 미쳐 소박을 놓은 본서방이 평민이 아니라 종친이라는 사실이 무르익은 춘정을 삽시간에 얼어붙게 할 줄은 몰랐다.

처음으로 그녀의 정체를 알았을 때 오종년은 짐짓 호기롭게 굴었다.

"왕후장상의 씨가 따로 있느냐던 진승과 오광*은 몰라도, 왕후장상을 골라 들이는 옥문이 따로 없다는 건 알고 있지!"

그날 더욱 가열한 욕정으로 달려들던 모습은 다만 두려움을 가리기 위한 허세와 만용이었던가 보다. 오종년을 정력가로 만든 욕망의 뿌리는 자존심과 오기였다. 죄인을 추포한다는 명분으로 신분을 뛰어넘은 세도를 부리며 자라난 자신감이었다. 그는 자신이 가질 수 없는 것을 탐하면서 무서워했다. 열광하며 혐오했다. 그 꼬이고 비틀린 마음이 빳빳하게 곤두섰던 그의 물건을 흐물흐물 주저앉혔다.

"두려울 게 무어예요? 옥문의 열쇠는 당신이 이렇게 갖고 있는데."

의기소침한 오종년을 추어주려 말까지 높인 그녀는 슬그머

* 농민 출신으로 진(秦) 나라 최초의 난을 일으킨 인물들

니 그의 가운뎃다리를 향해 손을 뻗쳤다. 하지만 지금까지 음심을 돋우는 예사로운 장난질로 여겨지던 일에 대한 오종년의 반응이 심상치 않았다.

"뭐? 내가 뭘 두려워한다고? 네년이 지금 나를 겁쟁이라 비웃는 게냐?"

그토록 호협함을 자처하던 사내가 열등감의 실줄을 뚱기자 여지없이 닭의 내장처럼 좀스러운 배알을 드러냈다. 오종년은 그녀의 말은 들을 생각도 없이 제 분에 겨워 펄펄 뛰었다. 그 모습이 역겹고, 슬펐다.

"우습냐? 뭐가 우스워? 소박맞고 쫓겨난 화냥년 주제에!"

참담하게 일그러진 그녀의 얼굴을 그는 기어이 제 깜냥대로 읽었다. 순정이라 믿었던 풋정이 실로 우스워졌다. 그녀는 우후후 터져 나오는 실소를 참지 못한 채 대꾸했다.

"그렇군! 잠시 잊었던 걸 일깨워줘서 참으로 고맙네. 하마터면 내가 누군지 또 까먹을 뻔하지 않았나?"

이러나저러나, 엎드러지나 곱드러지나, 마찬가지일 거라 했다.

"아씨는 어차피 화냥년이라 불릴 거예요."

장미의 입찬말에 그녀는 기가 찼다.

"내가 무얼 어찌했다고? 고작 은장이와 시답잖은 농지거리

몇 마디 주고받았다고 화냥년이라는 낙인을 찍는단 말이냐?"

"바로 그거예요. 아씨가 은장이와 손을 잡았어요, 입을 맞췄어요? 계집종의 옷을 입었으니 계집종답게 시러베장단을 쳤을 뿐이잖아요? 그런데 무슨 생트집을 잡히셨나요?"

"번좌 애비가 없는 허물을 만들어낸 건 그 연경비인지 제비인지 하는 창기의 꾐에 빠져서가 아니더냐? 종부시에서도 내 죄가 없음을 알고 주상께 아뢰니, 다시 결합하라는 권유와 함께 태강수의 고신(告身)을 거두라는 명이 내리지 않았느냐?"

명백한 사실, 당연한 이치를 말하는 그녀의 목소리가 왠지 자꾸 기어들었다. 명백한 사실이 이길 수 없는 허상을 보았기 때문이었다. 당연한 이치가 통하지 않는 허망을 깨달았기 때문이었다. 그녀가 믿었던, 믿는다고 생각했던 세상 모두가 거짓이었다.

첩에 빠져 처를 버리는 폐단을 경계하고자 재결합하라는 왕명이 내렸음에도 이동에게선 아무 소식이 없었다. 죄는 지은 데로 간다는 옛말은 틀렸다. 이동은 연경비를 위해 집을 새로 단장하고 마당에 연못까지 파고 깨가 쏟아지게 산다고 했다. 고신을 빼앗은 것도 벌이 되지 못했다. 어차피 허울에 불과한 벼슬자리의 임명장이니 달라질 게 별로 없었고 그마저도 언젠가 은근슬쩍 돌려줄 것이 분명했다. 이렇게 이동과 연경비가 노래기 회라도 쳐 먹을 듯 뻔뻔하니, 지망지망한 세상인심은 어이없게도 그녀를 향해 의심의 눈길을 보내기 시작했다.

—혹시…… 박씨 부인이 진짜로 은장이와 붙어먹은 거 아냐? 그게 아니라면 태강수가 저리 당당할 수 있겠어? 뭐라도 소박맞을 빌미를 주었겠지.

"아씨, 이년이 왜 없는 말을 지어 아씨를 괴롭히려 들겠어요? 행여 보습으로 혀를 가는 발설지옥에 떨어지더라도 할 말은 해야겠다는 것뿐이죠. 다시 한 번 분명히 말할게요. 아씨가 백 번 천 번 결백을 호소해도 아무 소용 없습니다. 은장도로 목을 찌르고 염통을 후벼 자결해도 될동말동하지요. 세상은 아씨의 말을 믿지 않아요. 저희가 믿고 싶은 것만 믿으니까요."

사족이 기생첩에 빠져 본처를 박대하는 것보다는 사족의 부인이 천한 장인과 놀아났다는 이야기가 더 재미났다. 앞의 것이야 예삿일이요 뒤의 것이야말로 별일이니 희귀한 이야기를 취하려는 건 재물에 대한 마음과 마찬가지였다. 많아서 돌멩이고 적어서 보석일 뿐, 애당초 그 본바탕이야 다를 바 없을 지니.

결국 그녀의 커다란 눈에서 글썽거리던 눈물이 주르륵 흘러내렸다. 장미의 말은 하나도 틀리지 않았다. 그녀 역시 모르지 않던 바였다. 다만 인정하고 싶지 않아서 외면하며 억지를 썼던 것이다.

"우셔요, 아씨. 괜찮아요. 속이 뚫리도록 맘껏 우셔요."

어려서부터 그랬다. 동갑내기로 서로 의지했다지만 장미는 그녀의 언니 같았다. 아무리 단짝이니 어쩌니 해도 그녀와 장미가 머리에 인 세상과 등에 진 짐은 확연히 달랐다. 아비와 어미의 불화로 그녀가 잠 못 이룰 때 장미는 밤마다 어미의 이불을 들추는 사내들 때문에 아궁이 앞에서 한뎃잠을 잤고, 그녀가 종친과 성대한 혼례를 치를 때 장미는 자기를 겁탈한 사내와 도깨비살림을 차려야 했다. 그럼에도 운명의 장난질로 이제 와 외돌토리인 건 매한가지였다. 양지에서 자란 그녀는 소박데기가 되고 음지에서 자란 장미는 청춘과부가 되었다. 그동안 억눌렸던 눈물을 펑펑 흘리며 그녀가 울부짖었다.

"죽지도 살지도 못하겠구나! 살아도 사는 것이 아니로구나! 이토록 비참한 지경을 대체 나더러 어쩌란 말이냐?"

적울(積鬱)*에는 약이 없다 하였다. 본디 울증이라는 것이 원기의 부족에서 생겨나지 않으면 칠정(七情)과 육음(六淫)에

* 한의학에서 오래된 울증(鬱症)을 일컬음

서 비롯되기 마련이었다. 기쁨과 노여움과 근심과 생각과 슬픔과 놀람과 두려움의 감정이 흐르는 길이 막히고, 춥고 덥고 축축하고 마르고 바람이 들고 화가 끓는 사기(邪氣)가 스미니 울울하지 않을 도리가 없었다.

남편에게 내쫓겼을 때부터, 쫓기듯 혼사를 치렀을 때부터, 모두가 맞놓고 악다구니하는 집안에서 자랄 때부터, 아니 어쩌면 우연으로 태중에 깃든 순간부터, 그녀는 불행했다. 가장 가까이의 사람들로부터 가장 큰 상처를 입었기에 사람을 믿을 수 없었다. 애당초 사랑을 받아본 적이 없기에 사랑에 갈급하면서도 사랑을 믿지 않았다. 어린 그녀는 조용하고 얌전한 아이로 일컬어졌지만 그 깊은 눈이 혐오와 환멸로 빛나고 있음을 눈치챈 사람은 아무도 없었다. 그녀는 스스로마저도 믿지 못하는, 뿌리 깊은 불신자였다.

비탄에 젖어 한참을 울고 나니 조금은 후련했다.

"그래도 아씨는 문리가 훤하시잖아요? 글을 읽을 줄도 아시고 시를 쓸 줄도 아시잖아요?"

장미가 슬픔으로 흐려진 그녀의 눈을 들여다보며 말했다.

"그게 뭐가 대단하단 말이냐? 계집에게 글재주란 자랑감이 아니라 흉허물이 아니더냐?"

"세상이 뭐라 해도 멍청한 것보다는 똑똑한 게 낫지요. 도적

질도 알아야 한다지 않습니까?"

장미가 시새움하듯 킬킬 웃더니 곧 정색을 짓고 쏙닥였다.

"그리고 아씨는 아직도 깨닫지 못하신 것 같아요. 아씨는 재주도 재주지만 태강수가 홀딱 빠져서 정신을 차리지 못하는 그 기생년과는 비교할 수 없을 정도로 고우세요. 이런 아름다움을 지닌 채로 감옥이나 다름없는 규중심처에서 남몰래 피었다 시든다는 건 말도 안 돼요!"

오랜만에 경대 앞에 앉았다. 거울 속의 여인은 된병을 앓고 난 듯 가칠했다. 하지만 야윈 몸피는 여전히 얄캉하고 메마른 살결은 아직도 부드러웠다. 살이 내려 이목구비는 더욱 뚜렷했고 창백한 낯빛에 붉은 입술이 선명했다. 여인에게 미움의 눈총을 쏘았다. 고운 얼굴이 추하게 일그러졌다. 여인에게 의심의 눈길을 던졌다. 매끈한 얼굴이 초라한 울상이 되었다. 그런 여인이 불쌍해 연민의 시선을 보내보았다. 동정을 구걸하는 듯 비굴한 표정을 짓는 여인과 눈이 마주쳤다.

"넌 불쌍하지 않아."

여인은 조금 당황하는 듯했다. 처진 어깨와 무겁게 떨어뜨렸던 고개를 반짝 쳐들었다.

"넌 못난이가 아니야. ······어여쁘고 향기로워."

느닷없는 칭찬에 여인의 볼이 달아올랐다. 쑥스러운 듯 어색한 미소를 흘렸다. 웃음살이 번지자 주름살이 지워졌다. 그제야 비로소 여인은 제 나이를 찾았다. 고작 스무 살, 눈물과 한숨으로 보내기에는 너무 아름다운 시절이었다.

"넌 불행하지 않아."

여인의 얼굴색이 다시 의혹으로 미묘해졌다. 흔들리는 그것에 못을 박으려는 기세로 그녀는 목울대를 세워 또박또박 말했다.

"더 이상 불행하지 않을 거야. 남들이 쳐놓은 어둠의 그물에 갇혀 있지 않을 테니까. 누더기 먹옷 같은 기억 따윈 벗어버려."

여인의 눈빛이 견고해졌다. 이곳이 바닥이었다. 더 이상 내려갈 곳이 없었다. 그 차갑고 딱딱한 진실이 위로이자 의지가 되었다.

"너는 이제까지의 어우동이 아니야."

그녀가 여인의 검은 시간을 향해 말했다. 검은 것은 어둠이다. 검은 것은 침묵이다. 검은 것은 죽음이다. 살아 왁자지껄 빛나는 모든 것을 덮어버리는 휘장이다. 색이 사라진 세상, 오직 옅거나 짙을 뿐인 흑백의 절망에 복종할 수는 없다.

"지금 이 순간부터 네 이름은 현비(玄非)야."

세상의 모든 빛깔을 품은 채 검지만 검지 아니할 것이다. 검지 아니하다, 검을 수 없다. 여인과 그녀가 함께 웃었다. 기억을 살해한 자답게 잔인하게, 황홀하게.

이사를 했다. 난생처음 주인으로 살 집을 얻었다. 장미의 말은 입찬소리가 아니라 언참(言讖)*이었다.

"소박맞고 쫓겨난 태강수의 부인이 매일 밤마을을 다닌다며?"

"그러게. 행실이 단정치 못해 내쳐진 주제에 반성은커녕 얼굴값을 하는 게지."

"꽃 피고 달 밝은 밤에는 정욕을 참지 못해 도성 안을 헤매고 돌아다닌다는데, 그 소문이 사실인가?"

"아니 때린 장구에서 북소리가 날까? 그 몸종이라는 계집도 얼굴이 반반해서 초어스름이면 노주(奴主, 종과 주인)가 작당해 옷치레를 하고 거리에 나가 사내 사냥을 한다는구먼. 그리 몰려다니다가 미소년을 만나면 하나는 상전이 차지하고 하나는 계집종이 차지해 얼크러지기를 매일처럼 한다지 않나?"

"아이고, 음탕하고 천하기에 위아래가 따로 없네. 엄연한 반갓집 아녀가 사방으로 돌아치는데 집에서는 그걸 가만히 두

* 미래의 사실을 꼭 맞추어 예언하는 말

고 보나?"

"제 집에야 새벽이 되어서 기어들어가니 밤새 어디서 뭘 했는지 알 턱이 있는가?"

그녀의 친정이 다른 양반가와 달리 관대하게 혹은 태연무심하게 소박맞은 딸을 받아들였다는 사실이 또다른 쑥덕공론을 낳았다. 젊고 아름다운 생과부에 대한 저열한 호기심은 한 번의 외출을 매일 밤의 외박으로 부풀리고 음험한 상상을 명백한 사실로 치부했다. 소문이란 본디 잘된 것보다 못된 것이 빠른 법이라 종내는 장미가 직접 추문을 굴러듣고 오기에 이르렀다.

"아씨, 말꾸러기들이 나불대기를 아씨와 제가 이런 수작을 하며 논답니다. 제가 사내를 점찍어두고 '모모는 나이가 젊고 모모는 코가 커서 주인께 바칠 만합니다'고 아씨께 냉큼 고해 바친다고요."

"그래? 그럼 나는 뭐라고 답한다 하더냐?"

"아씨께서는 '모모는 내가 맡을 테니 모모는 네가 가져라'고 하신답니다."

"허, 그것 참 재미난 흰수작이로다. 조금만 더 있으면 너와 내가 미남자를 사이에 두고 머리채라도 꺼둘렀다는 말이 나오겠구나!"

세 사람만 우겨대면 없는 호랑이도 만들어내는 것이 세상인 심이었다. 편편치 않은 것은 차치하고라도 이런 소문이 도는 지경에까지 이르러 더 이상 본집에 머물러 살 도리가 없었다. 아비와 어미는 분재(分財)*를 해달라는 그녀의 요구를 덤덤히 받아들였다. 민간의 법식은 전조(前朝)**와 마찬가지로 재산 물림에 딸과 아들의 구분이 없으니 그녀의 몫을 미리 받아 나오면 그만이었다. 다만 미쳐도 곱게 미치지 못하고 재산 욕심에까지 환장한 오라비가 지랄 발광 네굽질하는 소동이 잠시 있었을 뿐이었다. 어미는 그녀에게 기와집 한 채 정도는 족히 살 만한 재산을 떼어주며 오라비를 향해 복의 이를 갈듯 말했다.

"내 눈에 흙이 들어가기 전까지 네놈한테는 단 한 푼도 줄 수가 없다!"

그들에게서 벗어나고서야 세상이 고요해졌다. 이제 진정으로 모든 것과 결별해야 할 때였다.

아담하고 깨끗한 길갓집을 샀다. 어린 딸아이와 그를 돌볼 유모, 그리고 장미를 데리고 나왔다. 며칠을 두고 공들여 집 단장을 하고 혼수품으로 들여갔던 귀물보다는 못하지만 깔끔

---

* 가족이나 친척에게 재산을 나누어줌
** 바로 전대의 왕조. 고려 때

하고 세련된 세간도 갖췄다. 어지간히 정돈을 마친 뒤에는 이 모두를 스스로 축하하며 소박한 잔치를 했다. 떡을 찌고 고기를 삶고 술을 받아 왔다. 훗날 어디서 무슨 소리를 물어와 등 뒤에 칼을 꽂을지 몰라도 새 이웃들에게 이사 떡을 푸지게 돌렸다. 훈김이 오르는 시루떡을 직접 써는 그녀의 얼굴이 뽀얗고 붉었다. 잠뽁 묻힌 팥고물이 고소하고 달았다. 이제부터 새 동네와 새집에서 새 이름으로 새롭게 살 것이었다.

"장미야, 네가 내게 말했더냐? 사람이 얼마나 살기에 상심하고 탄식하기를 그처럼 하느냐고?"

"네. 미천한 말로 감히 그런 고언을 바쳤습지요."

"곰곰 생각하노라니 네 말이 그르지 않다. 하늘의 바람과 구름을 예측할 수 없듯 인간의 화복(禍福)은 아침저녁으로 변하는 법이 아닌가?"

"그렇지요. 오늘 밤에 벗어놓은 신발과 버선을 내일 아침에 다시 신으리라고 아무도 장담할 수 없습지요."

"내가 재미난 이야기 한 자락 들려주랴?"

"아무렴요, 아씨. 이야기보따리와 옷고름은 풀어야 제맛이지요!"

장미가 킬킬거리며 바싹 다가앉았다. 쌓인 긴장과 피로가 한잔 술에 느즈러져 조금은 슬프고 조금은 달콤한 기분으로 그녀는 이야기를 시작했다.

"당나라 현종 때 여옹이라는 도사가 한단으로 가는 길에 주막에 들러 쉬고 있을 때, 행색이 초라한 노생이란 젊은이가 복도 없고 꿈도 없는 신세를 한탄하다 졸기 시작했단다. 여옹이 보따리를 풀어 양쪽에 구멍이 뚫린 도자 베개를 건네니 노생은 그것을 베고 곧장 잠들었지. 꿈속에서 노생은 베개 구멍 속으로 들어가 온갖 부귀영화를 누리고 팔순의 나이로 죽었는데, 문득 깨어보니 그 모두가 꿈이더라. 주막집 주인이 짓던 메조밥이 아직 뜸도 들지 않았을 정도의 짧은 꿈에 아득한 한 생이 지났던 게다. 꿈인지 생시인지 어리벙벙한 노생에게 여옹이 웃으며 뭐라 했겠느냐?"

"무지몽매한 이년이 어찌 답을 알겠어요? 밥이나 먹고 또 자라, 하지 않았을까요? 노생에겐 생시보다 꿈이 더 달았을 테니까요."

장미의 너스레에 그녀가 허허롭게 웃었다. 한단지몽(邯鄲之夢)의 고사는 그 익어가는 밥내를 큼큼거리던 여옹의 한마디로 마무리된다.

* 우두머리 아전

"인생이란 다 그런 것이라네."

두 여자가 상하귀천을 깡그리 잊은 채 깔깔깔 배를 잡고 웃었다. 웃음 끝에 실없는 눈물 한 방울이 찔끔 흘렀다.

"아씨, 사람의 한살이라는 것이 그토록 덧없고, 아무러한 부귀영화도 지나면 모다 허망합니다요."

"아무렴. 흘러가는 시간은 스러지는 아침 이슬이거나 사라지는 저녁 서리와 같지."

"그러니 아씨……."

장미가 문득 반들거리는 눈으로 그녀의 옷소매를 잡아끌며 말했다.

"죽으면 썩어질 육신을 헛되이 폐하지 마시고 한바탕 신명 나게 놀아보심은 어떨지요?"

"……?"

"제가 우연히 알게 된 이 중에 일찍이 사헌부의 도리(都吏)* 가 된 오종년이라는 사람이 있습니다. 그런데 그의 용모가 태강수보다 월등히 아름다우며 족계 역시 천하지 않으니 아씨의 배필로 모자라지 아니합니다. 아씨께서 만약 생각이 있으시다면 제가 마땅히 주인을 위해 불러오도록 하겠습니다요."

뚜쟁이 노릇을 자처하는 장미의 꾐질에 놀란 그녀가 잠시 호흡을 멈추었다. 망설임이기엔 너무 짧고, 설렘이기엔 너무

얕고, 두려움이기엔 너무 가볍고, 욕정이기엔 너무 깊은 침묵이었다. 그 모두이면서 그 어느 하나일 수 없는 충동이자 의지로, 이윽고 그녀는 고개를 끄덕였다. 길고 짙은 한숨이 새어나왔다. 돌이킬 수 없는 탈주의 시작이었다.

그렇게 만난 첫 번째 사내 오종년과 더불어 늦가을과 겨울을 춥지 않게 보냈다. 정들자 이별이었으나 슬프거나 괴롭지는 않았다. 예부터 재자가인(才子佳人)이 서로 맺어지는 경우는 극히 드무니 마치 금을 사려는 사람이 금을 팔려는 사람을 만나기가 쉽지 않음과 같다고 하였다. '뛰어난 말은 병신을 태워 달리고, 아름다운 여인은 못난이를 짝해서 잠을 이룬다'는 옛말이 있음에야! 그렇다고 오종년을 미워하며 저주하지는 않았다. 반짝임을 알아보지 못하는 맹목에 상관없이 그녀는 이미 찬란한 색채로 빛나고 있으므로, 다시는 검지 아니하므로.

향기를 새기다

봄이었다. 하늘의 계절도, 그녀도 그러했다.

창을 열고 마당에 나섰다. 봄빛이 천지간에 애애했다. 문을 밀고 거리를 내다보았다. 새물내가 물씬거리는 봄옷을 입은 사람들의 발걸음이 가뜬했다. 무어라도 그립고 누구라도 기다리고픈 한봄이었다.

문가에 엇비스듬히 기대서서 지나가는 사람들을 구경했다. 누군가는 바쁜지 총총걸음을 치고 누군가는 느긋이 소걸음을 걷는다. 누군가는 뱃병을 앓는 듯 잔뜩 찌푸린 표정을 하고 있고 누군가는 소풍에 나선 듯 흠흠한 얼굴이다. 곁눈으로 보면 모두 어슷비슷한데 자세히 뜯어보면 다 다른 것이 신기했다. 저마다 품은 삶의 비밀이 궁금했다. 그녀의 가슴이 알에서 갓 깬 솜병아리처럼 포근포근 일렁였다.

턱을 고이고 바라보았다. 손가락을 깨물며 갸웃거렸다. 옷자락을 매만지며 두리번거렸다. 지나는 사람이 없을 때에는 나지막이 콧노래를 흥얼거렸다. 발끝으로 흙바탕에 그림을 그리다가 장난스럽게 돌부리를 툭툭 찼다. 여지없이 봄바람의 농간에 홀딱 넘어간 새살궂은 계집애의 꼴이었다. 집 안으로 들어가서도 들썽거리는 마음은 닫히지 않았다. 창과 문을 모두 열어놓고 훈기와 생기로 가득 찬 봄 하늘을 호흡했다. 침자질에 열중하다가도 때때로 바늘을 손에 든 채로 말없이 한참을 요연하였다.

그때 그토록 멍하고도 아득한 모습을 지켜보는 눈이 있었다. 그가 그녀를 보았다. 수수한 평복이 봄싹처럼 생기로웠다. 그는 봄을 보았다. 화장을 하지 않아도 꽃봉오리처럼 요염했다. 우연히 반쯤 열린 문틈으로 눈길이 이끌린 순간, 그는 한눈에 반해 버렸다. 그녀에, 봄에, 봄을 닮은 그녀에게.

방산수 이난은 계양군의 서출인 넷째 아들이었다. 계양군 역시 서자였지만 그의 아버지는 해동의 요순이라 일컬어지는 세종대왕이요, 어머니는 후궁 중에 가장 사랑받았던 신빈 김씨였다. 형제지간인 효령대군 집안이 무병장수를 내림하는 것과 달리 세종대왕의 가계는 적장자인 문종을 비롯해 단명과 요절의 내력이 있었다. 게다가 방계가 아닌 직계에게는 병마만큼 무서운 것이 권력이라는 악마였다. 그 손아귀 안에서 목숨을 부지하는 길은 반역하거나 협조하거나, 어떻게든 편짝을 짓는 것뿐이었다. 계양군은 본래 서자로서 둘째였으나 영빈 강씨의 소생인 화의군이 세조에게 사사되면서 첫째 서자가 되었다. 어린 날 학문을 좋아하고 글씨를 잘 써서 아버지의 총애를 담뿍 받았던 계양군은 의심과 견제를 피하기 위해 이복형인 세조에게 충성을 다했다. 하지만 일등 공신의 자리에 올라서도 권세를 부리지 않고 남을 대접하며 근신해도 박명의 운명은 피할 수 없었다. 일찍부터 주색에 빠져 건강을 해친 계양군은 서른여덟의 많지 않은 나이에 훌쩍 세상을 떠나고 말았다. 그의 어머니 신빈 김씨가 사망하기 열여드레 전이었다.

계양군이 죽을 때 이난은 네 돌이 갓 지난 어린아이였다. 그는 할아버지의 치세와 아비의 재능을 떠도는 소문으로 들었다. 신분이 천하고 무지하여 뒷배가 되어주지 못하는 어미는 아들을 한없이 어려워했고, 종친부에서 정혼해 준 종칠품 하급 벼슬아치의 딸은 한 지붕을 이고 사는 낯선 이에 불과했다. 이난은 외로웠다. 주위에는 사람이 없었고 해야 할 일이나 할 수 있는 일도 없었다. 아비에게서 물림한 섬세하고 예민한 기질이 그의 고독경을 더욱 북돋웠다. 아비처럼 술을 마셔보았다. 아비처럼 여자를 탐해 보았다. 하지만 술독에 빠지고 기방에서 헤어나지 못할 만큼 술과 여자에 미칠 수는 없었다. 악소패거리와 어울리는 술자리는 외로움의 허구렁이었다. 사람의 말을 알아듣고 노래와 춤을 추는 해어화들은 꽃도 아니고 사람도 아니었다. 허랑할수록 허무하고 방탕할수록 쓸쓸했다.

　그처럼 꽃다운 청춘에 얄궂은 한겨울을 앓던 이난에게, 봄은 갑작스럽게 왔다. 예고 없이 그녀가 들이닥쳤다.

　인왕산 자락 필운대와 세심대에 살구꽃이 피었다. 북둔(北屯)*의 산골짝 개울 언덕에는 복사꽃이 만발하고, 흥인문 밖으로는 버들이 줄을 이었다. 무르익은 봄 풍광을 조망하기론 남산의 잠두가 그만이었다. 곳곳에 쑥다림과 꽃다림으로 화전을 부치는 고소한 냄새가 진동했다. 화류놀이를 하는 사람들

* 혜화동 바깥 지역
** 지위가 높은 사람이 무엇을 몰래 살피러 다닐 때에 남의 눈을 피하려고 입는 남루한 옷차림
*** 나들이할 때 착용하는 옷이나 신발 따위를 통틀어 이르는 말

이 떼구름처럼 몰려 골안개같이 자욱했다. 봄도 한철 꽃도 한철이니 행여 놓칠세라 봄바람처럼 날렵하게 내달렸다.

이난의 마음은 여느 상춘객에 비할 수 없이 드바빴다. 올봄이 지나면 새봄이 오고 봄꽃이 지면 여름 꽃이 피겠지만, 사람의 인연은 무정한 것이니 언제 다시 올지 알 수 없었다. 비밀히 정탐한 바로 그녀는 날사이 바지런히 봄나들이를 즐기고 있었다. 그런데 괴이쩍은 것은 외출을 할 때마다 장옷을 들쓰는 대신 상민으로 미복(微服)**을 한다는 사실이었다. 기실 귀족 자제들의 화류놀이는 한바탕의 사치스럽고 화려한 행차였다. 저마다 난벌*** 치레에 무늬가 새겨진 양산을 쓰고, 꽃수레나 흰 말을 타고 모여들었다. 꽃구경을 한다면서 꽃을 기죽이려는 듯 요란했다.

그녀는 큰소리로 노래를 했다. 나풀나풀 머리칼을 날리며 춤을 추었다. 장옷 쓰고 엿을 먹으며 내숭을 부리기보다는 맨얼굴을 드러내고 호기롭게 놀았다. 곁눈질하는 이난의 등짝에 공연스런 식은땀이 흘렀다. 입 안이 바싹바싹 탔다. 그녀는 꽃을 노래했다. 꽃처럼 춤추었다. 천지에 난만한 꽃에 흠뻑 빠져 제가 구경꾼인지 나비인지 헷갈리는 듯했다.

며칠째 주위를 맴돌다 어느 하루 저녁 결국 길에서 마주쳤다. 그녀는 꽃술에 도연히 취해 계집종의 부축을 받으며 집으로 돌아가고 있었다. 그리 넓지 않은 도상에서 다닥뜨리는 순간, 이난은 가슴 한 귀퉁이가 맥없이 허물어지는 것을 느꼈다. 문틈이 아니라 정면에서 바라본 그녀는 달랐다. 달라서 아름답고, 달라서 두려웠다.

이난을 사로잡은 그녀의 매력은 온몸으로 뜨겁게 뿜어내는 색기(色氣)도, 사리문 입술의 독한 결기도 아니었다. 나른하여 슬픈, 방만하여 허허로운 마음 깊은 곳에 새겨진 상처였다. 술에 취한 그녀는 되바라지게 깔깔대다가 한순간 주르륵 눈물을 흘렸다. 남들이 보지 못했던, 볼 수 없는 무엇을 보았다는 사실은 얼마나 황홀하고 집요한가. 이난의 실수는 그것이었다. 죄 또한 그것이었다. 심장이 문득 멎었다 다시 뛰는 듯 가열해졌다. 그는 심장이 외치는 소리를 들었다.

─그녀를 만나야 한다! 그녀를 붙잡아야 한다!

그녀의 유리궁(琉璃宮)*은 이난의 집에서 멀지 않았다. 한양 인근에서 가장 좋은 소풍지로 꼽히는 창의문 밖으로 나가기 위해서는 반드시 이난의 집 앞을 지나야 했다. 그녀를 기다리는 동안 목이 마르고 눈이 빠지고 간장이 녹았다. 사랑에 미

* 유리 따위의 보석으로 꾸민 궁전. 아름답고 곱게 꾸민 집을 비유적으로 이르는 말
** 아름답게 꽃이 핀 복사나무라는 뜻으로 젊고 예쁜 여자의 얼굴을 이르는 말

친 사내는 마땅히 그처럼 병신성스러웠다. 창의문 밖에는 과실나무들이 많아 봄이면 꽃 천지였다. 앵두꽃과 살구꽃과 복숭아꽃과 배꽃과 자두꽃과 능금꽃이 앞 다투어 피어나 눈을 홀렸다. 그중에서도 복숭아꽃이 만발한 풍광은 도성 안팎의 어느 곳보다 장관이었다. 복숭아는 춘양(春陽)의 정(精)이니 그 꽃이야말로 음(陰)의 원한을 풀어주는 최고의 방도였다. 무르익은 수밀도의 단물과 향내를 떠올리는 것만으로도 이난의 몸이 부다듯이 뜨거워졌다.

마침내 길 어귀에 요도(夭桃)**가 나타났다. 발그레 홍조 띤 꽃잎 같은 얼굴로 낭창낭창 가는 허리를 흔들며, 그녀가 피었다.

이난은 말보다 글이 편한 사람이었다. 달변이기보다 눌변이었던 탓도 있으려니와 휘발되는 말보다는 글의 불변성을 믿었다. 하지만 절박하고 급박한 상황이 되자 돌함과 같던 입이 절로 열렸다. 집 앞을 지나던 그녀를 무슨 말로 붙잡았는지 알 수 없었다. 어떻게 설득해 집 안으로 불러들였는지는 기억나지 않았다. 다탁을 사이에 두고 마주 앉은 후에야 빠져나갔던 얼혼이 돌아왔다. 그녀가 눈앞에서 생글생글 웃으며 앉아 있었다.

"그래서…… 긴히 하실 말씀이란 무엇인가요?"

아무래도 꼭 해야 할 중요한 말이 있다고 악지를 썼던 모양이다. 앞뒤가 들어맞지 않는 핑계, 어이없는 꼬투리를 잡아 횡설수설했겠지. 이난의 얼굴이 화끈 달아올랐다. 부끄러움에 말문이 콱 막혔다.

"선비님은 시를 좋아하시나 봐요? 지금 필사하고 계신 대목이 「웅치(雄稚, 장끼)」의 일절이 아닌가요?"

이난이 태산처럼 무거워진 말부리를 헐기 위해 안간힘을 쓰는 동안 그녀는 태평스레 서재를 두리번거렸다. 그러다가 책상 머리에 밀쳐놓은 종이 뭉치를 발견한 그녀의 눈이 반짝였다.

"『시경(詩經)』을 읽어보았소? 글은 어디서 배웠소? 직접 시를 짓기도 하시오?"

막혔던 말문이 느닷없이 트였다. 물막이했던 보가 터진 듯 갑자기 질문이 철철 물밀었다.

"아, 한 번에 하나씩만 물어주시어요. 처음 보는 사람에게 어찌 그리 궁금한 게 많으신가요?"

그녀가 눈을 동그랗게 뜨고 까르륵 웃었다. 이난은 짐짓 당황했다. 지금껏 단 한 번도 그런 표정을 짓고 그렇게 웃는 여

• 앵두처럼 고운 입술

인을 본 적이 없었기 때문이었다. 무엇이라도 홀려내고야 말겠다는 듯 당돌하고 무엇에도 구애받지 않는 듯 분방했다. 더욱 놀라운 것은, 여인들에게 좀처럼 허락되지 않는 당돌함과 분방함이 이난의 눈에는 깜찍하고 사랑옵게만 보이는 것이었다.

장끼가 날아가네	雄稚于飛
날개를 퍼덕이며	泄泄其羽
사무치는 이 그리움	我之懷矣
내가 사서 하는 고통	自詒伊阻

시를 읊조리는 그녀의 입술을 물앵두 훑듯 훔쳤다. 달콤하고 아련한 과즙을 깊숙이 빨아 삼켰다. 가벼운 탄성과 함께 그녀의 앵순(櫻脣)*이 열렸다. 은밀한 틈새로 과육같이 무르익은 분홍빛 혀가 발쪽댔다. 입때껏 도사렸던 이난의 남성이 기지개를 켰다. 그는 언중하나 벙어리는 아니었다. 소심한 샌님도 아니었다. 다만 점잖고 신중한 겉모습에 호방한 알짬이 가려 있었을 뿐이었다. 그녀 앞에서만은 아무것도 숨기고 싶지 않았다. 갈망하던 여자를 만나서야 비로소 진짜 남자이고 싶었다.

"그간 멀리서 당신을 지켜보았소!"

"낯모르는 여인을 몰래 훔쳐보다니, 선비님은 짓궂은 분이 군요. 왜요? 제게 무얼 원하시는데요?"

또랑또랑 따지는 그녀의 말이 두 번째 입맞춤을 부추겼다. 촉촉하고 통통한 그녀의 입술을 빨며 이난은 도무지 정신을 차릴 수가 없었다. 황홀경에 도취된 사내의 머릿속에는 오직 한 가지 생각뿐이었다.

"짓궂은 건 당신이구려. 몰라서 물으시오? 당신을 품고 싶었 소! 속속들이 알고 싶었소!"

뜨거운 숨과 함께 토해 낸 이난의 고백을 들은 그녀가 기묘 한 표정을 지으며 고개를 갸웃거렸다.

"왜? 당신은…… 내가 싫으시오? 이 모두가 무뢰한이 포악 을 부리는 것으로 느껴지오?"

사랑에 눈이 멀어 턱없이 단순하고 어리석어진 사내가 울 상이 되어 물었다. 그 모습을 물끄러미 바라보던 그녀는 이윽 고 어린애를 가르치듯 부드럽고도 단호하게 속삭였다.

"나를 품을 수는 있어요. 하지만 가지려고 하진 말아요. 가 지려면…… 가둬야 하니까."

종실의 관계가 민간과 다르긴 하나, 어쨌든 촌수로 치면 방 산수 이난은 전남편 태강수 이동의 팔촌이었다. 나이로는 이동이 윗길이나 항렬이 낮아 이난이 그녀의 시아주버니뻘 되었다. 말하자면 그들은 유복친(有服親)이었다. 상(喪)이 났을 때 복제(服制)에 따라 서로 상복을 입어야 하는 친척이니 꽤 가까운 일가라 할 만했다. 같은 종친에 유복친이라는 사실이 이난과 그녀의 관계에서 뜻하는 바는 자명했다. 위험하고, 또 위험하다는 것.

그녀는 자신의 신분이 밝혀졌을 때 이난이 보일 반응에 대해 큰 기대를 하지 않았다. 어마뜨거라 놀라 뒷걸음질할 것이 분명했다. 공연히 허세를 부렸던 게 부끄러워 체면을 차리고자 한다면 무어라도 흠뜯어 구실로 삼을 것이었다. 이동과 오종년의 사례로 미루어 보아 이난 역시 다를 리 없다고 생각했다.

"당신이 어떤 신분이든, 누구의 아내였든 상관없소. 나는 어우동이 아닌 현비를 만났으니까. 내가 사랑하는 이는 세상이 모르는 그 여인뿐이오!"

하지만 이난은 달랐다. 그는 그녀를 진심으로 사랑한 첫 번째 남자였다. 애초에 아름다운 외양에 홀린 것은 사실이나 이윽고 내면세계와 재주를 더 아끼게 되었다. 그녀는 훌륭한 시인이었다. 스스로 시를 읽고 쓸뿐더러 글벗의 시심을 북돋울 줄 알았다. 그녀의 길갓집을 찾으면 그는 몸과 마음이 벌거숭이가 되었다. 알몸으로 뒹굴며 농탕하는 재미도 황홀하려니와 정사가 끝나고 벌거벗은 채 이불을 들쓰고 시를 짓는 즐거움은 천상의 그것이었다.

그가 붓을 들면 그녀가 먹을 갈았다. 그녀가 글을 쓸 때 그는 묵향과 난장(蘭章)*을 음미했다. 대봉감처럼 탐스럽게 튀어나온 젖가슴을 드러낸 채 그녀는 떠오른 시상을 일필휘지로 적어 내렸다.

백마대 빈 지 몇 해가 지났는가	白馬臺空經幾歲
낙화암은 선 채로 많은 세월 지났네	落花巖立過多時
청산이 만약 침묵하지 않았다면	青山若不曾緘默
천고의 흥망을 물어서 알 수 있으련만	千古興亡問可知

거듭되는 시간과 삶의 영고성쇠(榮枯盛衰)**를 더불어 이야기한 후였다. 백제의 패망사에 탄식하며 그녀가 지은 시 「부여회고(扶餘懷古)」에 이난은 크게 감동해 흐르는 눈물을 주체하지 못했다.

* 난초 향기와 같은 글
** 인생이나 사물의 번성함과 쇠락함이 서로 바뀜
*** 달에 있는 궁에 산다는 전설 속의 선녀. 견줄 만한 사람이 없을 정도로 아름다운 여자를 비유함

"여태껏 당신이 인간 세상에 내려온 월궁항아(月宮姮娥)*** 인 줄로만 알았는데, 이제 보니 한나라의 여류 시인 채염의 현 현이구려! 채염이 전란 중에 흉노에게 잡혀가자 그 문학과 음 률의 재능을 아낀 위나라의 조조가 돈을 내어 귀향하게 했다 지 않소?"

술에 취하고 사랑의 환희에 들뜬 이난은 내처 한 가지 기묘 한 제안을 했다.

"내가 이생에 조조가 되는 방법이 하나 있소. 제발, 내게 당 신을 새겨주오."

"그게 무슨 말씀이세요?"

"내 살갗을 바늘로 찔러 먹물로 당신의 이름을 새겨달라는 말이오. 지워지지 않게, 내 몸이 썩어 문드러지는 마지막 순간 까지 당신에 대한 기억을 간직하고 싶소!"

그녀는 사랑이 영원하다고 믿었다. 영원해야 마땅하다고 믿 었다. 그래서 이난의 어리석고 용감한 청촉을 순순히 받아들 였다. 핏빛 사랑이 방울져 흘러내리고 검은 맹세가 땀땀이 스 몄다. 하지만 그녀는 사랑의 영원을 믿되, 사랑의 대상은 무엇 으로도 변할 수 있다는 모순의 진실 또한 믿었다. 행복한 고통 으로 일그러진 이난의 얼굴을 바라보며 그녀는 우후후 우는 듯 웃었다. 먹피 묻은 바늘이 파르르 떨렸다.

그녀와 이난은 난새와 봉황 같은 사이였다. 뼛속들이 서로를 이해하는 영혼의 벗이었다. 하지만 그토록 두터운 정호(情好)에도 불구하고, 그녀는 이난에게 만족하지 못했다. 만족할 수 없었다. 물 좋고 정자 좋은 데가 있으랴 했던가. 이난은 젊은 나이에도 불구하고 정력이 약한 데다 심각한 조루병을 앓고 있었다.

"앵순을 훑는 건 윗녘의 일인데, 어쩌자고 아랫녘에서 앵두를 따는 건가요?"

입맞춤은 길고 깊었다. 하지만 입맞춤으로 몸이 뜨거워지기도 전에 이난의 아랫도리가 지레 눈물을 뚝뚝 흘리며 울기 일쑤였다. 아이는 칠수록 운다니 때리기보다는 잘 달래야 마땅함에 그녀도 최선을 다했다. 실수이리라 가볍게 넘기기도 하고 농을 하며 긴장을 풀어주려 애썼다. 하지만 아무리 보듬고 감싸도 옥문을 들어서기가 무섭게 울어버리는 꼬마둥이를 어쩔 수 없었다.

"미안하오……."

이처럼 민망한 처지에 놓여 이난이 할 수 있는 말은 그뿐이었다. 하지만 이같이 어이없는 경우를 당하여 그녀는 차마 괜찮다는 말을 할 수가 없었다. 그녀는 이미 오종년을 통해 음양의 화합으로 누릴 수 있는 지극한 재미에 눈을 떴다. 땀으로 번들거리는 사내의 등에 손톱을 박아 넣고 허벅지로 허리를 휘감아 조이며 더 먼 곳으로, 더 깊은 곳으로 달려가고 싶었다. 아무래도 트인 눈을 다시 감고 깜깜나라를 살 수는 없었다.

제아무리 이난이 귓가에 달콤하고 아름다운 사랑의 고백을 쏟아부어도 소용없었다. 여느 여인들에게 그러하듯 선물로 환심을 사려는 어리석은 시도도 해보았지만 그에 대한 응답은 핏기 없는 냉소였다. 사랑의 진심을 호소하며 매달릴수록 사랑의 진실은 멀어져갔다. 그녀는 그의 처지를 이해했지만 동정으로 사랑을 대신할 수는 없었다.

하지만 싸늘해진 침석에도 불구하고 그들은 당장에 헤어지지 않았다. 어느 날 이난이 찾아갔을 때 그녀는 외출하고 집에 없었다. 그녀의 딸아이 번좌만이 마당에서 흙장난을 하며 혼자 놀고 있었다. 이난은 아이에게서 어린 날의 그녀를 보았다. 이상스럽게 조용하고 영민한, 봄볕처럼 다스하고도 쓰라린.

"아씨께서는 나들이를 가셨답니다. 꽃이 질 날이 얼마 남지 않았으니까요."

그를 알아본 번좌의 유모가 변명하듯 억지웃음을 지으며 말했다. 상하귀천을 가리지 않는 그녀의 태도 때문에 그녀의 집 하인들은 숫제 친정붙이처럼 굴었다.

"방에 들어가 기다리도록 하지. 잠시 얼굴이라도 보고 가려네."

분벽사창(粉壁紗窓)*에는 그녀의 향기가 맴돌고 있었다. 그녀의 눈짓, 그녀의 웃음, 그녀의 짙은 살내가 어지러이 떠돌고 있었다. 하지만 그 모두의 주인은 온데간데없고 오직 흰 바람벽에 붉은 소매 적삼만이 덩그마니 걸려 있었다. 적삼을 내려 그녀의 체취를 깊이 들이마셨다. 그리고 불현듯 그리움을 이기지 못해 서안을 펴고 붓을 잡았다.

옥으로 지은 물시계 서로 부딪혀 밤기운을 맑게 깨우고

玉漏丁東夜氣淸

흰 구름은 높이 흐르니 달빛은 더욱 밝아라　白雲高捲月分明

한가로운 방은 조용하지만 향기는 남아 있어　間房寂謐餘香在

꿈결같이 그리운 정을 그려낼 수 있겠네　可寫如今夢裏情

그녀를 잃지 않을 단 하나의 방법은 그녀를 가지려고 욕심내지 않는 것이었다. 그녀의 아름다움만이 아니라 추악함까지도, 선의만이 아니라 패악까지도, 애정만이 아니라 배반까지

---

* 하얗게 꾸민 벽과 비단으로 바른 창이라는 뜻으로, 여자가 거처하며 아름답게 꾸민 방을 이르는 말

도 사랑의 이름으로 감당해야 했다. 그 고통이 너무나 극심하여 단념하고 도망칠 궁리를 하지 않은 바 아니었다. 하지만 이난은 결국 완패를 자인했다. 그 모든 고통을 합쳐도 그녀를 보지 못하는 고통만큼 크지는 않았으므로. 그리고 가지려고 가두지만 않는다면, 누구의 소유도 아닌 그녀는 자신의 것일 수도 있을 테니까.

현곤(玄袞)*의 세상, 하나

세자 이장(暲)이 죽었다. 그의 나이 스무 살이었다.

세자로 책봉된 지 꼬박 두 해가 되던 날 돌연히 발병하니, 승려 이십일 인이 경회루 아래 모여서 밤새워 공작재(孔雀齋)**를 베풀고, 의정부 당상과 육조 판서 이상과 승지들이 재소(齋所)에 들어가 기도를 바쳤으나 소용없었다. 전국 각지에 사람을 보내 향과 축물을 내리고 기도하고, 종친과 대신들이 매일

* 임금이 입는 검은 빛깔의 곤룡포
** 불교의 밀교(密教)에서 공작명왕(孔雀明王)을 본존으로 삼고, 그로 하여금 재앙을 없애고 병마를 덜고 목숨을 오래 살게 하도록 베푸는 재(齋)

처소를 문안하고, 환구단과 종묘와 사직에 간절한 기도를 바쳤지만 결국 한 달을 넘겨 닷새가 지난 늦가을의 초입에 본궁 정실(正室)에서 훙(薨)하였다.

처음 병을 얻었을 때 아직 기력이 남아 있던 그는 붓을 잡고 종이 위에 고시(古詩) 한 절구를 써서 간호하던 이들에게 보여주었다.

비바람 무정하여 모란꽃이 떨어지고　　　　　風雨無情落牡丹

섬돌에 펄럭이는 작약이 붉은 난간에 가득 찼네

　　　　　　　　　　　　　　　　　　　飜階紅藥滿朱欄

명황이 촉나라 땅에 가서 양귀비를 잃고 나니　明皇幸蜀楊妃死

빈장(후궁)이야 있었건만 반겨 보지 않았네　縱有嬪嬙不喜看

모란이 지면 봄이 간다. 세자는 나라를 꽃피울 봄과 같은 존재이니, 후일의 제왕이 거처하는 동궁의 다른 이름은 춘궁(春宮)이었다. 꽃이 피기도 전에 때 아닌 낙화를 노래하는 시구를 읽고 구완하던 이들의 낯빛이 창백해졌다. 아름답고 유려한 해서체의 반듯함마저 불길하였다.

학문을 좋아하는 예의 바른 아들이었다. 아버지는 잔혹한 야심가였고 어머니는 배포와 야망이 남편에 못잖은 여걸이었으나 부모는 온순한 맏아들을 사랑했다. 참척을 당한 왕과 왕비는 크게 상심하여 밥상에서 고기붙이를 치우고 조회와 저자를 닷새간 파하였다. 죽은 세자에게 의경이라는 시호를 내리니, 온화하고 성스럽고 착한 것을 의(懿)라 하고 아침 일찍부터 밤늦게까지 경계하는 것을 경(敬)이라 일컬었다.

의경세자를 명계로 이끈 병명은 알려지지 않았다. 특별한 증상조차 없이 시름시름 앓다 죽으니 자연 구구한 억측이 나돌았다. 마침 때가 노산군으로 강봉되어 강원도 영월에 유배된 전왕이 죽은 다음해였다. 공식적으로 알려지기는 복위를 모의하던 금성대군이 사사되고 장인 송현수가 교형에 처해졌다는 소식을 들은 노산군이 스스로 목매어서 죽었다고 했다. 하지만 전왕의 자살을 믿을 수 없었던, 믿고 싶지 않았던 사람들은 바람결에 전해진 소문을 더 믿었다. 임금이 내린 사약을 전하던 금부도사 왕방연이 주저하는 사이, 공생 복득이란 자가 활시위로 등 뒤에서 목을 졸라 노산군을 절명케 하였다는 것이었다. 향교에 다니던 일개 생도의 무도한 만행 뒤에 누가 있는지는 말하지 않아도 모두가 알았다.

밀봉된 비밀이 미신을 쏘삭였다. 석연치 않은 죽음, 억울한 사연이 괴문을 낳았다. 세자가 죽던 날로부터 사흘 전에 세자의 꿈에 노산군의 모친인 권씨가 나타나 일갈했다는 것이다.

"네 애비가 감히 내 아들을 목 졸라 죽이고, 너희들이 과연 온전할 줄 알았더냐?"

이야기는 후일 동정이 보태지고 저주가 곱해져 세조의 꿈에 현덕왕후가 나타나 저주했다는 설화가 되었다.

꿈속에 귀신이 출하든 몰하든, 어쨌거나 의경세자는 요절했다. 그리고 석 달이 지나 양전(兩殿)의 차자인 해양대군 이황(晄)이 왕세자로 책봉되었다. 동궁에 새 주인이 생기고 세자빈을 맞아들이기 위한 간택령이 내렸다. 하늘의 해는 둘일 수 없고 달 또한 둘일 수 없었다. 이장이 세자가 되던 날 함께 세자빈으로 책봉되었던 한씨는 궁을 나와 사저로 돌아갔다. 맏아들 월산군과 태안공주, 그리고 생후 한 달 만에 아비를 잃은 자산군이 스물한 살짜리 청상과부의 전부였다.

시간이 흘렀다. 짧고도 긴 열두 해였다. 피의 대가로 얻은 권력도 세월 앞에서는 무상하였다. 불사영생할 듯 강강했던 세조가 재위 십삼 년 석 달 만에 오십이 세로 붕어하고, 보위를 이은 예종이 일 년하고 두 달을 겨우 넘겨 스물이라는 턱없이 젊은 나이에 세상을 떠났다.

즉위한 지 한 달 보름 만에 남이의 역모 사건을 처결한 예종은 부왕 못잖은 강군(强君)의 자질을 보였다. 하지만 보위에 오르고 맞은 첫 겨울서부터 족질(足疾)을 앓기 시작해 끝내 발끝으로부터 퍼진 독기를 이기지 못하고 쓰러졌다. 너무도 갑작스런 일이었다. 숨을 거두기 열흘 전쯤 하루 동안 정사를 보지 못한 적은 있으나 사흘 전 자리보전하기까지 어비(御批)*하였기에 대소 신료가 크게 놀랐다.

한겨울의 게으른 해가 비로소 기지개를 켜는 진시(辰時)에 사정전 문밖에 모여 있던 재상들은 예종이 자미당에서 짧은 생애를 마쳤다는 소식을 듣고 실성하여 통곡했다. 대비의 부름을 받은 신숙주가 도승지 권감과 함께 자미당에 들어갔다 나오고 입직한 도총관 노사신이 대궐문 안으로 들어오자, 재상들은 위사(衛士)로 하여금 궁성의 모든 문을 굳게 지키게 하고 의논을 시작하였다. 신숙주가 권감에게 말했다.

"나라의 큰일이 이에 이르렀으니, 주상(主喪)**은 불가불 일찍 결정해야 마땅하오."

민간의 장례에 집안의 대를 이을 자손이 상주가 되는 것처

---

* 임금이 친히 정사를 처리함
** 죽은 사람의 제전(祭奠)을 대표로 맡아보는 사람

럼 임금의 장례에서 주상은 보위를 이을 후계가 맡기 마련이었다. 그런데 예종이 워낙에 젊은 나이에 요절한 터라 동궁은 아직 비어 있고 원자로 책봉된 예종의 아들 제안대군은 고작 네 살배기 어린아이였다.

그때 그 자리에 모여 있던 재상들은 뭔가 바빴다. 세조의 딸 의숙공주의 남편이자 공신인 정현조를 들여보내 대비에게 아뢰었다.

"속히 주상자를 정하여 나라의 근본을 굳게 하소서. 이것은 큰일이므로 내시를 시켜 전달할 수 없으니, 청컨대 친히 아뢰게 하소서!"

정현조는 내역을 알 수 없는 의논거리를 갖고 재상들과 대비 사이를 네다섯 차례 왕복했다. 그 분주하고 비밀한 논의가 끝나자 드디어 대비가 강녕전 동쪽 방으로 나와 그들을 불렀다. 원상 신숙주, 한명회, 구치관, 최항, 홍윤성, 조석문, 윤자운, 김국광과 더불어 권감이 들어오고, 이어 새벽녘에 예종의 병석을 지켰던 한계희와 임원준이 자미당에서 건너왔다. 대비는 그들 앞에서 슬피 울었다. 하지만 대비 정희왕후는 세조의 아내이자 정치적 동지였다. 그녀는 아들을 잃은 어미이기 이전에 왕실의 큰 어른으로서 무서운 자제력을 발휘해 슬픔을 잠재웠다.

"참으로 망극하옵니다. 신들은 밖에서 다만 성상의 옥체가 미령하다고 들었을 뿐인데 이에 이를 줄은 생각도 못하였습니다."

신숙주가 눈물을 닦으며 고하자 대비가 목소리를 가다듬어 대답했다.

"주상이 앓을 때에도 매일 내게 아침 문안을 했으므로 나 역시 생각하기를 '병이 중하면 어찌 이와 같이 하겠느냐?' 하고 심히 염려하지 않았는데, 이제 이에 이르렀으니 장차 어찌 하면 좋겠느냐?"

대비는 정현조와 권감을 시켜 여러 재상에게 누가 주상자로 좋을까를 물었다. 그들은 답하기를 신하 된 도리로 감히 의논할 바가 아니니 다만 명하시기를 기다린다 하였다. 마침내 대비가 결단하고 전교하였다.

"원자는 이제 겨우 젖먹이를 면했고 월산군은 병을 앓아 허약하니, 비록 자을산군*이 어리기는 하나 세조께서 일찍이 그 도량을 칭찬하여 태조대왕에 비하는 데에 이르렀도다. 허니 자을산군으로 하여금 주상을 삼는 것이 어떠하냐?"

이에 재상들은 입 모아 한가지로 외쳤다.

* 자산군 이혈(娎). 자산군에서 자을산군으로 고쳐 봉함

"진실로 마땅하옵니다!"

그런데 묘한 일이었다. 대비에게 하직하고 사정전 뒤 서쪽
뜰에서 교서의 초안을 잡은 신숙주와 최항은 자을산군을 맞
아들이는 일을 계달할 필요가 없었다. 애초에 의논하기로는
한명회와 권감 등이 위사 이십여 인을 거느리고 자을산군의
본저에 가서 맞아 오기로 하였다. 명색이 왕위의 계승자를 모
셔 오는 일인데 예를 갖추어야 마땅할 것이었다. 하지만 그 모
든 의논이 무색하게도 자을산군은 본저에 없었다. 이미 예궐
하여 부름을 기다리고 있었던 것이다.

후계의 서열을 따지자면 그는 세 번째였다. 첫째는 아무리
어린 나이라도 승하한 예종의 적장자인 원자 제안대군일 수
밖에 없었고, 제안대군 다음은 병약하다 어쩌다 해도 월산군
이 되어야 했다. 하지만 왕위의 주인은 하늘이 선택한, 그 하
늘의 부르심을 앞질러 거니챈 대비와 원상들의 지목을 받은,
열세 살의 자을산군이었다.

대비가 군왕의 자질로 증거 삼은 자을산군의 도량이란 지
난여름에 있었던 벼락사고 때의 일을 가리키는 것이었다. 그
때 자을산군은 형인 월산군과 함께 입궐해 중궁전에서 세조
와 정희왕후를 만나고 있었다. 일찍 아비를 잃은 어린 손자들

이 안쓰러워 맛난 것도 먹이고 재미난 놀이도 하려는데, 하필이면 갑자기 일기가 사나워지며 분룡우가 퍼붓기 시작했다. 장막을 걷는다 우산을 편다 궁녀와 내시들이 들뛰는 가운데 불현듯 천지를 뒤흔드는 천둥에 이어 한 줄기 벼락이 지상에 내리꽂혔다.

"아악!"

날카로운 외마디 비명 소리와 함께 우산을 내오던 환관이 풀썩 쓰러졌다. 정통으로 벼락을 맞아 죽은 시체의 외형은 참혹했다. 수염과 머리카락은 하늘의 불에 그슬려 오그라들고 살빛은 익은 듯 누렇고 검은데, 튀어나온 눈알과 벌린 입은 곧이라도 "여기 우산을 받으시옵소서!"라고 고해바칠 것 같았다. 그 끔찍한 모습을 보고 좌우가 놀라 쓰러지면서 넋을 잃었다. 백전노장인 세조조차 넘어지지는 않았으나 잠시 비틀거렸는데, 그 와중에 꼿꼿이 서서 얼굴빛 하나 변하지 않은 사람은 오직 자을산군뿐이었다. 그는 이 소동을 처음부터 끝까지 예사로이 지켜보았다. 괴이하게 느껴질 만큼 침착

---

* 안순왕후 → 인혜대비(왕대비) → 명의대비(대왕대비)
** 소혜왕후(의경세자가 덕종으로 추존되며 얻은 시호) → 인수왕비 → 인수대비(왕대비, 대왕대비)
*** 정희왕후 → 자성대비(왕대비, 대왕대비)

하고 냉정한 열세 살 손자를 할아버지 세조는 감격하여 칭찬하였다.

"보라! 이 아이의 기개와 도량이 우리 태조와 비슷하지 않은가?"

태어난 지 한 달 만에 아비를 잃은 핏덩이를 이 같은 왕의 재목으로 길러낸 사람은 어미인 한씨였다. 비록 남편인 의경세자가 요절하는 바람에 자질과 포부를 드러낼 기회를 놓쳤으나, 여인으로는 드물게 경전과 사서를 두루 읽은 규수였다. 그녀는 아들이 왕위에 오르면서 십이 년 만에 궁으로 들어왔고 잃었던 시호를 한꺼번에 되찾았다.

이로써 신왕은 세 명의 대비를 모시게 되었다. 예종의 계비이자 제안대군의 어머니인 인혜왕대비 한씨*, 임금의 어머니인 인수왕대비 한씨**, 그리고 두 대비의 시어머니인 자성대왕대비 윤씨***였다. 신숙주를 비롯한 재상들이 옛 고사와 신민의 여망을 명분 삼아 어린 왕이 장성할 때까지 대왕대비가 수렴청정할 것을 계청하니, 대왕대비는 두세 번 사양하다가 마침내 허락하였다.

그때 그날의 대비와 재상들은 뭔가 바빴다. 조선 개국 이래 선왕 사후에 후계가 즉위한 경우는 세종대왕이 붕어한 지 닷새 뒤에 문종이 즉위한 것과 문종이 붕어한 지 나흘 뒤 단종이 즉위한 사례가 있었다. 선왕이 붕어한 바로 그날 신왕이 즉위한 것은 매우 이례적인 일이었다. 자을산군은 타고난 자질이 뛰어나고 도량이 웅위한 것과 더불어 중신 중의 중신인 상당군 한명회의 사위였으니, 바야흐로 범에게 날개가 돋친 격이었다.

이제 그 호랑이가 조선의 왕이었다.

담을 넘다

이난은 하루가 멀다 하고 그녀의 집을 찾았다. 만나지 못하면 그리웠다. 하지만 만나면 화가 났다. 포옹을 하고 입을 맞추고 어루만질 때까지는 좋았다. 성심을 다한 애무는 더없이 황홀했다. 하지만 그게 전부였다. 그의 가운뎃다리는 좀처럼 성을 낼 줄 모를뿐더러 뻣성을 부려봤자 금세 풀렸다. 그 지독하게 지루한 과정에서 지펴 올랐던 열망마저 흐물흐물해졌다.

"미안하다고 말하지 말아요."

괜찮다는 대답 대신 그녀가 선수를 쳤다. 서로가 민망하다 못해 참담해지는 순간에 뻔하고 식상한 말 따위는 주고받고 싶지 않았다.

"그럼 내가 무얼 말할 수 있겠소?"

"저자의 육담이든 패담(悖談)*이든, 미안하다는 말 말고 아무거나 해보세요."

자기도 모르게 뾰족해진 말투에 아차, 하는 순간 이난의 얼굴에 그늘이 드리워졌다.

"……미안하오."

그의 잘못이 아닌 것도 알고 그가 얼마나 그녀를 사랑하고 아끼는 줄도 알았다. 어쩌면 이난은 이 세상에서 그녀를 이해할 수 있는 유일한 사람일는지도 몰랐다. 하지만 그럴수록 그를 떠나야 한다는, 떠나보내야 한다는 생각을 떨칠 수가 없었다. 그는 훌륭한 선비이자 재주 있는 문사였다. 명료한 지성과 예민한 감성을 고루 갖춘 보기 드문 사람이었다. 하지만 그녀 곁에서 그는 고작해야 미안하다는 말밖에 할 줄 모르고, 할 수 없는 사내였다.

"아무래도 안 되겠어요. 내가 당신을 비참하게 만들고 있어요."

"무슨 소리요? 혹 나를 밀어내려는 것이오?"

"당신은 나 때문에 괴로워져요. 나는 당신 때문에 잔인해져요."

* 사리에 어긋난 말

86

이난의 사랑에 만족하지 못하는 자신이 미웠다. 이대로 관계를 유지한다는 것은 죄악이었다. 다른 사내의 품에 안기지 않아도 다른 사랑을 꿈꾸는 것이 이미 배반이었다.

"당신의 사랑은 오직 몸으로 나누는 것뿐이오?"

그녀를 사랑하는 방식이 세상의 어느 것과도 다름을 알고 있었다. 그럼에도 이난은 고통과 두려움으로 억지를 부렸다.

"사람이 금수와 다른 점이 무엇이오? 마음이 없다면 정사가 교미와 다를 바 무엇이오?"

분노한 이난의 비난 앞에서 그녀는 부끄럽지 않을뿐더러 화가 나거나 억울하지도 않았다. 다만 슬플 뿐이었다. 어느 누구도 아닌 그에게 뜨겁게 안기고 싶었다. 그의 품속에서 짐승처럼 울부짖으며 환희를 맛보고 싶었다. 하지만 몸이 식으면서 마음 또한 시나브로 식어갔다. 함께 읽는 시가 시시해졌다. 시가 시시해지니 삶도 시시해졌다. 몸이 없는 마음은 공허하였다. 그녀는 그 마음을 견딜 수 없었다.

—더러운 년!

그녀는 이난의 향기로운 입에서 그 말이 터져 나오기를 기다렸다.

—음탕한 년! 욕정으로 미쳐버린 창부 같은 계집!

동정 없는 세상의 언어로 그녀를 불러주길 바랐다. 그래야

멋대로 굴러먹고 함부로 처신할 수 있을 터였다. 그녀 자신도 헤아릴 수 없고 제어할 수 없는 몸속의 불은 그렇게 진창 속에서 뒹굴어야 꺼질 것이었다.

입술을 잘근잘근 씹으며 그녀는 욕설을 고대했다. 더럽다는 말을 들을 때야 편안해지고 미쳤다는 욕을 먹고서야 비로소 차분해질 수 있었다. 하지만 이난은 끝내 그녀가 원하는 것을 주지 않았다.

"유정한 사람이 무정한 사람을 어찌 이길 것인가……?"

이난의 대답은 허허로운 중얼거림이었다. 이로부터 그들은 더이상 각각이 보낸 밤을 묻지 않았다. 이난은 때때로 팔뚝에 새겨진 그녀의 이름을 더듬으며 쓸쓸한 수음을 했고, 그녀는 이따금 연애시를 빼곡히 적은 이난의 서한을 읽었다. 하지만 같은 베개를 벨 수 없어도 그들의 인연은 끝나지 않았다. 끝날 수 없었다.

담장을 사이에 둔 옆집 아낙은 입비뚤이였다. 젊은 나이에 풍을 맞은 건지 돌베개를 베고 자다 입이 돌아간 건지 알 수 없어도, 비딱하게 기울어진 입아귀가 밉지 않은 얼굴을 시통하게 만들고 있었다. 그녀가 이사 오던 날, 아낙은 자기 집 문간에 기대서서 입을 비쭉이며 들고나는 짐과 사람들을 자세히 살폈다. 그녀가 눈인사를 건네자 마지못해 고개를 까딱하더니 등을 돌려 쌩하니 집 안으로 들어가버렸다. 별스러운 성미다 싶었지만 경황 중에 마음에 오래 담아두지 않았다. 한어미의 자식도 아롱이다롱인데 세상일이든 사람이든 하나같을 수는 없었다. 그런데 다음 날 이사 떡을 들고 이웃집에 다녀온 장미가 고개를 갸웃거리며 말했다.

"옆집 여자 말이에요, 아무래도 좀 이상한 것 같아요."

"무엇이 어찌 이상타는 말이냐?"

"떡을 주러 찾아갔더니 붙잡고 꼬치꼬치 우리 집 사정을 캐어묻는데……"

아낙이 궁금해한 것은 단 하나였다. 어린애는 있는데 남편은 없는 것 같고, 남편은 없는 것 같은데 소복 차림이 아니니 과부는 아닌 듯하고, 과부가 아니라면 대체 반드르르한 가구며 기물을 갖추고 혼자 사는 여자의 정체가 무어냐는 것이었다.

"그래서 무어라 대답했느냐?"

"대답할 짬도 없었습니다요. 그 여편네 혼자 북 치고 장구 치고 온갖 망상의 잡설을 늘어놓더니 딱 한마디로 결론을 짓던걸요. 계집은 어떻게든 사내의 그늘 아래서 살아야 하는데, 우리 집처럼 허허벌판의 조개무지여서는 어쩌겠냐 하더군요."

"조개무지? 그것 참 재미있는 말법이로구나. 그 집에도 떡은 잊지 않고 돌렸겠지?"

"그럼요. 어떻게 만들었는지 참으로 맛나다고 남으면 한 접시 더 달라고까지 하던걸요?"

"푸짐히 담아서 한 접시 더 갖다 드려라. 미운 아이 떡 하나 더 준다지 않느냐?"

하지만 어떤 꿀떡과 단술로도 떡 먹은 입 쓸어 치듯 딴소리를 하는 입비뚤이를 막을 수 없었다.

"그 집 아씨는 언뜻 보기에도 젊디젊은 데다 미색까지 출중하던데 왜 혼자이신가?"

장보기를 마치고 돌아오던 장미를 골목 어귀에서 마주치자 입비뚤이가 또다시 다짜고짜 물었다. 이쯤에서 여편네의 오지랖에 슬슬 부아가 치밀기 시작한 장미는 퉁명스레 대꾸했다.

"울 아씨는, 마누라는 감옥 같은 집 안에 꽁꽁 가둬놓고 난봉질이나 하러 다니는 서방이란 작자에게 질려서 다시는 그런 족속과 상종하지 않으시겠답니다!"

그런데 눈치가 있으면 떡이나 얻어먹지, 입비뚤이는 모르고 그러는지 부러 그러는지 능갈을 부렸다.

* 총각과 처녀가 혼인하여 맺은 부부

"아이고, 그 고운 부인이 팔난봉에게 소박을 맞으셨구먼. 그래도 그러시면 안 되지!"

"뭘 그러면 안 된단 말이에요?"

"아무리 미친개에 물렸기로서니 세상 사내를 다 발정 난 수캐라고 생각하면 곤란하지. 결발부부*로 백년해로하고 동혈에 묻히기를 소망하는 사내도 얼마든지 있다고. 우리 바깥주인 같은 사람 말이야."

입비뚤이는 어리떨떨한 장미를 붙잡고 본격적으로 자랑질을 시작했다.

"아직 소문 못 들었어? 이 동네에선 천하에 없는 애처가로 유명한데. 궁궐을 지키고 임금님을 호위하는 무장이 세상에서 내가 제일 무섭다지 뭐야? 혼인한 지 십 년도 넘었는데 아직도 불면 날아갈까 쥐면 꺼질까 아끼며 벌벌 떤다고. 제아무리 잘난 여자도 서방 없이는 끈 떨어진 뒤웅박이야. 그러니 너희 주인아씨도 살살 구슬려보라고. 괜한 콧대 세우지 말고 늦기 전에 중노인 소실로라도 들어가라고!"

입은 비뚤어져도 말은 바로 하라지만 옆집 여자에게 비뚤어진 건 입이 아니었다. 아집과 벽견으로 가득 찬 머리에, 입만 빼놓고 전부가 비뚤어져 있었다.

비뚤어진 입을 통해 사내의 이름을 처음 들었다. 내금위에 다닌다는 무반 구전. 옆집 아낙이 입에 침이 마르도록 자랑하고 다니는 그 잘난 서방이었다.

아무래도 전생에 혼기가 찬 처녀로 죽은 손말명이 붙은 모양이었다. 입비뚤이는 잠깐 눈인사만 나눈 그녀가 남편 없이 독신으로 사는 것을 끔찍이도 안타까워했다. 과부인 장미가 개가하지 않는 것은 물론 중늙은이가 다 된 유모의 홀어미 살림까지 참견했다. 아낙은 세상에 흔하디흔한, 남의 불행을 제 행복으로 삼는 부류였다. 그래도 이웃과 척을 지고 피곤하게 살기 싫어 한동안 꾹 참았다. 그런데 기어코 아장걸음을 걷는 번좌의 혼삿길까지 걱정하는 지경에 이르러서는 남의 말이란 끽해야 석 달이라며 무시해 온 그녀마저 분심이 끓어올라 펄펄 뛰었다. 달려가 머리채라도 휘어잡을까 하였으나 생각해 보니 한심하다 못해 불쌍했다. 입비뚤이 아낙이 내세울 것은 오직 혼인을 했다는 사실 하나밖에 없는 듯했다.

아낙이 그녀의 집에 출입하는 이난을 궁금해하니 장미는 주인아씨의 친정 오라비라고 둘러댔다. 그러자 그 비딱한 입에서 단박에 터져 나온 말이 가관이었다.

"차림새를 보니 지체 높은 재산가인 듯한데, 이목구비며 체구는 우리 한이 아버지만 못하구면. 문반이 아니라서 공작 흉

배를 못 두를 뿐이지 도성 안에 내금위 구전만큼 잘난 사내가 어디 흔한가?"

어느덧 그녀도 슬그머니 구전이 궁금해졌다. 그토록 잘났다는 용모와 허우대도 그러려니와 그녀의 호기심을 더욱 자극한 것은 입비뚤이가 뻐기며 장담하는 구전의 품행이었다.

"세상 사내들이 모조리 외방출입을 한다 해도 우리 한이 아버지만큼은 아니야. 오죽하면 놀량패에 끌려간 기방에서도 부처님 가운데 토막이라고 불리겠어? 만약에 우리 서방이 계집질을 한다면 내 손에 장을 지지지!"

그 소리를 전해 들은 그녀의 입꼬리가 말을 지껄인 아낙의 그것처럼 어슷하게 비틀렸다.

"여편네가 그걸 어떻게 장담한다더냐?"

"그게 말씀입죠……"

장미가 목소리를 낮추며 무릎밀이로 버썩 다가앉았다.

"그 헌헌장부라는 옆집 사내가 자기 여편네를 아끼긴 꽤나 아끼는 모양이에요."

웬일인지 장미의 말투에는 장난기가 잔뜩 서려 있었다. 그녀의 영리한 눈이 야릇한 예감으로 반짝 빛났다.

"그럼……?"

"아씨도 짐작이 가십니까요? 얼마나 아끼는지 손때라도 탈까 봐 둘째를 낳고는 안방 출입을 아예 안 한답니다. 여편네는 그걸 또 자랑이라고 아들을 둘씩이나 보았으니 이제는 음욕을 다스리고 정기를 아껴 장생불사에 힘쓰는 거라고 떠들어대더군요."

"저런! 내외가 곧 신선이 되겠구나!"

그녀와 장미는 눈물이 질금 나올 때까지 배를 잡고 웃었다.

자랑 끝에 불붙고 자랑 끝에 쉬슨다 하였다. 입비뚤이 아낙이 쓸데없는 말만 씨불거리지 않았어도, 구렁이 제 몸 추듯 자기를 높이기 위해 함부로 남을 깔아뭉개지만 않았어도 별일은 없었을지 모른다. 아니, 기실 그보다 더한 고린내를 풍겨 파리를 뀐 것은 나들이 길에 마침내 마주친 옆집 사내 구전의 모습이었다.

왕의 측근에서 호위를 하는 내금위의 군관답게 걸때는 커다랗고 억셌다. 홍철릭에 환도를 꿰어 찬 모양이 제법 위엄차 보이기도 했다. 하지만 순식간에 그녀의 몸태를 핥듯이 훑고 지나간 느질맞은 눈빛은 선인의 청정한 그것과 눈곱만큼도 닮은 데가 없었다. 한눈에 보기에도 대단할 것이라곤 없는 평범하디평범한 사내였다. 대문 안의 작은 세상에서 호령바람을 일으키며 마누라의 치마폭 안에서나 도를 닦는, 그 허세와 위선이 더할 나위 없이 구렸다.

"어디 보자, 그 도력이 얼마인지 참으로 궁금하구나!"

그녀가 물결치는 치맛자락을 말아 쥐며 발쪽 웃었다.

이 집을 구할 때 특히 마음에 들었던 것은 널따라면서도 아늑한 정원이었다. 길갓집이라 언뜻 솔게 보이지만 안채를 돌아들면 너렁청한 뜨락이 펼쳐졌다. 매화나무와 감나무가 튼실한 가지를 뻗치고 잗다듬어 키운 화초가 만발하니 철철이 화사하고 싱그러웠다. 그녀는 그곳을 좋아하여 정성껏 가꿨다. 소보록한 잔디를 깔고 군데군데 징검돌을 놓아 여가가 날 때마다 한가로이 거닐었다.

사시절 중에 가장 아름다운 한봄이었다. 봄빛은 사람의 언어에도 스미어 말말이 환했다. 다사로운 햇살이 고와 여일(麗日)이었다. 더할 나위 없이 맑고 깨끗한 경치가 펼쳐지니 숙경(淑景)이요, 산들산들 부는 바람은 화풍(和風)이었다. 봄소식은 꽃으로 전하고 새싹으로 답을 받았다. 바야흐로 춘신(春信)이었다.

흰 모시 저고리에 노랑 치마 차림으로 그녀가 뜨락에 나섰다. 며칠 전까지 등거리로 걸쳤던 배자를 벗으니 약간은 선뜩한 듯도 하였지만 청량한 느낌이 좋았다. 타고난 몸바탕이 열이 많았다. 입는 것보다는 벗는 것이 좋고, 두꺼운 것보다는 얇은 것이 좋고, 무거운 것보다는 가벼운 것이 좋았다. 그래도 몸 안 깊숙이에서는 알 수 없는 뜨겁고 묵직한 것이 설설 끓었다. 그녀 자신도 그것이 무언지 아직 다 몰랐다.

"좋구나! 참 좋아……."

봄 향기를 한껏 들이마시며 그녀가 기지개를 켰다. 짧은 저고리 아래 오동보동하게 오른 봄살이 뽀얗게 불거졌다. 봄의 백양이요 가을에 내장이라, 봄에는 백양산 비자나무 숲의 신록이 좋고 가을에는 내장산의 단풍이 절경이라 하였다. 봄에 조개요 가을에 낙지일지니, 제철을 맞은 조개가 살지고 낙지가 졸깃하다 하였다. 그리고 옛적부터 사람들이 입에서 입으로 넌지시 전했다. 봄 보지가 쇠 저를 녹이고 가을 좆이 쇠판을 뚫을지니, 봄에는 계집이 들뜨고 가을에는 사내가 계절을 넘어선 춘심과 춘정에 흔들린다는 것이다.

계집이 들떠 혼자 꽃이나 꺾을 리 없고, 사내가 흔들려 혼자 달이나 쳐다볼 리 없다. 환하게 피어나 봄기운을 물씬 풍기는 그녀를 지켜보는 누군가가 있다는 것을 그녀는 진즉에 낌새채고 있었다. 담장 저편에 붙어 숨은 눈길은 그녀의 몸짓 하나하나를 집요하게 좇았다. 얇은 옷으로 못다 가린 그녀의 풍만한 몸매가 움직일 때마다 담장이 씨근씨근 거친 숨을 몰아쉬었다. 잡초를 뽑기 위해 허리를 숙이느라 저고리 동정니가 벌어져 깊이 패인 가슴골이 드러났을 때에는 담장이 꼴깍 침을 삼켰다. 나긋나긋한 손으로 꽃가지를 잡고 아물아물한 실눈으로 하늘을 바라보며 그녀는 피식 웃었다.

— 누가 낭군의 마음이 솜처럼 가벼우랴 생각하고, 누가 부인의 마음이 실처럼 어지러움을 알랴!

떠도는 노랫가락 한 구절을 읊조리며 그녀는 사뿐사뿐 방 안으로 들어갔다. 마지막 순간까지 그녀의 팽팽하고 탱탱한 뒤태에서 눈을 떼지 못하는 음흉한 담장을 비웃듯이 냉큼.

붉은 비단이 길이가 짧듯 봄의 좋은 날은 짧았다. 그녀는 매일매일 정원에 나가 볕을 쬐고 바람을 맞았다. 담장 너머의 인기척은 여전한데 용케도 침묵을 지키며 목젖만 꼴깍거리고 있었다. 그녀는 애써 누군가를 유혹할 생각이 없었고, 그렇다고 피해 몸을 숨길 생각도 없었다. 그녀의 뜨락이고 그녀의 꽃이었다. 시들어 떨어지기까지는 오로지 그녀의 봄이었다.

어느 하루 비가 왔다. 이 비가 그치면 연분홍은 지고 초록빛 세상이 펼쳐질 테다. 봄꽃들과 작별 인사를 나누기 위해 비 내리는 뜨락에 가만히 내려섰다. 청정한 기운을 담뿍 담은 비가 지우산을 요란스레 두드렸다. 설마 이런 날까지 염알이질을 할까 싶어 긴장을 풀고 혼자만의 봄비를 즐겼다. 빗방울이 튀어 치맛자락이 다리에 감겼다. 지우산으로 못다 가린 어깨가 젖었다. 비린 물 냄새와 그녀의 살내가 향기롭게 뒤섞였다.

바로 그때였다. 감쪽같이 시침을 떼고 선 담장을 훌쩍 뛰어넘어, 마침내 구전이 그녀 앞에 선 것은.

담을 넘은 사내와 마주친 건 처음이었다. 높고 두터운 담장 같은 덩치가 눈앞에서 씨근덕씨근덕 더운 숨을 몰아쉬고 있었다. 그녀는 민낯에 맨몸이었다. 구전 역시 윤번을 마치고 돌아와 철릭을 벗어던진 바지저고리의 평상복 차림이었다. 화장과 제복으로 가렸던 욕망도 헐벗은 채였다. 그들 사이로 부슬부슬 봄비가 내렸다.

가까이에서 보니 구전은 여편네가 입이 닳도록 자랑한 대로 볼품이 꽤나 좋았다. 이목구비는 못나지 않은 정도였으나 키가 육 척이 훌쩍 넘었고 허리통은 족히 두 아름은 되었다. 허벅지 두께가 그녀의 허리와 맞먹으니 한눈으로 보기에도 기골이 장대한 통뼈였다. 그와 한바탕 어우러지면 호랑이를 잡아타고 금강을 달리는 기분일 터였다. 푸른 숨을 훅훅 뿜으며 검은 숲을 나는 듯 누빌 것이다. 손끝도 닿기 전에 온몸에 자르르 소름이 돋고 은밀한 곳이 가만히 젖었다.

구전은 말이 별로 없는 사내였다. 언중하다기보다 언변이 없는 편에 가까웠지만, 말 대신 몸을 쓰는 데는 능통했다. 그는 불물이 끓는 눈으로 그녀를 바라보더니 순식간에 허리를 낚아채 끌어안았다. 죄인을 포박하듯 민첩한 동작이었다. 젖은 몸이 옥죄며 맞부딪자 훈기와 함께 정욕이 물씬 솟구쳤다. 사내는 어두운 방에 들어선 듯 허겁지겁 축축한 비경을 더듬이질하기 시작했다.

"잠깐……!"

그녀가 구전의 거친 손을 막아 세웠다. 열에 들떠 다급하게 애무하던 그의 몸이 일순간 굳었다. 흥분한 사내의 눈빛에는 분노와 두려움이 반반이었다. 하지만 그의 흉곽 속에 맹수는 이미 발톱을 곤두세운 터였다. 까치발을 딛고 선 그녀의 숨결이 사내의 귓불을 간질였다.

"벽에도 귀가 있고 돌에도 눈이 있지요."

길갓집 본채 좌우에는 은밀하고 조붓한 익실(翼室)이 딸려 있었다. 날개 젖은 나비와 꽃이 한 덩어리로 엉겨 그리로 빨려들었다. 외풍이 있어 지난겨울 비워두었던 곁방은 서늘하고 눅눅했다. 매캐한 곰팡이 냄새도 났다. 하지만 그 무엇도 욕망에 굶주린 짐승의 성난 마음을 삭일 조건은 되지 못했다.

혀를 빨고 단침을 삼켰다. 살갗에 송송 맺힌 비를 마셨다. 비에 젖은 몸이 땀으로 다시 젖었다. 맨살에 찰싹 달라붙은 저고리가 쉽게 벗겨지지 않았다. 얇은 대자리 한 장 깔리지 않은 맨바닥에 누우니 등이 배기고 무릎이 아렸다. 구전은 성미가 급한 사내였다. 저고리가 걸리적거리고 구들바닥이 불편해 제대로 자세를 잡기 어렵자 그녀를 번쩍 안은 채 벌떡 일어났다. 그리고 창 쪽을 향해 그녀를 돌려세우더니 치마를 걷고 뒤로부터 육박해 들었다.

"도사께서는 도를 앞으로 닦지 않고 뒤로 닦으셨나이까?"

그녀가 창틀을 두 손으로 움켜잡은 채 새근발딱 가쁜 숨을 몰아쉬며 물었다.

"도사? 오홉다, 여기가 바로 선계의 뒷문이로다!"

구전의 목소리는 의외로 높고 가늘었다. 하지만 선경의 문을 여는 열쇠만은 엄장에 어울리게 우람찼다. 비 그친 후 솟아나는 버섯처럼 옹글고 신선한 그것이 숲속 바위틈을 거침없이 헤집었다. 쾌감으로 몸부림치는 그녀의 허리를 단단히 틀어잡은 채 사내는 갈고닦은 도력을 과시하기 시작했다. 맹수를 잡아타면 내리려고 버둥거려서는 곤란하다. 분이 풀리고 힘이 다해 나동그라질 때까지 함께 달리는 수밖에 없다.

비 오는 한낮의 정사는 질척하고 끈덕졌다. 뒤뜰의 꽃을 꺾는 후정화(後庭花) 자세로 흔들리며 그녀는 처마 끝에서 떨어지는 낙숫물을 세었다. 산드러지는 신음 소리는 주룩주룩하는 빗소리에 묻혔다. 피어라 명령하여 꽃이 피지 않는 것처럼 지지 마라 애원하여 꽃이 떨어지지 않는 것은 아니다. 그러니 꽃을 꺾는 때와 장소가 정해져 있을 리 없다. 봉오리가 맺혔을 때부터 만개할 때까지, 만개하였다가 시들어 떨어질 때까지 모든 순간순간이 꽃이다.

사납게 달리던 맹수가 마침내 나동그라지며 포효하였다. 그 날카로운 이빨과 발톱 아래서 꽃이 더욱 붉었다. 활짝 피었다.

구전은 몇 번인가 다시 담을 넘었다. 그녀의 담장은 감옥의 창살이 아니라 다만 내 자리와 네 자리를 구분하는 울타리일 뿐이었다. 몰렴한 도선생이라도 막지 않았고 영험한 도사라도 잡지 않았다. 마음까지 교합하길 바라는 이난의 사랑에 지친 터에 몸으로만 통하는 구전과의 관계는 휴식이었다. 그녀는 구전의 힘과 단순함을 즐겼다.

유가에서는 소리 없는 음악과 몸으로 행하지 않는 예(禮), 그리고 상복을 입지 않은 장례를 일컬어 삼무(三無)라 하였다. 하지만 풍진 속에 살아가는 인간사의 삼무란 세상에는 공짜 가 없고, 정답이 없고, 영원한 비밀이 없다는 것이었다. 물먹은 담장은 오래 버티지 못했다. 어느 날 구전은 번을 드는 순서를 바꾸고 궁에서 일찍 돌아왔다. 이웃 마을에서 열리는 환갑잔치에 마누라가 서두리*로 간다는 소리를 들었던 것이다.

무거운 철릭을 벗고 동옷을 걸쳐 입었다. 진즉에 환도를 풀 때부터 다리밋자루가 성을 내며 벌떡거렸다. 구전은 나름의 야심가였다. 무예가 뛰어난 데다 글을 알아 등용될 때부터 미래의 장수감이라는 소리를 들었다. 하지만 야망을 품는 일에도 공짜는 없으니, 항시 위풍 넘치는 모습을 보이기 위해서는 한순간도 긴장을 늦출 수가 없었다. 그러다 보니 홍철릭을 벗고 나면 손끝도 까딱하기 싫었다. 동료들과 어울려 기방을 찾았을 때 되도 않게 점잔을 뺀 건 그 때문이었다. 풍류를 울리고 여담을 나누는 것조차 귀찮았다. 그래서 자리가 파한 후 아무도 모르게 사창(私娼)을 찾곤 했다. 기둥서방을 두고 몰래 몸을 파는 논다니들이 원하는 것은 돈과 빨리 끝내는 것, 둘뿐이었다.

그런 지경에 담장 하나만 훌쩍 뛰어넘으면 꽃밭이라는 게 웬 떡이냐 싶었다. 꽃도 그냥 꽃이 아니요 흐드러진 도화에 탐스런 작약이었다. 한바탕 농탕칠 궁리로 몸이 단 구전이 그녀의 이름을 부르며 담장을 막 뛰어넘으려는 찰나였다.

* 일을 거들어주는 사람
** 불교에서 말하는, 세상 사람들이 즐겨 보고자 하는 꽃에 비유한 실상의 묘한 이치

"서방님! 지금 무얼 하고 계십니까?"

아닌 밤중에 홍두깨도 아니고 벌건 대낮에 이웃 마을에 간다던 마누라가 불쑥 나타났다. 노인네가 지난밤 갑자기 급체를 하여 환갑잔치를 미룬 것이었다. 무도에 관한 재주로는 남부럽잖은 구전도 복병의 기습에는 속수무책이었다.

"어…… 아니, 잔치는 다 끝났소?"

주먹질과 발길질과 말달리기의 무예를 연마하는지 그날 구전의 집은 온종일 시끄러웠다. 검과 봉과 창으로 무기술을 단련하는지 쿵당탕거리는 소리도 요란했다. 옆집 아낙이 일그러진 입아귀를 실룩거리며 그녀에게 달려온 것은 늦저녁이 지나서였다.

"도대체 남의 집 서방과 무슨 짓거리를 했느냐?"

금방이라도 머리끄덩이를 잡아챌 기세로 삿대질하는 입비뚤이 앞에서 그녀가 반듯이 말했다.

"우리 집 뒤뜰에 꽃이 좋다고 담을 넘어 오시기에, 함께 실상화(實相花)**를 감상했습지요."

"꽃? 꽃이라고! 무슨 되도 않는 개소리야? 엄연히 남녀가 유별한데 무릎을 맞대고도 야합한 게 아니라고?"

"도에 경계가 있겠습니까? 허나 형님의 말씀도 그르지 않습니다. 남과 여가 한자리에서 눈을 맞춘 것만으로도 분별없는 일이지요. 그러잖아도 찾아뵙고 함께 도사님을 모시고 살고 싶다는 말씀을 올리려 했습니다."

"뭐? 지금 무어라 했어? 혀, 형님……?"

"계집 혼자 사는 것보다는 첩이라도 되는 편이 낫다고, 전일 형님이 그러지 않으셨습니까?"

비뚤어진 입으로 빚은 사달에 입비뚤이는 말문이 막혀버렸다. 그로부터 며칠 후, 옆집에서조차 알 수 없게 구전의 일가는 야반도주하듯 이사해 버렸다. 새로 이사 들어온 집은 떡을 돌리는 대신 담장을 높이는 공사부터 했다. 그녀는 원군(元君)*이 될 기회를 잃었음을 못내 아쉬워했다.

* 도교에서, 도를 깨쳐 신선이 된 여자를 이르는 말

그네를 뛰다

　버들이 넘늘어지는 계절이었다. 초록 세상에 붉은 석류가 선명하고, 싱싱하고 향기로운 제철 과일이 풍성했다. 일 년 중에 양기(陽氣)가 가장 왕성한 천중(天中)의 날 단오였다. 그녀는 아침 일찍부터 장미의 시중을 받아 단오장을 했다. 창포물을 끓여 목욕을 하고 머리를 감았다. 겨드랑이와 은밀한 곳에 향분을 살짝 찍어 바르고 푸른 저고리에 홍스란치마를 입었다. 입는 사람의 몸맵시를 잘 살리기로 소문난 침녀에게 맡겨 새로 지은 옷이었다. 공임이 조금 과하다 싶었더니 눈치 빠른 침녀가 저고리를 마르고 남은 비단에 수를 놓은 청금수띠를

같이 보내 왔다. 그 덧거리가 치맛자락의 직금(織金)*과 맞춘 듯 잘 어울려 세련되고 산뜻했다.

"어떠냐?"

그녀가 장미를 쳐다보며 눈을 찡긋했다.

"글쎄요……?"

"왜? 네가 보기엔 별로 신통찮으냐?"

"그게 아니라 단오장을 하는데 창포비녀가 빠졌으니, 이빨 빠진 호랑이요 뒷다리 없는 개구리가 아니겠어요?"

장미가 얄망궂은 표정을 지어 보이며 이기죽거렸다.

"괘씸한 것! 내가 죽절(竹節)비녀**를 꽂고 그네를 뛰길 바랐단 말이냐?"

그녀가 짐짓 노한 체하자 장미는 얼른 숨겼던 수주머니를 꺼내 흔들며 아양을 부렸다.

"헤헤. 그럴 리가 있겠습니까요?"

창포뿌리를 날렵하게 깎아 수(壽) 자와 복(福) 자를 새기고, 재액을 물리치기 위해 끄트머리에 붉은 연지를 바른 비녀가 그녀의 쪽머리에 꽂혔다. 금봉채와 나비잠을 더하니 구름 같

---

* 남빛 바탕에 은실이나 금실로 봉황과 꽃의 무늬를 섞어 짠 직물로 스란치마 자락의 끝에 두름
** 대로 만든 값싼 비녀

은 흑발이 더욱 화려하고 아름다웠다.

"아씨, 양귀비와 왕소군이 하늘에서 내려왔다가 뺨따귀를 얻어맞고 기어 올라가겠습니다!"

장미의 호들갑에 몸거울 속에서 맵시를 가다듬던 그녀가 해쭉 웃었다.

"큰일이네요. 이대로 아씨가 그네를 뛰시면 오줌을 지리는 사내들이 꽤나 되겠습니다."

"계집애…… 그네에 오르기도 전에 어질증으로 쓰러지겠다."

"아닙니다요. 이년이 아무리 출랑이 수염이라도 마음 없는 염불은 외지 못한답니다."

"됐다. 설레발은 그만 치고 너도 얼른 나갈 채비를 하여라."

"저는 오늘 그네를 안 뛰렵니다. 아니, 못 뛰는 게 맞겠네요. 그놈의 몸엣것이 때 아닌 때에 찾아와 기침만 콩 해도 가랑이가 척척한 지경인걸요?"

"저런! 네가 그네를 못 뛴다면 올해 내기에선 우리 편이 지겠구나. 이걸 어쩌나?"

"아씨가 제 몫까지 열심히 뛰셔야지요. 대신 저는 그네 뛰시는 아씨를 넋이 나가서 쳐다보는 헌헌장부를 부지런히 찾아보도록 하겠습니다."

단옷날이면 남대문 밖 너른 마당에 성대한 그네 터가 설치

되었다. 장안의 부녀자들이 두 패로 나뉘어 어느 패가 더 솜씨 있게 잘 뛰는지 겨루는데, 그날만은 신분에 구애받지 않고 담장 밖의 세상을 구경하려는 여인들이 모조리 쏟아져 나와 인산인해를 이루었다. 몸이 날렵하고 힘이 좋은 장미는 그네타기의 선수로 작년에도 승리에 큰 활약을 했다. 그런 장미가 그네를 못 뛴다니 말마따나 그녀가 두 몫을 해야 할 판국이었다.

"알았다. 이대로 맥없이 내기에 질 수는 없지. 올해는 내가 반선희(半仙戱)*의 선녀가 되어보마!"

허공으로 날아오르는 황황한 꿈이 발걸음을 재촉했다. 대문을 나서는 순간 그녀는 잊었다. 신분과 이름과 나이와 어린 딸과 어린 딸이었던 기억을. 지난 상처와 사랑까지도 모두 잊고, 동실, 떠올랐다.

꽃이 있으면 벌과 나비가 꼬이기 마련이었다. 그네 터는 그네를 타는 여인만큼이나 그녀들을 보러 온 사내들로 넘쳤다. 벌과 나비가 꽃에 환장하는 까닭은 빛깔과 향내를 감상하는 것이 아니라 꿀을 빨기 위함인즉! 여인들의 치마폭이 펄럭

* 그네타기를 신선놀음에 비유한 말
** 해독과 살충에 쓰는 웅황을 술에 넣은 것으로 주로 단오절 기간에 마심

일 때마다 사내들은 마른침을 삼켰다. 따가운 볕을 피해 그늘에 숨어 한가로이 부채를 켜면서도 사내들은 호시탐탐 계집과 눈을 맞출 기회만을 노렸다.

가장 넓고 높은 비단 장막 아래서 벽옥 잔에 든 웅황주(雄黃酒)**를 홀짝거리고 있는 수산수 이기(驥)도 그런 한량들 중의 하나였다. 그는 이미 양 옆구리에 화초기생을 끼고 있었지만 눈길은 구름떼처럼 오고 가는 부녀자들을 뚜렷뚜렷 살피고 있었다.

"어째 그네 판이 보리죽에 물 탄 듯하구나. 올해는 영 볼거리가 없도다!"

이기의 시큰둥한 말투에 그에 빌붙어 건달 노릇을 하는 졸개들이 너스레를 피웠다.

"조금만 더 기다려보십시오. 아직 내기 시합은 시작되지 않았잖습니까? 진짜 선수들은 그때 나타나겠지요."

그럼에도 이기의 따분한 표정은 좀처럼 가시지 않았다. 기화요초도 가끔 봐야 황홀하고 미주 가효도 어쩌다 먹어야 진진한 것! 사시사철 꽃에 둘러싸여 맛난 술과 안주로 배를 채우는 그로서는 그 어떤 대단한 잔치도 흥거울 것이 없었다. 태어나서 지금까지 고생이라는 것을 해본 적이 없고 앞으로도 없을 터였다. 재물과 권력 앞에서는 모두가 고사리가 되어 머리를 숙이니 아쉬운 소리를 해본 적이 없고 앞으로도 그럴 것이었다. 부족한 것이 없었고 애태울 일도 없었다. 이처럼 무균하고 무해한 일생에서 이기를 괴롭히는 것은 딱 하나, 무엇으로도 가심질할 수 없는 구리터분한 권태였다.

—새로운 계집을 만나면 좀 나을까? 역말도 갈아타면 낫다지 않은가?

이기가 아침부터 그네 터에서 술판을 벌이고 앉은 것은 그런 일말의 기대 때문이었다. 어쨌거나 그는 당대에 내로라하는 풍류랑이요 호색한이었다.

여색을 탐하는 성질은 타고난 것이었다. 수산수 이기는 공정왕(恭靖王)*의 아들인 석보군 이복생의 손자였다. 용맹한 동생 이방원이 이끄는 대로 보위에 올랐다가 두 해를 겨우 채우고 물러난 공정왕은 묘호조차 받지 못한 허수아비 왕이었다. 공정왕의 정비인 정안왕후에게는 소생이 없었고 후궁들이 낳은 아들이 열다섯이었는데, 이복생은 공정왕의 아홉째 서자였다.

송곳방석 같은 왕좌에 잠시 엉덩이만 걸쳤다가 물러난 공정왕은 허울뿐인 상왕으로 십구 년이라는 긴 세월을 살았다. 그

* 조선 제2대 왕 정종

110

동안 그가 했던 일은, 할 수 있었던 일은 격구와 사냥, 온천과 연회 등의 오락으로 유유자적하는 것뿐이었다. 아무것도 하지 않는다는 것을 보여주는 것만이 그 자신과, 그와 유사한 운명을 지닌 이들이 살길이었다. 모친 신의왕후의 묘소인 개성의 제릉 밑에서 은거하던 공정왕을 따라가 모셨던 이복생은 누구보다 뼈저리게 그것을 깨달았다.

이복생의 생활신조는 검묵(儉默)이었다. 검소함과 말없음. 스스로 당호를 검묵이라 짓고 주변 사람들이 자신을 검묵공자라 일컫는 것을 은근히 기뻐하며 즐겼다. 최소한 그것이 학문에 통달하여 대문장(大文章)이라 불리는 것보다 안전했다. 그는 산간에 은거하며 관직에 뜻이 없음을 분명히 했다. 세간사에 관여치 않는 도학군자로, 이복생은 세상을 감쪽같이 속였다.

물론 이기는 그런 점에서 할아버지 이복생을 닮은 데가 없었다. 이기는 검묵의 정반대로 살았다. 희귀한 물건과 호화스런 유람을 즐기는 사치벽은 유명할뿐더러 헌칠한 신수 못잖게 빼어난 것이 청산유수의 구변이었다. 그런데도 알 만한 사람들은 이기를 할아버지를 빼쏜 손자라고 칭하니, 그 물림이란 바로 지독하고 집요한 호색의 취미였다.

세종대왕의 큰 골칫거리 중 하나는 왜와 여진처럼 먼 곳에 있는 게 아니라 가까운 데 있었다. 폐세자(廢世子)라는 유례없는 이름의 주인공인 양녕대군 이제를 비롯해 여러 종친이 끊임없는 난행으로 말썽을 일으키는 것이었다. 대개의 경우 세종대왕은 어떻게든 종친의 편을 들어주려 했다. 죄인의 형벌을 덜어주는 여덟 가지 조건인 팔의(八議) 중 의친(議親), 즉 왕의 가까운 친척에게는 형량을 감해 주는 조항을 근거 삼아 공모자나 하인만 처벌하고 종친은 감면하는 편을 택했다. 하지만 그러한 배려와 보살핌이 도리어 쏘시개가 된 듯, 종친들은 잠시 자숙하는 시늉만 하고 다시 난행을 일삼는 악순환을 거듭했다.

세종대왕이 즉위한 지 아홉 해째 되던 정미년 봄, 종친 이무생과 이복생의 직첩을 거두고 관문 바깥으로 부처시키라는 명이 내렸다. 늘 종친의 허물에 관대했던 세종도 이번만큼은 눈감고 넘어갈 수 없을 만큼 큰일이 벌어진 것이었다. 사고의 발단은 공정왕의 세 번째 서자인 이의생이 기생 매소월을 첩으로 삼은 데서 비롯되었다. 궁첩들의 소생인 이무생과 이복생, 그리고 이의생은 각기 어미가 다름에도 우애 하나는 기막히게 좋았다. 혼자 재미를 보기에 미안쩍고 섭섭했던 이의생은 매소월을 시켜서 미색으로 소문난 팔도의 기생들을 불러모아 이복형과 동생에게 중매했다. 피는 물보다 진하고, 배가 달라도 색탐의 물림만은 확실하였다.

이무생은 기생 자동선과 간설매와 죽간매와 간음하였다. 이복생은 기생 약계춘과 백정의 딸 보금을 취했다. 그런데 세상은 한없이 넓은 듯 좁고, 내 눈에 드는 미인은 남의 눈에도 곱기 마련이었다. 세종을 경악케 하고 격노케 했던 사유 중 첫 번째는, 그들이 놀아난 여인들이 앞서 맺었던 남자관계였다. 죽간매와 약계춘은 죄인들의 숙부인 효령대군이 일찍이 관계했던 기생들이었다. 또한 보금은 효령대군의 아들로 그들의 사촌뻘 되는 의성군 이용이, 간설매는 오촌 당질인 봉녕군의 아들이 이미 취했던 여인들이었다. 촌수가 무색해지고 상말로 모두가 동서뻘이 되어버린 셈이었다.

세종대왕이 차마 신하들에게 죄를 경감해 주자는 말을 떼지 못한 두 번째 사유는 이런 지경에 이들이 함께 잔치를 열어 노래하고 춤추고 술을 마셨으며, 그때가 마침 태종의 국기(國忌)날이었다는 사실이었다. 숙부의 제삿날에 엄숙히 지내지는 못할망정 광대들을 모아 시끌벅적하게 판을 벌이니, 정작 재주넘기라도 펄쩍펄쩍 하고픈 사람은 손톱 밑에 가시를 끼고 사는 세종이었다.

언제나 정해진 순서처럼, 원주로 부처되었던 이복생은 오래지 않아 직첩을 돌려받고 집으로 돌아왔다. 하지만 이복생은 그 사건이 있은 지 십 년도 채 지나지 않아 다시 직첩을 빼앗기고 외방으로 귀양을 가게 되었다. 그때도 문제의 중심에는 여자가 있었다. 종부시에서 임금께 아뢰었다.

"이복생이 처음에 해주의 온정에서 목욕한다고 몽롱하게 임금에게 계달하고는, 공정대왕의 기신(忌辰)에 기생이 있는 춘천에 가서 순평군이라 사칭하고 여러 날 동안 유숙하면서 매를 놓아 사냥을 했으니, 이를 죄주기를 청하옵니다!"

이번에는 자기 아버지의 제삿날에 기생집에 찾아가 형의 이름을 대고 놀아났다는 것이었다. 임금에게 거짓 보고를 하여 천총(天聰, 임금의 귀)을 속였을뿐더러 조종(祖宗, 임금의 조상)에 죄를 지었으니 더욱 무거운 벌로 다스려야 한다고 사헌부와 사간원에서 벌떼같이 일어났다. 하지만 가지 많은 나무에 바람 잘 날 없는 종실의 가장인 임금은 매와 기생을 사냥한 재종형제를 기어이 변호했다.

"너희의 말이 옳다. 그러나 그날에 매를 놓아 사냥했다는 죄상은 '증거'가 나타나지 않았으니, 만약 나타난다면 내가 마땅히 법대로 이를 다스릴 것이다."

세종대왕과 신하들이 끝내 찾지 못했다는, 재물과 실력에 청렴결백한 검묵공자가 저지른 죄의 '증거'가 여기 있었다. 바로 팔난봉인 손자 수산수 이기였다.

그녀가 도착하니 몸풀기 그네타기가 한창이었다. 그네를 굴러 닿기에 아슬아슬한 위치에 있는 석류꽃 가지를 목표로 여럿이 연이어 뛰어올랐다. 하지만 높이가 만만치 않아 몇은 닿지 못하고 몇은 겨우 발끝으로 꽃가지를 찼다.

"아씨가 보여주세요. 제대로 그네를 타는 게 어떤 건지, 본때를 한번 보여주시라고요!"

장미의 열에 들뜬 속살거림을 뒤로하고 그녀가 그네를 잡았다. 수당혜를 사뿐 벗고 밑싣개에 올라서니 삶아 부드럽게 누인 삼 껍질을 꼬아 만든 그넷줄이 출렁했다. 오늘따라 몸이 가벼웠다. 마음도 말갛게 비었다. 왠지 예감이 좋았다.

와아!

갑자기 터져 나온 사람들의 환성과 박수 소리에 이기는 겉잠에서 깨어났다. 낮술에 급히 오른 술기운과 지루함 때문에 기생의 무릎을 베고 잠시 눈을 붙인 터였다.

"무슨 일이냐?"

"깨셨어요? 곤히 주무시는 것 같아 시합이 시작될 무렵 깨워드리려 했는데. 그런데 올해 내기는 겨뤄보나 마나네요."

"그건 무슨 소리냐?"

"저기 좀 보세요. 저리 빼어난 선수가 나왔으니 어느 편이든 그쪽의 승리는 따놓은 당상이 아니겠어요?"

그제야 이기는 술꾼들과 기생들까지 목을 길게 빼게 만든 그네 위 여인을 쳐다보았다. 마침 그녀는 힘껏 발을 굴러 꽃나무 속으로 파고들던 차였다. 그곳까지 닿거나 발끝으로 찬 사람도 얼마 없는 터에, 다시 모습을 드러낸 그녀의 입에는 아예 꽃가지가 물려 있었다. 그녀가 붉은 꽃을 문 채로 꽃같이 붉게 웃었다. 도도록한 뺨은 흥분으로 달아오르고 차오른 숨에 풍만한 가슴이 들썩거렸다. 제비였다. 나비였다. 구름을 탄 무산선녀였다. 매운 먼지와 뜨거운 바람이 훅 불어왔다. 아주 오랜만에 이기의 가슴이 뛰기 시작했다.

그녀의 계집종을 불렀다. 장미는 크고 화려한 비단 장막을 보고 이기가 보낸 하인을 순순히 따라왔다.

"네가 지금 그네를 뛰는 여인을 모시는 종비더냐?"

"네, 나리. 그렇습니다요."

"아무래도 처음 보는 얼굴인데, 뉘 집의 여인인가?"

장미가 눈치를 살피니 이기는 이미 그녀에게 홀딱 빠진 것 같았다. 그래서 상전을 어떻게 소개할까 잠시 고민하다가 재빨리 내뱉었다.

"내금위의 첩입니다."

* 흰 누에고치만으로 실을 켜서 짠 명주

임자가 아예 없다고 하면 만만하게 보일 수 있다. 그렇지만 무반과 문반의 위세는 견줄 수 없다. 정실은 부담스럽겠지만 첩이야 충분히 넘볼 만하다……. 장미는 제 깜냥으로 할 수 있는 최선의 기지를 발휘해 대답했다. 작별 인사도 제대로 않고 줄행랑을 놓은 구전의 무례를 이쯤에서 용서해 줄 만했다.

"내금위의 첩이라……. 그래, 이름은 무엇인가?"

"어찌 천것의 입에 상전의 존함을 함부로 올리오리까? 궁금하시면 직접 여쭤보소서."

장미의 대답에 이기는 피식 헛웃음을 쳤다. 천하에 아리땁고 요망한 계집들의 백만교태를 두루 경험한 이기에게 그따위 얕은수가 통할 리 없었다. 하지만 계집종이 간살을 부리는 꼴을 보니 상전을 공략해 볼 가능성은 충분히 있었다. 윗물이 맑아야 아랫물도 맑은 이치와 마찬가지로, 아랫물이 고지랑물인데 윗물만 청정수일 리는 없기 때문이었다.

"그래? 통성명만이 아니라 네 주인을 직접 뵙고 나눌 말씀이 있도다. 가서 당신을 몹시 궁금해하는 선비와 만나볼 의향이 있는가를 여쭈도록 하라!"

그녀가 높이높이 날아올랐다. 지상에서 멀어질수록 먼 데가 보이고, 멀리 볼수록 발밑은 아득해졌다. 한껏 추어올린 백방사주* 속곳이 밀고 당기고 오르락내리락하는 와중에 차차로 흘러내렸다. 한 번도 빨지 아니한 진솔옷이었다. 새 속옷을 입는 것이 새로운 일의 시작이었다. 그녀는 언제고 마음먹은 대로 새로웠다.

또다른 세상이 열렸다. 그곳은 낯설고도 익숙하며, 더럽고도 깨끗하고, 혐오스러우면서도 황홀한 신세계였다.

이기가 술수를 부려 융통한 남양(南陽)* 경저(京邸)**에서 첫 정을 통한 뒤 그들은 급속도로 가까워졌다. 이기가 이난과 마찬가지로 전남편 이동과 유복친인 육촌뻘이라는 사실은 큰 고민거리가 되지 않았다. 그녀로서는 이미 두 번째 일이었고, 이기에게는 조부로부터 물림한 유서 깊은 내력이기 때문이었다. 본디 모든 처음이 어려울 뿐이다. 두 번째는 낯섦이 사라지고, 세 번째는 요령이 생겨나고, 그다음부터는 본디 내 일인 양 한다. 세상의 지탄을 면하기 어려운 상피(相避)***조차 익숙해지자 죄책감은 희미해졌다.

욕망에 관한 한 이기와 그녀는 오려 그린 닮은꼴이었다. 이기는 실로 무모하리만큼 호방했다. 그는 이난과 달리 종친이

---

* 지금의 경기도 수원시와 화성군 일원을 포함한 지역의 옛 지명
** 서울에 있으면서 지방 관청의 서울에 관한 일을 대행하는 경저리가 사무를 보는 곳
*** 가까운 친척 사이의 남녀가 성적(性的) 관계를 맺는 일

라는 지위를 통해 얻을 수 있는 특권을 누리는 데 거침이 없었다. 소용없는 죄책감에 꺼둘리지도 않았다. 방탕과 사치는 그가 누릴 수 있는 당연한 것이자 유일한 것이기 때문이었다.

"세상이 내게 하라는 것과 하지 말라는 것 중에 무엇이 더 위험하겠는가?"

이기가 음주와 방사로 탁해진 눈을 슴벅이며 말했다.

"주상은 종학에 나가 학문을 닦으라고 매일매일 들볶지만 학식과 견문을 쌓으면 뭐하나? 역모에 연루될 가능성만 높아질 뿐이다. 법은 사치와 향락을 엄금하지만, 그리하여 망치는 건 자기 건강이 고작이니 죄를 지어도 염려하며 보살핀다. 그러니 하라는 것을 할 것인가, 하지 말라는 것을 할 것인가?"

숲의 주인이 된 호랑이가 가장 먼저 한 일은 자기와 같은 얼룩무늬를 가진 것들을 물어 죽이는 일이었다. 그 먹잇감이 고양이든 진짜 범이든 상관없었다. 일단 눈앞에서 언뜻번뜻하기만 하면 목덜미에 이빨을 박아 넣었다. 예종이 즉위하자마자 남이를 처단했듯 열세 살배기 왕이 즉위하던 해에 구성군 이준이 탄핵당하는 사건이 벌어졌다. 이준은 세종대왕의 넷째 아들인 임영대군의 차남이었다. 문무를 겸전하여 세조의 총애를 담뿍 받았던 이준은 과거에 급제하고 이시애의 난을 평정하는 공을 세워 최연소 영의정이 되었다. 하지만 능력과 기질이 출중한 종친은 그만그만한 얼룩무늬 중에서 가장 눈에 띄는 얼루기일 뿐이었다.

생전에 남이와 이준은 긴장 어린 경쟁 관계였다. 나이가 동갑일뿐더러 이시애의 난에 함께 참전한 전우이기도 했다. 하지만 모반죄로 거열형을 당한 남이의 옥사를 다스려 공신에까지 오른 이준은 이태가 지나 동갑짜리 경쟁자와 같은 처지에 놓였다. 부친인 임영대군의 치상 중에 나이 어린 왕을 몰아내고 스스로 왕이 되려 한다는 누명을 쓰기에 이른 것이었다. 종친이기에 수레에 몸이 묶여 찢겨 죽는 일은 면했지만 이준은 끝내 세조 때 종결된 궁인과의 간통 사건을 꼬투리로 잡혀 삭탈관직을 당했다. 지금 경상도 영해에서 유배 생활을 하는 구성군 이준은 숨 쉬는 화석에 불과했다. 그의 죄는 종친이라는 것이었다. 잘났다는 것이었다. 종친인 주제에 잘났음을 숨기지 못했다는 것이었다.

"이래도 죄, 저래도 죄로군요. 나리와 제가 피차일반이올시다!"

"그래! 우리 타고난 죄인들끼리 음남탕녀로 화끈하게 어울려보세!"

이기와 함께라면 마음껏 나빠질 수 있었다. 이기는 진충보국을 고민하는 순간 위험해지고 그녀는 만고정절에 꺼둘릴 때부터 불행해질 것이었다. 그들에게는 과거가 없었다. 미래도 없었다. 시작도 끝도 없는, 오직 찰나의 현재뿐이었다. 한탄할 필요도 없었다. 억울해할 가치도 없었다. 다만 순간을 만끽할 뿐이었다. 만취한 이기가 다시금 술잔을 드높이며 외쳤다.

"내가 나라를 위해 할 수 있는 일이 무언가? 이게 바로 충성이 아닌가?"

이기는 실로 오랜만에 여자라는 존재에 호기심을 느꼈다. 어쩌면 열다섯 살에 교명 높은 노련한 기생에게 동정을 잃은 뒤로 처음일는지도 몰랐다. 모르는 여인은 신비하였다. 소년이 꿈속에서 만나는 그녀는 지극히 순결하고도 지독히 음란하였다. 결결이 지엄하고도 한없이 자애로웠다. 하지만 현실에서 그가 만난 여자들은 논다녔다. 웃음과 몸을 팔아 밥과 옷을 사는, 마음껏 순결할 수도 음란할 수도 없는 쿰쿰한 생존이었다.

그런데 신기한 일이었다. 단옷날 그네 터에서 우연히 낚은 그녀가 공교롭게도 꿈속의 그 여인이었다.

"왜 하필 길갓집을 얻었는가? 보는 눈이 많으니 드나들기에 수월치 않구먼. 속언에 주견 없이 남의 말이나 좇는 경우를 일컬어 길가에 집 짓기란 말도 있지 않나?"

"무람없이 들고 나기엔 외딴집보다 길갓집이 낫지 않나요?

세상 돌아가는 모양새도 살필 수 있고 길 가는 사람들에게 급수공덕(汲水功德)*도 할 수 있으니 금상첨화고요. 주견을 세우는 기준은 남의 눈이 아니라 내 마음이니 모든 일은 생각하기 나름이지요."

그토록 딱 부러지게 자기주장을 밝히니 무사가답(無辭可答)**이었다. 스스로 밝힌 대로 무언가를 택하고 정하는 일은 오롯이 그녀의 마음먹기에 달려 있었다. 그 마음에는 경계가 없으니 옳고 그름 또한 따로 없었다. 변덕스러우면서 고집스럽고, 인심이 후하면서 괴팍하였다. 반가의 부녀들로부터 기생들까지 지금껏 이기가 만나온 어떤 여인들과도 사뭇 달랐다.

옛말에 차는 풍류를 만들고 술은 색을 중매한다고 하였다. 이기는 그녀와 더불어 술과 색에 질펀히 취했다. 다리를 맞대고 앉아 유리잔 속에서 황금빛으로 찰랑이는 술을 홀짝대다가 문득 이기가 술잔을 상 위에 탁, 소리 나게 내려놓았다.

"이건 어디서 받아온 술이냐? 어쩐지 술맛이 덤덤하구나."

그 말의 속뜻을 알아챈 그녀가 농염한 눈웃음을 치며 몸을

* 불교에서 말하는, 목마른 사람에게 물을 길어다 주는 공덕
** 사리가 옳아 감히 무어라고 대답할 말이 없음
*** 도가(道家)에서 침을 이르는 말
**** 허벅지의 살을 베어냄

내밀었다.

"그놈의 바침술집을 족쳐야겠네요. 대신 미주 중의 미주인 입술이 있지 않사옵니까?"

입술을 술잔 삼아 빨며 금장옥액(金漿玉液)***을 마시니 몸과 마음이 후끈해졌다.

"이 술에 걸맞은 안주가 필요하구나. 어서 용을 삶고 봉황을 구워 오너라!"

"에구머니나, 낚시질과 매사냥을 나갈 짬이 없어 용과 봉황을 구하지 못했으니 급한 대로 할고(割股)****라도 하오리까?"

그녀가 치맛자락을 들쳐 뽀얗고 탄탄한 허벅살을 드러내니 사내는 문득 치미는 허기를 이기지 못하고 가효를 향해 달려들었다. 술을 마셨을 때 사람의 감정이 가장 깊고, 색을 노리는 자의 담이 제일 커진다는 속언이 영락없었다. 그들은 사납게 얼크러져서 걸신스럽게 서로를 먹고 마셨다.

이기와 더불어 그녀는 새로운 쾌락에 눈떴다. 그는 제 욕심만 채우고 나가떨어지는 여느 사내들과 달리 여자를 즐겁게 하여 한층 즐거워지는 법을 알고 있었다.

"여인의 몸은 섬세한 악기인지라, 악공이 어떻게 다루느냐에 따라 음악을 연주하기도 하고 쇳소리를 내기도 하는 법! 못난 놈들은 아파서 끙끙 앓는 소리와 좋아서 간드러지는 소리를 구별 못하고 그저 줄을 뜯고 퉁기기만 하면 되는 줄 알지. 우선 듣는 귀가 틔어야 연주법도 자유자재할 수 있음이라!"

뜨거운 혀가 하얗게 펼쳐진 그녀의 설원을 낱낱이 누볐다. 몸이 달아오르며 응달에 쌓였던 눈까지 스르르 녹았다. 이기의 배죽한 코끝이 젖꽃판을 간질였다. 젖꼭지가 놀라 바짝 곤두섰다. 그에게 둘인 것은 그녀에게도 둘이요, 그에게 하나인 것은 그녀에게도 하나였다. 같고도 다른 둘이 맞닿고, 달라서 같은 하나가 맞물렸다. 낯설게, 낯설어 더욱 짜릿하게.

허(虛)를 엿보다

눈길이 모이고 손길이 멈췄다. 그녀가 방 안에 들어서자 시끄럽던 좌중이 일순 조용해졌다. 사뿐히 큰절하고 일어설 때까지도 기기괴괴한 정적은 계속되었다.

"큼큼, 못 보던 얼굴이구나. 외방에서 새로 온 기생인가?"

개중 넉살스런 사내가 헛기침과 함께 말문을 열었다. 다른 사내들은 여전히 희번덕거리는 눈으로 그녀의 머리끝부터 발끝까지를 훑고 있었다. 끈끈한 눈길 너머로 번뜩이는 것은 단 하나, 검질긴 정욕이었다.

"이름이 무언가?"

"현비올시다."

"현비? 어진 왕비님이 왕림하신 건 아닐 테고, 이름자가 어찌 되는가?"

"검을 현에 아닐 비 자를 씁니다."

"검을 현이라……. 기생 이름치고는 특이하구먼. 하긴 기생이 잘 웃고 잘 놀면 그만이지 검든 누르든 푸르뎅뎅하든 무슨 상관이겠나?"

능청꾸러기의 너스레에 다른 사내들도 허허 따라 웃었다. 그제야 제정신이 돌아온 듯 홀짝홀짝 술잔을 기울이고, 찌금찌금 안주를 집어 먹고, 실실 한담객설도 주고받았다. 그러나 짐짓 무심한 척 체면을 차리는 와중에도 귀를 세우고 곁눈질하는 기색이 분명했다. 이미 기생 여럿이 시중을 들고 있었지만 그녀의 미모와 몸태는 닭의 무리 가운데 한 마리 학이었다.

"자, 시답잖은 통성명은 이쯤에서 마치고 술이나 한잔 쳐 보게. 권주가도 한 자락 시원하게 뽑아보고!"

사내의 재촉에 그녀는 봄 파 같은 손을 빼어 술잔을 잡고 노래를 부르기 시작했다.

그대여 금실 비단옷을 아끼지 마시고　　　　勸君莫惜金縷衣

부디 젊은 날을 아끼소서　　　　　　　　　勸君惜取少年時

꺾을 만한 꽃이라면 피었을 때 꺾으시고　　　花開堪折直須折

꽃 떨어진 빈 가지라면 꺾지 마소서……　　　莫待無花空折枝

옥을 깨뜨리는 청아한 목소리가 당나라 시인 두추낭의 「금루의(金縷衣)」 한 구절을 읊조리니 사내들은 헤벌어진 입을 다물지 못했다.

"명기는 미색보다 기예가 윗길이라 했도다! 자태로 눈을 즐겁게 하고 옥음으로 귀까지 만족시키니 이보다 더 좋을 수 있을까? 장안의 뭇 사내들이 현비의 이름을 들먹이며 쇠침을 질질 흘릴 날이 머지않았구나!"

흥분하여 들썩거리다 술잔이 넘쳐 무릎을 적시는 것도 개의치 않고 사내가 청송의 쳇소리를 높였다. 그제야 여기저기서 뒤질세라 현비의 이름을 불러 술을 청했다. 한 단지의 송절주가 금세 비었다. 그녀를 술자리에 들여보내고 조마조마 문간에서 지켜보던 기생 어미가 궁둥이에서 비파 소리를 내며 새 술을 가지러 갔다.

"이 술이 무엇이기에 이리도 입에 쩍쩍 붙는가?"

"미인이 섬섬옥수로 부은 것이라면 탁주도 별주로 느껴지지 않겠는가?"

그녀가 방긋이 웃으며 따른 술에 신이 난 사내들이 저마다 한마디씩 흰소리를 지껄이기 시작했다.

"오늘 제대로 술판을 벌여 주흥을 즐기려니 술상부터 새로 보아 오너라!"

기생 어미는 원님 덕에 나발 불 기세로 사내들의 주머니를 단단히 호리어내려 술상을 준비했다. 영계찜에 애저찜으로 노랑이까지 찜 쪄 먹고, 어회와 숙회와 육회를 착착 썰어 정신까지 회 뜨고, 강분청수면이니 조화백설고니 화양적이니 하는 진귀한 요리로 얼간이를 후려냈다. 과일은 그녀의 몸내처럼 달콤하고 채소는 희고 가는 손가락처럼 부드러웠다. 제주에서 만든 연꽃 모양의 귤피 술잔이 이 입을 적시고 저 목을 꺾는 동안 그녀의 교태도 점점 무르익었다.

"현비, 자네도 좀 맛보게. 미인이라고 이슬만 먹고 살 수는 없지 않은가?"

"상다리를 부러뜨리도록 차려도 춘흥이 없다면 무슨 소용입니까? 술 중에 입술만큼의 미주가 없고, 안주 중에 침안주*가 제일인걸요!"

사내들은 아예 넋이 빠졌다. 뻥싯뻥싯 벌어진 입으로 파리

---

* 침을 안주로 삼는다는 뜻으로 흔히 강술을 마시는 것을 이름. 여기서는 입맞춤을 암시
** 기생이 합법적으로 양반이나 부호의 명을 거스를 수 있는 권한
*** 기생이 첫 수청을 들고 머리를 올림

가 윙윙 드나들어도 모를 기세였다.

　이기는 이난과 달리 몸도 마음도 머무르지 않는 사내였다. 그러하기에 이기는 그녀의 괴상한 청을 뿌리치지 않았다. 애당초 그녀의 기질이 특이함에 매료되었으므로 도리어 기뻐하며 즐거워하기까지 하였다. 이로써 그녀는 이기의 후원을 받아 기생 행세를 하며 세상의 밑바닥을 구경하게 되었다.

　"어떠하냐? 혜인 박씨로 사는 것과 기생 현비로 사는 것 중에 어떤 게 더 재미있느냐?"

　"당연히 내 멋대로 마구발방하며 살 수 있는 기생이 더 재미나지요. 세상 구경 사내 구경이 얼마나 쏠쏠한지요. 거기가 바로 별천지더군요!"

　"어라, 계집이 아니라 꼭 사내처럼 말하는구나!"

　"사내만 계집을 고르라는 법이 있습니까? 영악하게 조(操)**를 써서 낙점도 하고 퇴짜도 놓지요."

　"그럼 기생 현비로서 대발(戴髮)***도 하였나? 그 억세게 운 좋은 놈이 누구란 말이냐?"

　"지금 혹시 강샘을 부리시는 겝니까?"

　"허허, 나도 모르게 좀팽이 짓을 했구먼. 옛말에 배가 많다고 하여 길이 막히지는 않는다 했거늘!"

그녀가 기생을 짓시늉하면서 이기와의 잠자리는 더 뜨거워졌다. 하지만 이기는 새로이 눈독을 들이기 시작한 동기(童妓)에 대해 말하지 않았고, 그녀는 술자리에서 만난 사내들에 대해 함구하였다. 그 정도는 선수들끼리 갖춰야 할 예의였다.

어릴 때 팔려 온 기생들은 종아리를 맞아가며 악기를 다루고 노래 부르는 법을 배웠다. 눈을 즐거이 하는 꽃의 역할을 다하기 위해 화장법과 머리 틀어 올리는 법, 옷을 제대로 갖춰 입는 법도 배웠다. 여기까지는 그녀가 따로 배울 필요가 없는 부분이었다. 그녀는 어린 시절 아버지로부터 시와 문장뿐 아니라 피리와 퉁소와 비파를 연주하는 법을 배웠고, 옆집에 살던 늙은 기생의 어깨 너머로 노래와 춤도 어지간히 익혔다. 그림과 자수는 이미 수준급이요, 교태와 아양은 타고난 것이었다.

그런데 기생 현비로서 새로이 배워야 할 기교가 하나 남아 있었다. 그것은 바로 허장성세를 부리는 법이었다. 기방에는 진실 따위가 발붙일 자리가 없었다. 오직 거짓으로 거짓을 만났다. 거짓으로 웃고 거짓으로 울고, 거짓으로 아는 체하고 거짓으로 모르는 체하였다. 거짓의 공범이 되어 거짓으로 벌이는 향연이기에 마음껏 난잡하고 음란할 수 있었다.

조선은 이른바 존천리 멸인욕(存天理 滅人欲)을 내세우는 유교 국가였다. 하늘의 이치를 지키고 인간의 욕망을 끊으라는 것이 위정자들의 주장이요 가르침이었다. 하지만 기방에 들어와 옆구리에 기생을 끼고 앉는 순간부터 하늘의 이치는 젖혀두고 인간의 욕망에 꺼둘렸다. 기생으로서 허장성세를 부리며 몸값을 높이는 것도 일이지만 더 큰 일은 사내들의 허세를 견뎌내는 것이었다. 꾸며낸 허위와 실속 없는 허영과 근거 없는 허상에 맞장구를 쳐주는 일이야말로 미색이나 백만교태보다 월등 중요한 재주였다. 그곳은 재미있는 허(虛)의 세계였다.

술만 취하면 기생의 머리채를 잡고 휘두르는 작자가 있었다. 점잖은 체 꼿꼿이 앉아서 손가락을 꼼지락거리며 기어이 속속곳을 파고드는 작자가 있었다. 양기가 모조리 입으로 뻗쳤는지 입만 열면 음담패설을 지껄이는 작자도 있었다. 그 와중에까지 문자를 쓰고 싶은지 "해서로 할까, 반행(半行)으로 할까, 행서나 초서로 할까?" 묻는 꼬락서니가 가관이니, 해서는 점잖게 이야기함이요 반행은 조금 난잡스럽게 한다는 것이요 행서나 초서는 아주 질펀하게 육두문자를 쓴다는 뜻이었다.

피미여하(彼美如何, 저 미녀가 어찌나 좋은지)

궁저탈(弓楮脱, 활딱 벗기고)

집회격(執灰擊, 잡아 젖혀서)

현풍밀양(玄風密陽*, 꽉 박으면)

기미여하(其味如何, 그 맛이 어떨까)

조웅조웅(鳥雄鳥熊, 새곰새곰)

점잖은 한시의 틀거지를 빌어 걸쭉한 음담을 지절거리니 모두가 배를 잡고 웃다가 뒤로 넘어지고 앞으로 자빠졌다. 사내들은 몰랐다. 자기가 얼마나 아름답고 얼마나 추한지. 그 무지의 상태를 그들은 지배라고 불렀다. 세상을 다스린다고 말했다.

사내는 세조와 예종 양대 『실록(實錄)』의 편수관으로 일했을 뿐만 아니라 성균관 직강과 홍문관 전한과 부제학을 거쳐 참의에 제수된 당대의 재사(才士)였다. 현왕의 즉위를 보좌한 공신의 장남이지만 음서에 기대지 않고 문과에 급제해 스스로 입신하였다. 문벌과 준재를 모두 갖춘 그는 약관의 나이부터 승승장구하였다. 시문에 능하며 문장은 우아하면서도 고졸하다는 평을 받았다. 고사(古事)를 잘 알아 직무를 수행할 때에도 막힘이 없었다. 특히 대단한 효자로 이름이 높았는데, 날마다 관대를 갖추고 아침저녁으로 어버이를 보살폈다. 제사

---

* 현풍은 곽씨의 본관이고 밀양은 박씨의 본관. 음차로 곽박

에는 반드시 목욕재계하고 몸소 술과 과일을 차렸고, 명절에는 친히 선영에 나아가 청소하고 제를 지냈다. 선배들이 조상을 섬기는 그 열성과 근면을 칭찬하였다.

하지만 그에게는 이상스러우리만큼 친구가 없었다. 기껏해야 간흉이라 일컬어지는 임사홍과 유자광이 젊어서부터 한데 어울려온 벗이었다. 술판에서 유생들이 벌이는 뒷공론 중에 간혹 그의 이름이 오르내렸다. 평판은 한결같았다.

"법 밑에 법 모른다더니, 주상께서 신임하여 곁에 두고 의논하는 모양이 바로 그 짝일세!"

"흥, 그러게 말이야. 그자의 성격이 얼마나 편협하고 각박한지를 세상이 다 아는데, 등잔 밑이 어두워 주상만 모르시는구먼."

계집이 셋이면 접시 구멍을 뚫고 열이면 쇠도 녹인다지만, 사내들의 수다도 만만치 않았다. 여자들만의 악덕인 양 치부하는 시기와 질투도 남자들에게 이르면 더욱 사납고 험해졌다. 그 말질에 의하면 그는 탐욕이 심하고 인색하여 털끝만큼도 손해를 보지 않는 성격이라 하였다. 그녀는 과연 이익을 추구하는 모양이 마치 장사치 같다는 당상관이 궁금했다.

한 번의 방사를 마치고 나서 금침 위에 나란히 누워 있을 때, 그가 문득 그녀의 옆구리를 찔렀다.

"지금껏 취한 계집 중에 제일이었도다. 어떠냐? 너도 좋았느냐?"

손길이 거칠고 입출(入出)이 다급한 것이 무언가에 쫓기는 듯하긴 했지만, 그녀는 순순히 고개를 끄덕여 그럭저럭 나쁘지 않았음을 확인해 주었다. 그런데 그녀의 고갯짓이 끝나기도 전에 냉큼 그가 허튼수작을 붙여 왔다.

"그렇다면 약조한 해웃값은 다 줄 수가 없도다!"

"네? 그게 무슨 말씀이십니까?"

"분명 너와 내가 함께 즐긴 일인데 왜 나만 돈을 내야 하느냐? 마땅히 즐긴 만큼 나누어야지, 이치가 그렇지 아니한가?"

술자리에서 잴잴 재산 자랑을 떠벌리던 작자가 기어이 화대를 깎겠노라 뻗대고 있었다. 기생으로 위장했기에 재미 삼아 해웃값을 흥정하긴 했으나 정작 주머니를 털 계산은 없었다. 하지만 벌거숭이 사내가 억지를 쓰는 꼴을 보자 반드시 돈을 받아 내고야 말겠다는 악심이 돋았다. 그녀가 싸늘하게 대꾸했다.

"그렇게는 못합니다. 이년은 나리와의 잠자리를 즐긴 것이 아니라 소임을 다했을 뿐이니까요. 무릇 기생에게 감탕질이란 일힘을 발휘하는 것에 다름 아니지요. 그렇대도 기운을 북돋운답시고 어기영차 영차, 교성을 지를 수는 없지 않습니까? 점

* 주막에서 시중드는 심부름꾼
** 임금의 가을 사냥
*** 임금이 활을 쏠 때에 곁에서 모시고 활을 쏘던 일

잖은 양반께서 이렇게 생억지를 쓰시면 하는 수 없이 중노미*
오라버니를 부를 수밖에요."

티격태격 이어진 말씨름 끝에 중노미를 들먹이자 그제야 사
내는 잠잠해졌다. 나름으로 진진했던 정사의 여운은 이미 씻
은 듯 가셔버렸다.

"험험, 농담 좀 한 걸 가지고 뭐 그리 정색을 하고 따지느냐?
고년 참 생김새만큼 당돌하구나."

누가 먼저 정색을 했는지는 까맣게 잊고 사내가 능글맞은
웃음과 함께 그녀의 손목을 끌어당겼다. 전희도 없이 허겁지
겁 덤벼드는 품이 본전을 찾고야 말겠다는 욕심으로 자글자
글 끓고 있었다. 과연 사람은 재물을 거래해 봐야 정체를 알
고, 사내는 잠자리를 해봐야 그 본색을 알기 마련이었다. 제대
로 일힘을 발휘해 볼 때였다. 메말랐던 그녀의 옥문이 축축한
냉소로 젖어들었다.

사람들은 사내를 신궁(神弓)이라고 불렀다. 무과에 장원으
로 급제하여 벼슬길에 오른 그는 활 쏘는 재주가 신묘하여 임
금의 사랑을 담뿍 받았다. 선전관으로 추선(秋獮)**에 배종하
였을 때에는 시사(侍射)***하는 자리에서 열 번 쏘아 열 번을
맞혀 날짐승 세 마리를 잡고 화살이 다하였다. 임금이 크게

기뻐하며 어시(御矢)를 취하여 주니 무인으로서 그만한 영예는 다시없다 하였다. 마침내 건주위의 야인을 정벌해 전공을 세우고 오위의 부호군이 되었다. 모두들 그를 미래의 장수감이라 하였다.

"어쩌면 자네의 활솜씨는 그리도 신묘하단 말인가? 당기는 족족 백발백중이니 귀신이 곡할 노릇이 아닌가?"

"허허! 그게 뭐 그리 놀랄 만한 일인가? 활솜씨만 칭찬한다면 섭섭하네그려."

"그럼 활솜씨 말고 또 놀라운 재주가 있다는 겐가?"

"재주를 휘주무르기는 활터보다 침석에서 수월치."

"어럽쇼, 그럼 잠자리에서도 열 번 쏘아 열 번을 족히 맞춘단 말인가? 어허, 졌네 졌어. 활쏘기 재주보다 그게 더 부럽구먼!"

잔뜩 무르익은 술자리에서 사내들이 취흥에 겨워 떠드는 소리가 그녀의 귀를 파고들었다. 열 번 쏘아 열 번을 맞춘다? 그녀는 신이 내렸다는 그 재주가 궁금하여 견딜 수가 없었다.

사내의 몸은 댕돌같이 단단했다. 딱 벌어진 가슴팍과 잘고도 촘촘한 떡심이 분명 오래도록 단련된 무인의 그것이었다.

---

* 말가죽으로 싼 시체라는 뜻으로 전쟁에서 싸우다 죽은 사람의 시체를 이르는 말

엎치락뒤치락 뒤엉키는 가운데 은근히 손을 뻗어 쥐어보니 과연 다리밋자루도 더없이 실했다. 오도발싸한 몸이 후끈 달아올랐다. 과녁이 되어 날카로운 긴작에 꿰뚫리고픈 마음이 활활 타올랐다. 열 번이든 스무 번이든 밤의 전쟁이 끝날 때까지 그와 더불어 용맹을 다툴 것이었다.

"요런 인숭무레기 같은 것! 네년이 오늘 과혁지시(裹革之屍)* 가 되기를 자처한 게냐?"

"그럼요, 얼마든지 죽여주시옵소서!"

접전이 벌어지기 전 상대를 자극하는 말로 기 싸움을 벌이며 그들은 서로를 희롱하였다. 사내가 마침내 검은 수실이 달린 궁자를 팽팽히 당겨 불화살을 쏘았다. 날아오는 화살을 정면으로 맞은 계집의 방패가 부르르 떨렸다. 화살이 방패를 뚫을 듯 상하로 흔들리고 방패가 화살을 뽑을 듯 좌우로 요동치니 그 다툼에 한 치의 양보도 없었다. 그렇게 전초전으로 몇합(合)을 겨룬 끝에 비로소 그녀가 궁수를 유인해 협곡으로 끌어들이려는 찰나였다. 들어올 때는 수월하나 빠져나갈 길이 마땅찮은 골짜기에서 한바탕 복병전을 벌여볼 작심이었다. 그런데……

"왜 그러십니까? 갑자기 어디가 편찮으신 겝니까?"

사내가 문득 활시위를 놓고 화살을 수습하니, 먹이를 구하려 다가오던 호랑이가 눈앞에서 돌아선 것만 같았다. 눈빛이 꺼진 호랑이는 거친 숨을 씨근거리며 말했다.

"이제 화살 하나를 쏘았으니 아홉이 남았구나. 갈 길이 머니 발덧 나지 않게 조심하여라."

처음엔 농인 줄 알았다. 하지만 그것이 사내의 진담이었다. 신이 내린 화살은 밤을 패며 깔짝깔짝 쏟아졌고, 배고픈 호랑이는 입맛 나자 노잣돈 떨어지는 형국에 더욱 허기가 졌다.

"어떠냐? 견딜 만하냐? 힘들면 힘들다고 말을 하라. 아직 화살집에 두 개나 더 남았도다."

사내는 흐뭇한 표정으로 다시 활시위를 당겼다.

"나리, 참으로 백발백중은 맞사옵니다. 그런데 이년은……."

그녀가 뒷말을 잇기도 전에 여덟 번째 화살이 풀죽은 채 빠져나갔다. 그 화살에 맞아 죽으려야 죽을 수도 없다는 말은 그대로 꿀꺽 삼켜버릴 수밖에 없었다. 사내는 참으로 대단한 명사수였다.

그를 만난 것은 삼청동 골짜기에서 단풍놀이를 벌일 때였다. 사내는 패기 있고 씩씩한 장부였다. 귀골로서의 자부심이 기벽으로 느껴질 만큼 차고 넘쳤다. 몇 해 전 형조의 좌랑으로 있을 때 국문을 미루고 방치했던 죄수가 죽는 바람에 파직당해 낭인으로 지내고 있다고는 하나 주눅이 들거나 위축된 기색은 전혀 없었다. 문반이기에 대놓고 기방에 출입하긴 어려웠으나 제 주머니를 털어 주연을 벌이고 패거리의 해웃값까지 그가 대는 눈치였다.

"자네나 우리나 백수건달인 건 매한가진데 이렇게 계속 신세를 져도 괜찮겠나?"

말로 천 냥 빚을 다 갚아버리려는 약아빠진 쥐알봉수가 넉살을 부리면 그는 씩 웃으며 호기롭게 대꾸했다.

"걱정일랑 마포나루 뱃말에나 붙들어 매두게! 내가 누군가? 태조대왕과 더불어 이 나라를 세운 충성스러운 집안의 장손이 아닌가? 왕조의 흥왕과 집안의 유세가 하나일지니, 우리는 국태민안을 빌며 태평성대를 누리면 그만일세!"

그는 과연 개국의 일등 공신이자 조선의 제도와 도덕을 모두 만들다시피 한 대유의 자손이었다. 비록 왕자의 난에 역신으로 몰려 죽은 뒤 여전히 신원되지 못한 상태였으나 대유의 이름은 전설이 되어 은밀한 영향을 미치는 터였다. 하지만 모두가 그늘 아래 매미 팔자를 부러워하면서 큰 나무 그늘 아래 작은 나무 자라지 못하는 이치를 알지 못했다. 술자리에서 입안의 혀처럼 굴던 술꾼들이 계곡물에 오줌을 갈기며 지껄이는 말이 그들의 진짜 우정이었다.

"조상 덕에 이밥을 먹는 주제에 거들먹거리는 꼴이 볼만하구먼! 아비의 뒷배로 음관에 임용되지 못했더라면 저런 치가 사옹원 직장 부스러기로나마 조정에 나올 재간이 있나?"

"그러게 말일세. 자식 겉을 낳지 속까지는 못 낳는다더니, 학식이며 경륜은 대물림되지 않고 탐욕스럽고 조급한 것만 부전자전이로구나!"

얻어 마신 술이 깨기도 전에 그들은 사내를 조롱하고 힐난하며 지린 물줄기를 길게 뻗쳤다.

사내는 실로 거가대족의 천덕꾸러기였다. 인물도 학문도 인품도 모두 집안의 이름에 미치지 못했다. 더욱이 나빴던 것은 사내가 어린 시절부터 일거수일투족을 비교당했던 대상이 이미 죽은 이들이라는 사실이었다. 끊임없이 유령들과 경쟁하며 자라난 그는 아무래도 제정신일 수 없었다. 그가 벌인 술판은 꼭 싸움판으로 끝났다. 공짜 술에 눈먼 건달패조차 마침내 하나둘 떨어져 나갔다.

"조선에 수많은 기생들 중에 내 수청을 들 기생이 하나도 없다는 말이냐? 저년들은 다 무어냐? 달거리를 돌림병으로 앓는단 말이냐?"

망령을 부리며 펄펄 뛰는 사내 앞에서 물때썰때를 아는 기생들은 몸을 감추기에 바빴다. 그 모습을 괴이하게 여긴 그녀가 연유를 물으니 어린 기생 하나가 새하얗게 질린 채 속삭였다.

"저 나리는 미쳤어요. 잠자리에서도 얼마나 해괴한 일을 시키는지……."

그 해괴한 일이 궁금해 수청을 자처했다. 문벌과 가세를 홀홀 벗어던진 귀공자의 새빨간 알몸뚱이를 보고 싶었다. 행여나 봉변을 당할세라 문밖에는 장미와 중노미를 대령시켜 놓았다. 손님상에서 남은 안주와 술을 쩌금거리며 불침번을 서던 그들은 삼경이 지날 무렵 방 안에서 흘러나오는 이상한 소리에 정신이 번쩍 들었다. 찰싹찰싹 들리는 것이 파도 소리가 아니라면 회초리를 때리는 소리요, 꺼겅꺼겅 껑껑 하는 것이 새소리나 개소리가 아니라면 누군가 두들겨 맞으며 내는 신음이었다. 장미가 방문 앞에 서서 물었다.

"아씨, 별일 없으십니까?"

"일없다. 밤이 늦었으니 너희는 물러가 자도록 하라."

안에서 들려나온 건 분명 그녀의 목소리였다. 약간 숨찬 듯하지만 괴로운 기척은 없었다. 실로 방 안에서는 뜬금없는 매질이 한창이었으나 맞는 사람은 그녀가 아니라 알몸의 귀공자였다.

"잘못했어요! 모두가 제 잘못이에요. 그러니 부디 멈추지 마시고 더, 더 이 버러지 같은 놈을 때려주세요!"

장구채를 회초리 삼아 발가벗은 몸을 내리칠 때마다 사내는 몸서리치며 그녀에게 매달렸다. 매서운 회초리가 단단히 굳은 엉덩이에 내리꽂혔을 때, 어른이 될 수 없는 영원한 어린 아이는 마침내 눈물을 흘리듯 파정했다. 그녀는 인자한 어미처럼 아이의 엉덩이에 발갛게 부푼 매 자국을 가만가만 어루만졌다.

색(色)을 낚다

　기생 연경비에게 빠져 그녀를 버린 이동에게서는 일절 소식이 없었다. 친정에서 더부살이하는지 분가를 나갔는지, 살았는지 죽었는지, 살아 있으면 어떻게 살고 죽었으면 어디에 묻혔는지 단 한 번도 궁금해하지 않았다. 소박해 내쫓은 옛 마누라를 잊고 사는 거야 당연지사일지 모른다. 하지만 엄연히 제 소생인 번좌의 생사까지 모르쇠를 잡는 것은 금수만도 못한 짓이었다. 어미가 의붓어미면 친부도 의붓아비가 된다는 말이 그르지 않았다.

　그녀는 인과응보를 믿지 않았다. 조강지처와 딸자식을 저버린 이동은 연경비와 더불어 깨가 쏟아지게 잘 살고 있다고 했다. 예상대로 일시 빼앗겼던 작첩은 고작 석 달 만에 돌려받았다. 옛적에 어느 불행한 사내가 잠실에 갇혀 절규했듯 천도시야비야(天道是耶非耶)*라, 공명정대하다는 하늘이 과연 선하고 의로운 자의 편인가? 착하게 살면 복을 받고 죄를 지으면 벌을 받는다는 건 사실이라기보다 믿음이었다. 그렇게라도 믿지 않으면 견딜 수 없는 약자들의 자위, 그 은밀하고 비루한 쾌감에 다름 아니었다. 오직 아랫도리를 송두리째 도려낸 고자만이 그 용두질에서 예외일 수 있는 것이었다. 그녀 역시 놀 줄 모르는 계집으로 노는계집에게 서방을 뺏기고 나서야 그토록 슬픈 이치를 깨닫지 않았던가.

호랑이를 잡을 작심도 없이 호랑이 굴에 들어가고서야 그녀는 비로소 수수께끼를 풀었다. 기방에는 오입쟁이의 등골을 뽑으려고 오만 간살을 부리는 기생들과, 재물을 훑어 먹으려고 덤비는 기생들을 단물만 빨아먹고 뱉어버리려 꿍꿍이짓하는 난봉꾼들로 가득했다. 하지만 한편으로 그곳은 삼강오륜을 덕목으로 하고 사서삼경을 경전으로 삼는 유교를 통치 이

---

* 사마천의 『사기(史記)』 「열전(列傳)」 '백이숙제' 편에 나오는 말. 『사기』는 사마천이 궁형으로 거세당하고 잠실에 갇혀 썼다고 하여 일명 『잠사(蠶史)』라고도 함
** 『예기(禮記)』 「교특생(郊特牲)」 편. 혼례불하 인지서야(昏禮不賀 人之序也)

념으로 삼은 조선에서 본능의 욕구를 풀어낼 수 있는 유일한 공간이었다. 혼인은 인륜지대사이기에 육례를 갖추어 예우를 다함이 마땅할 뿐, 남녀의 자유로운 결합은 동물과 다름없는 야합이라고 했다. 심지어 경서에서 이르기를 혼인은 축하할 일이 아니라 했으니, 그 까닭은 부부의 사랑 때문에 효심이 시드는 것을 경계함이었다.** 그저 불효 중에 후손이 없는 일이 가장 큰 불효이니 새끼치기만 잘하면 그만이었다.

사랑이 없으니 열정이 없었다. 열정이 없으니 즐거움도 없었다. 그토록 싸늘한 몸과 마음을 덥혀줄 수 있는 건 오직 업(業)으로 몸과 웃음을 파는 기생들뿐이었다. 기생 현비는 혜인 어우동이 결코 만날 수 없는 사내들의 허(虛)와 세상의 비밀을 엿보았다. 어쩌면 이동을 용서까지는 못하더라도 이해할 수 있을 듯한 기분이 들기도 했다.

그러나 이동을 떠올리며 일었던 애상적인 기분은 이동에 의해 깨어졌다. 연경비와 살림을 차려 알콩달콩 잘 산다던 이동이 기생 현비의 교명을 듣고 은근히 수작을 걸어온 것이었다.

"캄캄한 밤에 어두운 방으로 꾀어 들어서 제대로 본때를 보여주면 어떻겠습니까? 나중에 천하일색이라 소문난 현비가 규중절색으로 갇혀 살던 아씨라는 사실을 알면 땅을 치고 후회하지 않겠습니까?"

장미가 내놓은 묘책에 그녀가 콧방귀를 뀌었다.

"쏘아놓은 살이요 쏟아진 물인데 그깟 뉘우침과 후회가 무슨 소용이랴? 하늘이 외면하는 죄는 사람의 방식으로 벌해야 마땅할 터!"

그녀는 연경비와 교분이 있는 기생에게 이동이 껄떡거리며 수작질을 걸어온다는 사실을 은근히 흘렸다. 예상대로 위아래 입이 모두 싼 기생이 연경비에게 쪼르르 달려가 이를 알리고, 본처를 내치고 안방을 차지할 만큼 표독스런 연경비는 간악질투에 불타 이동의 위아래 수염을 몽땅 뽑았다 하였다. 나의 복수는 남이 해준다. 용서는 단호한 망각으로 완성된다. 그녀의 복수는 그처럼 경쾌하고, 용서는 그리도 잔인하였다.

김난봉이 나타났다. 기생 현비의 유다른 사내 수집벽이 절정을 향해 치달을 무렵이었다.

김난봉은 가부장(假部將)*으로 등용되었을 때 수하의 군사를 두들겨 패어 어깨를 부러뜨린 일로 치죄되었던 김칭의 별명이었다. 그는 건주위의 야인을 정벌할 때 군공을 세우고 진

---

* 나라의 의식(儀式)이 있을 때 임시로 임명하던 군대의 부장
** 여승, 여도사, 점쟁이
*** 남의 일을 도와주고 수고비를 받는 여인, 매파, 무당, 유곽의 포주, 약장수, 산파

서대장군 구치관의 종사관이 되기도 했으나 세간의 평판은 예나 이제나 변함이 없었다. 사람들은 아예 그와 자리를 함께 하지 않았고 같은 무반들조차 섞이길 꺼렸다. 그도 그럴 것이 김칭은 음탕하고 사악하기로 악명이 높았다. 어린 날부터 학문과 담을 쌓고 사냥과 말타기에만 열심이었으며 살에 솜털이 자랄 때부터 기생집을 제 집처럼 드나들었기에 사람들은 이름 대신 김난봉이라 불렀다.

모두가 그를 개차반으로 여기며 피했다. 그리하여 주변에 남은 친구라곤 함께 바둑과 장기로 도박하기를 즐기는 무뢰배뿐이었는데, 그들조차 노름판을 접으면 안면을 바꾸고 모르쇠를 잡았다. 까닭인즉 김칭의 엽색 행각은 앞뒤며 밤낮이며 물불을 가리지 않아서, 어디에 어떤 계집이 반반하다는 소리를 들으면 그 여인이 친구의 애첩이든 친척의 폐첩이든 가리지 않고 훔쳐내기 때문이었다. 김칭이 여인을 도둑질하는 방법은 참으로 절묘했다. 그때 그의 머리에서 샘솟는 백 가지 계책은 제갈량이 왔다가 울고 갈 지경이었다. 삼고(三姑)** 육파(六婆)***를 모두 이용해 다리를 놓아 여인을 꾀어내니, 여염집에서 평소 그들의 출입을 꺼리는 까닭이 이에 있었다.

옛사람들이 이르기를 몰래 외도를 하자면 다섯 가지를 갖춰야 한다고 했다. 첫째는 진나라의 미남자 반안처럼 잘생긴 얼굴이요, 둘째는 당나귀만큼이나 큰 물건이요, 셋째는 한나라의 거부 등통과 같이 많은 재산이요, 넷째는 나이가 어리면서도 외유내강으로 단정하고 인내심 있는 성격이요, 다섯째는 곁눈질을 하기에 충분한 한가로운 시간이라고 하였다.

하지만 김칭은 그 다섯 가지를 갖추지 않아도 얼마든지 바람피울 수 있음을 보여주는 산증인이었다. 그가 끊임없이 오입질을 하는 데 근본이 되는 힘은 자신이 소유한 것에 대한 바닥 모를 불만족과 갈급증이었다. 여자에 대한 한정 없는 호기심과 열광이었다. 그에 더하여 인륜이고 나발이고를 따지지 않는 후안무치의 성품이었다.

현왕이 보위에 오르던 해 부평 부사로 임명받았던 김칭은 탄핵을 받고 곧 파직되었다. 부평은 땅이 넓고 백성이 조밀하여 다른 작은 고을에 비할 수 없으니 김칭 같은 자에게 맡겨서는 안 된다는 것이 벌떼처럼 일어난 대간들의 주장이었다. 그때 세간에는 김칭을 둘러싼 더러운 소문이 떠돌고 있었는데 어떤 이는 김칭이 장인의 첩과 간음했다고 하고, 어떤 이는 김칭이 자기 형으로 하여금 사돈의 첩과 간음하게 했다고도 하고, 다른 누군가는 김칭이 자기 형이 아끼는 기생과 간음했다고도 하였다. 외방으로 유배되는 것은 가까스로 면했으나 결국 제수된 지 한 달 만에 파직당한 김칭의 패륜은 이 사건으로 말미암아 만천하에 드러났다.

일찍이 김칭은 며느리의 친정아비, 그러니까 바깥사돈의 첩을 도둑질했다. 졸지에 오쟁이를 진 바깥사돈은 길길이 날뛰며 이미 빼앗긴 애첩 대신 김칭의 집에서 자기 딸을 데려왔다. 하지만 딸은 아비의 복수심 때문에 생과부가 되기를 원치 않았다. 딸뻘이나 겨우 되는 기생을 끼고돌며 추태를 부리는 아비가 밉살스럽기도 하였다. 그래서 딸은 다시 김칭의 집으로 도망가버리고, 이로써 부녀의 인연은 영영 끊겨버렸다.

친형이 평소에 아끼던 평양 기생을 눈여겨보다 마침내 간통한 것도 사실이었다. 이처럼 사돈이랑 얽히든 친형이랑 설키든 개의치 않고 오로지 제 아랫도리의 욕망에 충실하니, 사람들은 김칭을 금수와 같다고 하였다.

모두가 미워하고 싫어함에도 김칭이 잠시나마 부평 부사의 자리에까지 오를 수 있었던 데에는 엉뚱한 뒷배가 있었다. 청백리의 본보기라 칭해지는 원상 구치관이 김칭을 비호하며 추천했던 것이었다.

문재가 출중하여 한림에 뽑혔으나 십여 년 동안 낮은 벼슬자리를 전전했던 구치관은 계유정난 때 공을 세우면서 두각을 나타냈다. 세조가 "경을 이렇게 늦게 알게 된 것이 한스럽소!"라고 탄식했을 만큼 일시에 총애를 받게 된 구치관은 무엇보다 공과 사에 엄정하기로 이름이 높았다. 사사로운 청탁으로 찾아오는 사람은 아예 대문에서 받지 않았고, 영의정까지 지냈음에도 집안은 한미한 선비의 살림처럼 궁핍하였다.

구치관은 사람을 보는 안목이 높다고 소문나 있었다. 한번은 어떤 선비를 대관으로 추천했는데, 그가 익살을 잘 부리는 사람이므로 마땅치 못하다는 반론에 부딪혔다. 이에 구치관은 반문하였다.

"그렇다면 한무제는 어째서 익살꾼인 동방삭을 기용하였단 말인가? 사람이 유능하면 어찌 익살이 허물이 되겠소?"

또 한 번은 옛날의 자신처럼 십여 년 동안 지방의 교관으로 썩고 있던 선비를 현감으로 추천코자 하였는데, 그가 실무에 어두워서 좋지 못하다는 반대에 직면했다. 그때 구치관은 주장했다.

"천도(天道)도 십 년이면 바뀌는데 어찌 사람을 이렇게 오랫동안 묻어둔단 말이오?"

이처럼 주위의 반대를 무릅쓰고 추천한 선비들이 등용된 후 훌륭한 치적을 남기니, 모두가 그에게 지인지감(知人之鑑)*

---

* 사람을 알아보는 안목

이 있음을 인정하였다.

그런데 구치관도 늙어 총기가 흐려졌는지 생뚱맞게 김칭을 대단한 인재라고 조정에서 자주 칭찬하는 것이었다. 김칭이 광포한 무뢰한임을 익히 아는 사람들이 칠색 팔색을 하였으나 구치관은 끝내 그를 엄호하였다. 청탁을 배격하는 것으로도 모자라 자그마한 청탁이라도 받으면 도리어 불이익을 주었던 구치관이기에 김칭이 약을 치거나 기름을 먹여 누그럽히 만들었을 리는 없었다. 하지만 세평이 구치관의 안목과 사람됨까지 의심하기에 이르렀음에도 구치관은 굳이 김칭을 감싸고 돌았다.

김칭과 구치관은 인연이 깊었다. 나쁜 인연이기도 하고 좋은 인연이기도 했다. 나쁜 인연은 김칭이 군사를 두들겨 패어 어깨를 부러뜨렸을 때 구치관이 좌의정으로서 그의 공초를 받은 것이었다. 좋은 인연은 구치관이 세조의 명을 받아 진서대장군으로서 건주위를 정벌할 때 김칭이 장수로 참전하여 함께 군공을 세우고 포상받은 일이었다. 이때 구치관은 김칭을 도두보아 이후 종사관으로 삼아 곁에 두고 썼다.

부평 부사 자리는 구치관이 김칭에게 준 마지막 선물이었다. 구치관은 김칭이 파직당하기 직전에 예순다섯의 나이로 세상을 떠났다. 세론이 사후에 평가하길 구치관은 좋아하고 미워하는 것이 지나치게 편벽되었다고 하였다. 심지어는 거짓으로 행동하여 이름을 낚는다고 비방하는 자도 있었다. 하지만 김칭의 경우를 보더라도 인물을 등용하는 데 대한 구치관의 원칙은 명확했다. 오로지 공무에 임하는 능력과 그때의 태도만을 볼 뿐 사사로운 행적을 따지지 않는다는 것이었다. 장(杖)을 쳐 군사의 어깨를 부러뜨린 것은 그 군사가 대오를 잃었기에 김칭이 치죄하려 갓을 빼앗았는데, 자기 잘못을 뉘우치지 않고 김칭의 집에까지 찾아와 갓을 돌려달라며 항의를 하다가 벌어진 일이었다. 임금이 몸소 책문으로써 무인들을 시험할 때 투미하고 잡스런 대답들 중에 김칭의 대답이 제법 현실적이고 분명했다. 무신에게 군사와 마필보다 더 중요한 무엇을 묻겠는가, 하는 것이 구치관의 평가 기준이었다.

어쨌거나 김칭은 벼슬은 포기해도 오입은 포기하지 못했다. 계집이 걸린 일이라면 고관대작이든 종친이든 맞붙어 다투기를 두려워하지 않았다. 그는 참으로 수컷으로서의 자신을 포기하지 않는, 체면과 격식에 어긋나기를 두려워하지 않는, 즐

* 법사로부터 물려받은 논밭이나 금전 따위의 재물. 여기서는 음기구들을 가리킴
** 속된 이름으로 각선생이라 불리는 인공 남성 음경
*** 남녀가 15세가 되면 성년이 되었음을 나타내기 위해 상투를 틀거나 쪽을 찌고 비녀를 꽂는 일
**** 무기를 쓰지 않고 맨몸으로 하는 싸움

거운 짐승이었다.

마침내 그 짐승이 그녀 앞에 등장했다.

"우리 한번 놀아볼까?"

김칭은 방 안 가득 노기(老妓)와 호색광들에게서 구한 춘약과 법물(法物)*을 늘어놓았다. 생김이 묘한 경동인사(景東人事)**를 비롯해 미녀상사투(美女相思套)라 불리는 덮개, 씨앗 모양의 면령(勉鈴) 따위가 줄줄이 끌려나왔다.

가계(加笄)한*** 때로부터 기방을 출입하며 온갖 희귀하고 잡스러운 경험을 해온 김칭은 제대로 놀 줄 아는 탕아였다. 그리하여 그가 환장하여 찾는 여인은 제대로 함께 놀 줄 아는 탕녀였다.

"좋소. 한번 놀아봅시다!"

그녀의 호기로운 대답에 김칭이 대뜸 치맛자락을 들치며 소리쳤다.

"같이 놀겠다는 년이 무지기에 단속곳에 다리속곳까지 챙겨 입었단 말이냐? 당장 그 갑옷부터 벗어라. 진짜 무사의 실력은 백전(白戰)****에서 드러나느니라!"

그 말이 옳다 하여 그녀가 백전의 태세를 갖추니 김칭이 달려들어 몸싸움이 벌어졌다. 적정의 사정을 손금 보듯 훤히 알고 있는 사내가 화심(花心, 여성의 음핵)부터 공략하고 들어오니 닫혀 있던 문이 곧 열렸다. 수세에 빠져 밀리던 그녀가 가까스로 정신을 차리고 앞장서는 육 촌 무기에 맞서자 일 합 일 합이 쟁쟁하였다. 점차 숨결이 거칠어지고 구슬땀이 맺히기 시작했다.

"잠깐!"

그때 김칭이 잠시 몸을 떼고 일어나 앞서 펼쳐놓았던 물건들 중에 오동나무 씨앗 같기도 하고 잣 같기도 한 알맹이를 집어 들었다.

"네가 이 백자면전환이란 물건을 아느냐?"

면령 혹은 면자령이라고도 불리는 백자면전환은 본디 면전국(緬佃國, 버마)에서 나는 물건으로, 남방의 숲에 사는 새의 배설물을 모아 금박으로 겹겹이 싸서 만든다 하였다. 이것에 약간의 힘을 가해 열을 올리면 찍찍 매미 울음소리를 내면서 빙글빙글 도는데, 손에 쥐면 손바닥을 찌르고 팔과 어깨뼈를 떨어 서서히 아픈 기운을 뽑아낸다는 것이었다. 그리하여 면령이란 놈은 본래 손과 팔에 풍비가 들어 마비된 사람을 치료하는 기물이었다. 그런데 누가 언제부터 이것의 별스러운 성질

* 오늘날의 베트남 남부 지역

을 다른 목적에 이용하기 시작했는지는 알 수 없지만, 종내는 병을 치료하는 의료기가 아니라 육감을 자극하는 음구로 알려지게 되었다. 그 은밀한 소용이 면전국과 남장국(南掌國)*을 거쳐 운남과 연경에 이르니, 조선 사람들은 그것을 앵두[櫻]라는 별칭으로 부르며 몰래 사들여 왔다.

"정녕 놀 줄 안다면 완롱물 또한 기꺼이 즐길 터! 네가 오늘에야 새로운 쾌미를 맛보리라!"

사내는 면령 한 알을 그녀의 비경 속에 집어넣고 또 한 알은 자신의 물건 끝에 박아 넣은 뒤 일을 벌이기 시작했다. 그 작고 가는 놈이 진동하며 빚어내는 기이한 방술의 교묘한 재미는 그녀로서도 처음 겪는 새로운 것이었다. 점차 혀끝이 차가워졌다. 콧김이 뜨거워졌다. 좁은 골짜기가 흠뻑 젖어 음수가 흐르기 시작했다.

"아…… 흑!"

그녀의 입에서 절로 신음이 터졌다. 우는 듯 웃는 듯 간살스런 탄성이 개가 죽사발을 핥는 진하고 걸쭉한 소리와 뒤섞였다. 아픈 듯 간지러운 듯 자지러지는 감탕질이 둥둥 가죽 북을 연이어 치는 힘찬 소리와 뒤얽혔다. 괴로운 듯 즐거운 듯 도도한 비명이 철떡철떡 떡메를 둘러치는 차진 소리와 번갈아 들렸다. 그 괴이하고 야릇한 소리, 소리들이 한밤의 적막을 찢고 한양 땅 구석구석에 울려 퍼졌다.

색계(色界)는 무변광대하여 시작과 끝이 없었다. 그녀는 호기심과 모험심으로 김칭의 붉은 보자기에 든 음구들을 두루 섭렵했다. 하나하나 쓰기도 하고 한꺼번에 쓰기도 하며 밤이면 밤마다 천상의 문을 두드렸다.

외다리로 선 꿩의 자세, 뜀박질하는 야생마의 자세, 들여우가 실을 뽑는 자세, 원숭이가 과일을 바치는 자세, 누렁이가 오줌을 누는 자세, 신선이 길을 가리키는 자세, 장군이 기둥에 기대선 자세, 밤에 나무숲에서 노래하는 자세 등 온갖 기기묘묘한 체위가 모두 동원되었다. 음구를 이용해 성감을 최대로 자극하고, 상상할 수 있는 최고의 음탕함을 이루었다.

김칭과 그녀는 참으로 막상막하의 적수였다. 김칭은 타고난 원기로 하룻밤을 꼬박 새워 방아를 찧어도 지칠 줄을 몰랐다. 퍼내고 퍼내도 끊임없이 정로가 솟구쳐 그녀의 옥지는 잠시도 마르지 않았다.

"너는 타고난 계집이다!"

"너도 타고난 놈이로구나!"

* 전설 속의 신녀인 서왕모의 시녀

156

주거니 받거니 부리는 수작이 욕 같기도 하고 칭찬 같기도 하였다.

화로에는 불과 함께 난과 사향이 타올라 방 안은 후덥지근하고 자욱하고 향기로웠다. 그녀가 벌거벗은 채 연주하는 거문고에 맞추어 김칭이 알몸으로 춤을 추었다. 그러다 동하면 얼크러져 교합하고, 그러다 지치면 서로 맞물린 요철을 빼지도 않은 채 잠들었다. 김칭이 불을 켜놓고 하는 것을 좋아했기에 항시 등화가 밝혀져 있어 좀처럼 낮밤을 알 수 없었다.

그런데 지칠 줄 모르는 색정광으로 한세상을 거방지게 살고 있는 김칭에게도 한 가지 고민이 있었다. 자기의 정력을 믿고 일찍부터 지나치게 많은 여인과 난음을 하다 보니 웬만한 자극이 아니고서는 파정이 어렵게 되어버린 것이었다.

"항아를 강간하든 직녀와 화간하든 허비경*을 유혹해 불사약을 빼돌리든, 시작이 있으면 끝이 있어야 할 것 아닌가?"

지루하다 못해 고통스러워진 그녀가 사내의 엉덩이를 꼬집으며 힐문했다.

"어려서 성학을 배우기를 열두 명의 여자를 다루며 거듭 사정하지 않을 수 있는 사람은 늙어도 아름다운 용모를 잃지 않고, 만약 아흔세 명의 여자를 다루면서도 사정하지 않는 사람은 나이가 만 살에 이르게 된다고 하였지. 그래서 교접은 하되

곡정(穀精, 정액)을 아끼는 훈련을 하다 보니 이제는 뻣뻣한 대가리가 아예 눈물을 흘릴 줄 모르는구면."

"그럼 어찌하나? 하나로 한데 이르지 못하니 홀로 무슨 즐거움이 있을까?"

"그래서 말인데…… 네가 좀 도와줘야겠다."

김칭은 외어증(猥語症)*에 걸려 있었다. 절정의 순간에 욕설을 퍼붓고 음란한 말을 지껄여야만 가까스로 끝맺음을 할 수 있었다. 탕자에게 어울리는 탕녀는 마땅히 조력을 약속했다. 돈륜(敦倫)**이든 합기(合氣)든 정사든 썹이든, 오목한 것과 볼록한 것의 결합은 매한가지 아닌가. 그녀는 아름다움과 추함을, 성스러움과 외설을 분별할 수 없었다. 구분할 필요를 느끼지 못했다.

김칭의 입에서 온갖 상스럽고 속된 말들이 쏟아졌다. 맛있다 맛있다 지껄여야 미각을 잃은 혀가 비로소 맛을 느꼈다. 걸레, 갈보, 아랫녘장수라고 욕하며 바닷물을 퍼마시는 듯 끝없는 갈증을 눅였다. 김칭은 그녀에게 경계 없이 도저한 쾌락을 가르쳤지만 동시에 허(虛)의 극단을 보여주었다.

* 강박적으로 저도 모르게 추잡하고 음란한 말을 하는 병적 경향
** 인간의 중요한 윤리에 도탑게 합치됨. 성교를 이름

"더러운 년! 천하의 개잡년! 가랑이를 찢어발겨도 모자랄 년!"

무수한 쌍욕의 세례 속에 그녀는 한없이 뜨거워졌다 한없이 차가워졌다. 마침내 사내가 상처 입은 짐승처럼 포효하며 부르르 몸을 떨고 그녀의 가슴팍에 엎어졌다. 쾌락의 끝은 있고도 없었다. 그 막다른 곳에서 기다리고 있는 것은, 쌉싸래한 슬픔이었다.

현곤의 세상, 둘

소년은 무엇을 할 수 있는지 몰랐지만 무엇을 해야 하는지 알았다. 무엇을 하고 싶은지 생각해 보지 못했기에 마땅히 해야 할 그것에 매달렸다. 모든 것이 그의 의지와 상관없이 결정되었다. 그것이 운명이라면, 운명은 가혹했다. 세상은 소년을 임금이라 불렀다.

열세 살의 왕은 껍데기였다. 알맹이를 채우기 위해서는 햇빛과 바람과 비가 모두 필요했다. 동짓달 스무여드레 날 보위에 오

---

* 『논어』, 『맹자(孟子)』, 『중용(中庸)』, 『대학(大學)』의 네 경전

른 소년 왕은 이듬해 정월 초칠일 첫 경연(經筵)에 나아갔다. 네 명의 임금을 섬기며 네 차례나 공신의 반열에 올랐던 대학자 신숙주를 포함한 여덟 명의 경연관들이 지켜보는 가운데『논어(論語)』의「학이(學而)」편을 읽고 풀이했다. 첫날이라고 수업이 허술치 않았다. 오시(午時)에 다시 아침에 공부한 것을 복습했다. 배울 것이 많았다. 여월(如月, 음력 2월) 스무날부터는 조강과 주강에 이어 석강까지 임하며 종일토록 공부하였다. 어린 왕을 도와 수렴청정하는 대왕대비가 나흘 전 내린 전교에 따른 것이었다.

"지금 해가 점점 길어지니 주상이 석강에 나아갈 만하다. 항상 내시들과 함께 있으면 무슨 도움이 되겠는가? 자주 대신을 접견하면 충성스런 말을 많이 들을 것이니 좋지 아니한가?"

소년 왕의 하루는 경복궁에 나아가 대비전 세 곳에 문안 인사를 올리는 것으로부터 시작되었다. 하루는 네 토막으로 나뉘었다. 아침에는 조회를 하고 시사를 통해 신료들에게 정치를 들었다. 오전에는 찾아오는 방문객들의 윤대를 받았다. 오후에는 조정의 법령을 검토하거나 지방관의 하직 인사를 받거나 궁궐의 수비를 점검하는 일로 분주했다. 그리고 밤이 찾아오면 다시 대비전에 보고와 문안을 올리고 스스로 몸과 마음을 수양하는 시간을 가졌다. 그사이에 변함없이 자리한 것이 세 번의 경연이었고, 사서(四書)*라는 햇빛과 오경(五經)*이라는 바람과 역사서들의 비가 아니면 껍데기는 고스란히 쭉정이가 되리라는 암묵적인 강요였다.

어린 왕은 무거운 일상을 무던히 참았다. 명민한 그는 후계의 서열로 따지자면 옥좌가 그의 몫이 아니라는 사실을 잘 알고 있었다. 세자 수업은커녕 제대로 글 읽기에 몰두해 본 일조차 없는 자신이 얼마나 부족한지도 알았다. 수렴을 치고 뒷자리에 앉아 있지 않아도 대왕대비의 엄정한 눈길이 뒤통수에 느껴졌다. 그를 옹립한 원상들이 요구하는 성군의 자격을 갖추기 위해서는 일시일시를 아껴 정진해야 했다. 청상과부가 되어 십여 년을 수절해 온 젊은 어머니의 가슴에 맺힌 한도 외면할 수 없었다. 아무리 힘겹고 고단해도 어쩔 수 없는 일이었다. 소년은 너무 일찍 거부할 수 없는 잔인한 운명을 받아들였다.

소년은 마땅히 해야 할 일에 더욱 박차를 가했다. 사랑과 의혹이 뒤엉킨 시선들을 흡족케 할 방도를 찾았다. 유월 복중에도 경연이 계속되자 원상 김질이 임금의 성체가 피로할까 걱정하여 일시 주강을 정지하고 석강 때는 편복(便服)으로 간편

---

* 『시경』, 『서경(書經)』, 『주역(周易)』, 『예기』, 『춘추(春秋)』의 다섯 경서
** 왕이 밤중에 신하를 불러 경연을 베풀던 일
*** 이삭은 나왔으나 열매가 여물지 않는다는 뜻. 학문에 의욕은 있으나 중도에 포기하는 사태를 비유

히 입는 것을 건의했다. 이에 대해 열네 살이 된 소년 왕은 팥죽땀을 흘리며 대답했다.

"내가 촌음을 아끼는데 어찌 주강을 정지할 수가 있겠는가? 또한 예법이 엄연하거늘 조신(朝臣)을 편복으로써 접견할 수는 없도다!"

흥미도 없는 공부를 억지로 한 건 아니었다. 타고난 자질이 총명할뿐더러 성실하니 학문에 금세 힘이 붙었다. 하지만 하루 세 차례 경연으로도 모자라 야대(夜臺)**까지 자청하여 성년이 되기까지 꼬박 육 년을 한결같이 임할 때에는 강단성을 넘어선 강박이 없다 하기 어려웠다. 신하들은 임금의 다독하는 습관을 지적해 수이부실(秀而不實)***을 우려했으나, 기실 그 열매가 어떤 빛깔과 향기로 익어가는지는 알지 못했다.

자성대왕대비는 말도 많고 탈도 많던 호패법을 폐지하여 전대(前代)의 폐단을 없앴다. 현왕의 친부인 의경세자를 덕종으로 추존해 임금의 정통성을 갖추었다. 나라의 대소사를 처결하는 대왕대비의 솜씨는 노련하고 기민했다. 그 모두가 임금의 대리로 전교한 것이라 하나 실제로는 어린 왕이 원상들과 의논한 것을 보고하면 대왕대비가 최종적으로 결제하는 식이었다. 아직 얼굴에 솜털이 보송보송한 앳된 임금은 행여 반대는커녕 의견조차 변변히 낼 수 없었다.

층층시하의 처지는 밖이라고 안과 다르지 않았다. 세조 때 처음 만든 원상제(院相制)는 재상들이 상시적으로 승정원에 출근하여 임금을 보좌하는 제도였다. 하지만 어린 임금에게 할아버지뻘 되는 원상들은 대왕대비와 함께 그를 왕좌에 앉힌 당사자였다. 자문이라는 이름으로 영향력을 행사하고 겸 판서라는 이름으로 육조를 장악했다. 정치와 인사에 대한 고견탁론도 있었으나 그만큼이나 잔소리도 많았다. 감기를 앓으면 고기즙을 먹으라고 재촉했다. 보위에 오른 뒤 삼 년이 지나서야 이따금 내원(內苑)에 나아가서 활쏘기를 보는 것도 무방하다는 허락을 받았다. 날씨가 무더워 밥을 물에 말아 먹으면 비장과 위장에 나쁘다며 말렸다. 임금의 연령이 높아짐에 따라 점차로 줄어들기는 했으나 개가 벼룩 씹듯 같은 말을 하고 또 하는 늙은 원상들의 잔사설은 쉬지 않고 이어졌다.

무엇을 할 수 있는지 모르는 채 무엇을 해야 하는지만 알았던 소년은 청년이 되었다. 마땅히 해야 할 일에 매달려 무엇을 하고 싶은지 생각도 못했지만 점차로 그것을 할 수 있는 힘이 생겨났다.

그의 나이 스무 살이 되자 대왕대비가 정무에서 물러나겠노

* 중국 한나라 때의 뛰어난 책사 장량(張良)

164

라는 언문 교지를 내렸다. 임금이 마다하고 승지와 원상들이 만류했으나 대왕대비의 뜻은 확고했다. 드디어 임금이 의정부에 전지하였다.

"내가 어린 나이에 궁에 들어와 대통(大統)을 계승했으니 깊은 못가에 얇은 얼음을 밟는 듯 조심하고 두려워서 성취할 바를 알지 못하였다……."

열세 살에 불현듯 낯선 이름을 얻어 빛나지만 차가운 살얼음판을 걸어왔다. 이제야 비로소 어엿한 성년으로 홀로서기의 첫걸음을 내딛는 젊은 왕의 성음이 떨렸다.

"생각하건대 온 나라의 번거로운 사무로 성체를 수고롭게 하는 것 또한 편안히 봉양하는 도리가 아니므로, 지금부터는 국가의 모든 정사는 내 뜻으로써 결단하고 다시는 대왕대비에게 아뢰어 처결하지 않을 예정이다!"

인내하며 정진한 그의 승리이자, 본디부터 천하무적인 시간의 승리였다. 나는 새도 떨어뜨릴 듯 기세등등했던 훈구 척신들은 흐르는 시간과 함께 하나둘 사라졌다. 구치관이 가고 최항이 죽고 신숙주도 떠났다. 계유정난의 주역으로 영의정에까지 올랐으나 탐욕스럽고 포악하여 백성들의 원성을 샀던 홍윤성도 영원히는 살지 못했다. 가장 크고 오래된 권력, 세조의 자방(子房)*으로 불리며 한 시대를 풍미했던 한명회는 대왕대비가 정사를 돌려주려는 것을 만류할 때 짐짓 임금을 의심하는 기색을 보였다는 명목으로 탄핵을 받고 해임되었다. 한명회의 딸인 중전 한씨가 이태 전 자식도 없이 요절하여 임금과 한명회의 옹서(翁壻, 장인과 사위) 관계는 이미 끊긴 터였다. 한명회가 퇴진한 지 한 달여 뒤에 어린 왕을 휘주무르던 원상 제도는 완전히 폐지되었다.

임금은 대신의 권력에 맞서는 대간의 세력을 키우고, 외방으로 떠돌던 사림들을 끌어올려 등용하였다. 비로소 오랜 세월을 두고 기울었던 권력의 균형이 맞춰지는 듯하였다. 이 모두가 피바람 없이 고요하게 이루어진 일이었다. 태평성대의 조짐이었다. 세종대왕을 계승하여 홍문관과 사가독서제를 부활하고, 문무를 고루 등용하며, 출판과 인쇄 사업에도 박차를 가했다. 조선이 개국한 지 팔십여 년 만에 도덕군자로서의 도학군주가 흥복하는 순간이었다.

유교의 도(道)를 충실히 수학한 어진 임금의 나라는 태평하였다. 하늘도 그의 덕을 알아 불의의 변고를 내리지 않았다.

* 나무로 만든 활과 화살
** 임금이 활을 쏠 때 쓰던 과녁
*** 임금이나 권력을 두려워하지 아니하며 바르게 말하고 행동하는 강직한 신하

안으로 사화(士禍)가 없었고 밖으로 외침이 없었다. 바야흐로 왕조의 안정기가 시작되는 듯했다.

참을성 있던 소년은 학식이 깊고 덕망이 두터운 임금이 되었다. 하지만 임금의 흉중 깊숙이에는 자신이 선택하지 않은 운명에 꺼둘린 소년이 있었다. 소년은 성실한 수재였지만 멋스럽고 풍치 있게 노는 일도 좋아했다. 열여섯 살에 처음 활쏘기를 구경했을 때 우둔우둔 방망이질하던 가슴을 기억하고 있었다. 종친들과 어울려 호시(弧矢)*를 쏘면 백발백중으로 누구에게도 뒤지지 않았다. 붉은 깃발이 펄럭이는 가운데 웅후(雄侯)**의 정중앙을 꿰뚫을 때에는 거친 변방에서 용맹한 무장으로 말달리던 태조의 풍모가 느껴졌다. 송골매를 좋아해 후원에 풀어두고 노니는 모습을 즐기니, 할아버지 세조가 말한 대로 고조할아버지 태조의 기풍이 이어졌다면 돌연한 일이 아니었다.

하지만 신하들은 군왕이 활쏘기 같은 취미에 빠지면 안 된다고 강력히 말렸다. 오락이 아니라 친교의 도리 때문이라고 변명했지만 나라의 위태로움을 들먹이는 골경지신(骨鯁之臣)***들에겐 통하지 않았다. 할 수 없이 종친과 문신들을 모아 종전의 활쏘기 대신 책을 강의하기로 하였다.

소년은 또한 시를 좋아했고 글씨를 잘 썼으며 그림과 음악을 즐겼다. 하지만 신하들은 그 모두를 심각한 문젯거리로 여겼다. 직접 시장을 짓는다는 사실을 놓고 경연에서 강력하게 비판하였다. 임금은 다만 덕으로 다스리는 어질고 바른 정치를 걱정할 일이지 문장 따위로 명예를 구해서는 안 된다는 것이었다. 임금은 결국 한발 물러나 스스로 짓지 않는 대신 가끔씩 신하들에게 시를 지어 바칠 것을 명했다. 언젠가 그가 문신들에게 주었던 시제는 '물고기는 냇물에서 헤엄치고 새는 구름 속에 난다'였다.

임금은 신하들의 말에 귀를 기울이고 침착하게 숙고했다. 하지만 무거운 곤룡포를 입고 익선관을 쓴 임금 속의 소년은 체념과 분노, 갈등과 무력감 사이를 분주하게 오갔다. 병약하다는 이유로 후계 구도에서 제외된 세 살 많은 형 월산대군은 그와 판이한 삶을 살고 있었다. 형이 집 안에 지은 운치로운 정자에 풍월이라는 이름을 직접 지어주며, 소년은 신하들이 「풍월정시(風月亭詩)」를 썼다고 잔소리를 해대지 않을까 염려했다. 월산대군이 시와 음악과 술을 벗해 고요한 한생을 살아간다면, 후계 일 순위였던 제안대군은 또다른 낯선 운명을 살고 있었다. 제안대군은 본처 김씨를 싫어해 폐하고 박씨와

* 남편이 자유로이 칠거지악을 저지른 아내를 버리던 일. 또는 그런 제도

재혼했다가 다시 기처(棄妻)* 김씨와 은밀히 통하는 등 상식에서 벗어나 마구발방하였다. 사람들은 제안대군이 어리석어 남녀관계의 일을 모르고 날마다 풍류나 즐기며 미식하고 탐식하기를 일과로 삼는다고 수군거렸다.

한심스러운 일이었다. 하지만 때로는 소년도 그렇게 던지고 싶었다. 백발이 성성한 신하들 앞에서 말 마디마디 행동거지 하나하나를 지적받는 대신 그림자처럼 바보처럼 운명 앞에 자신을 던져버리고 싶을 때가 있었다. 하지만 임금은 하늘의 대리자였다. 만백성의 어버이로서 왕도에 어긋나지 않게 치화해야 했다. 대왕대비는 물러나고 원상들은 늙었지만 거리낌없이 마음껏 놀고 싶은 아이를 감시하는 마음속의 눈길은 사라지지 않았다. 잠시잠깐이나마 격식과 예법에서 벗어나면 호되게 야단치는 마음속의 목소리도 여전하였다.

그리하여 마음속 깊은 곳의 소년과 갈등할수록 임금의 태도는 강경해졌다. 머리로 가슴을 이기기 위해 더욱 단호하고 선명해졌다. 점차로 강력해지는 법과 도덕은 임금의 승리이자 소년의 패배였다.

상처를 새기다

　과부의 버선목에는 은이 가득하고 홀아비의 버선목에는 이가 가득하다는 항담처럼 그녀의 살림살이는 나날이 윤택하였다. 본집에서 물려받은 재산에 더해 사내들이 갖다 바친 재물 덕분이었다. 가짜 기생 노릇을 하며 받은 해웃값은 기생 어미에게 몽땅 주었다. 몸을 팔아 돈을 벌 생각도 없으려니와 세상 구경값이라 치면 아쉬울 게 전혀 없었다. 그럼에도 그녀의 환심을 사기 위해 가락지와 노리개를 사다 바치는 멍청이들을

* 기예가 뛰어난 기생

말리지는 않았다.

"어머나, 이렇게 귀하고 아름다운 물건은 난생처음 보아요!"

아무리 시답잖은 패물을 받을 때라도 두 손을 가슴에 모으고 발그레한 얼굴로 눈물을 글썽였다. 그녀가 기꺼이 받아 챙긴 재물은 사내의 허세와 만용을 충족시킨 값이었다.

군자와 숙녀가 위선의 옷을 벗고 음남탕녀로 놀아나는 조선 땅에 유일한 곳. 기방에는 적나라한 사내와 계집의 본모습이 있었다. '배에다 금은을 가득 실어도 기생집을 만족시킬 수는 없다'는 옛말처럼 돈 다음에 세상에 나온 듯한 욕심보들을 숱하게 보았다. 돈만 있으면 개도 멍첨지요 귀신도 벗님네였다. 기생 어미는 어리석은 사내들의 주머니를 탈탈 털어낼 심산으로 술값을 속이고 화대를 흥정하고, 창기들은 아양을 부리며 가랑이를 벌렸다 조였다 하였다.

그런가 하면 돈보다는 재주 때문에 화류계를 떠나지 못하는 성재기(成才妓)*도 간혹 있었다. 그들의 노래와 춤과 문예는 기방이 아니라면 어디에서도 펼쳐낼 수 없는 것이었다. 남녀 간의 염정을 섬세한 필치로 표현한 당나라의 여류 문사 어현기도 본디 기생 신분이었다. 그녀는 결국 도교 사찰인 함의관으로 출가해 여도사(女道士)가 되었으니, 성(聖)과 속(俗)의 경계에서 한바탕 나비춤을 춘 셈이었다.

말을 알아듣는 꽃이라 하여 해어화라고 불리는 기생의 또 다른 별칭은 연화(煙花)였다. 봄의 경치를 연화라 하니 그처럼 아름답고 화려하다는 뜻일 테다. 하지만 말뜻 그대로 풀면 연화는 연기의 꽃이었다. 기생은 흐릿하게 지펴 올랐다 가뭇없이 사라지는 꽃이었다. 그들을 불타올랐다 스러지게 만드는 것은 사랑, 그것이었다. 그리하여 기생과 광대들은 신선한 꽃과 같다고 하였다. 사랑하고 귀여워하면 할수록 더욱 힘을 내어 아름다워지고 능란해진다는 것. 하지만 꽃은 피면 시들어 떨어지기 마련이었다.

그녀가 세상을 희롱하는 재미로 기방에 드나들 때 어린 기생 하나가 자살 소동을 벌였다. 수청을 들어야 할 손님을 치한 취급하며 벗어라 못한다 몸싸움을 벌이는 바람에 기생 어미에게 호된 치도곤을 당한 끝이었다.

"미친년! 제 몸값도 못다 갚고 죽긴 어디서 마음대로 죽어? 참새가 황새걸음을 시늉해도 유분수지, 기생년 주제에 수절을 하겠다고?"

기생 어미는 꿀물 한 번 젓고 가래침 한 번 뱉으며 죽다 살아난, 죽으려도 죽을 수 없는 기생을 욕했다. 흐르는 세월에도 변치 않고 기방에는 비슷한 사연들이 반복되었다. 어린 기생에게는 정인이 있었다. 두 사람은 한눈에 서로 반해서 만난 뒤로 하루도 아니 보고는 살 수 없었다. 하지만 불치의 중병에 걸린 게 아니라면 뇌물을 써도 기첩에서 기생을 빼내기는 쉽지 않았다. 반드시 빼내고자 한다면 공신의 사패가 되거나 조정 벼슬아치의 소실이 되는 길뿐인데, 재물도 권력도 없는 주제에 가당찮은 사랑을 꿈꾼 죄로 가련한 연인들은 살아 함께할 방도가 없었다.

서까래에 걸었던 명주 수건이 풀리는 바람에 목매달아 죽으려는 계획은 무산됐지만 끌어내려 방 안에 눕힌 기생의 낯빛은 생귀신과 진배없었다. 사랑, 그것이 과연 목숨을 걸 만큼 보배로운가? 그녀는 알 수 없는 그 연기의 매캐한 냇내를 살며시 큼큼거렸다.

가짜 웃음과 가짜 아양이 지겨워졌다. 기방을 찾는 사내들은 하나같이 초나라 여인의 허리와 한나라 여인의 머릿결을 찾아댔다. 그들에게 여자는 인간이 아니었다. 잠시 곁에 두고 장난 거리로 삼는 애완물일 뿐이었다. 알량한 돈닢으로 생사여탈을 쥐고 흔들며 대단한 권능이라도 가진 양했다. 그 모양이 뇌꼴스럽고 가소로웠다. 스스로 세상을 구경하러 나가는 일은 이쯤에서 충분했다. 이제 세상이 그녀를 찾아와야 마땅했다.

그는 그녀의 집에 제 발로 걸어 들어온 첫 사내였다.

"이 집에서 종을 사고자 한다는 이야기를 들었다. 주인은 어디 계시느냐?"

여자들만 살다 보니 아무래도 남자의 인력이 필요해 노(奴) 두엇을 사겠다고 여기저기 말을 전해 둔 터였다. 그런데 문틈으로 엿본 사내의 행색은 아무래도 흥정을 붙이러 온 거간꾼처럼 보이지 않았다.

"웃대에서 보내서 오셨습니까?"

장미가 응대를 하니 사내가 너털웃음을 터뜨렸다.

"공연히 번거롭게 중매인을 둘 필요가 있겠는가? 여러 입을 거쳐 전하는 말은 반드시 오해를 낳는 법! 주인을 직접 만나 뵙고 흥정하러 왔노라."

서글서글한 눈매에 콧날이 오뚝한 사내는 몸가짐과 행동 또한 깨끗했다. 바람이 불지도 않았는데 자분치가 다팔다팔 흔들리는 기분이었다. 가볍고, 간지러웠다. 그녀가 읽던 책을 옆으로 치우고 경대를 펼쳐 열며 말했다.

"손님을 객실로 안내하고 다담상을 내어라. 곧 건너가겠노라."

거울 속의 그녀가 빵긋 웃었다. 오랜만에 마음 밑바닥에서

* 지금의 종로구 견지동

174

절로 스미어 나온 웃음이었다.

사내는 전의감에서 의학을 공부하는 생도 박강창이었다. 건평방*에 자리한 전의감은 왕실에 의약을 공급하고 의관을 뽑는 의과와 취재를 관장하는 관아였다. 율관이나 화원이나 사자관에 비해 역관과 의관의 위상이 높긴 했지만 그들 역시 오갈 데 없는 중인이었다. 얻을 수 있는 최고 직책이 정삼품이었으며 모두가 선망하는 청관의 직은 감히 꿈도 꾸지 못했다. 선택의 여지가 남아 있지 않은 운명은 필연 우울과 분노를 빚어내기 마련이었다. 사내의 희고 깨끗한 얼굴에 문득문득 얼비치는 그림자는 좌절로 인한 오래된 울화였다.

"남녀가 유별함을 알지만 집에 남정이 없으니 제가 나설 수밖에 없었습니다. 결례를 용서하소서."

어느새 옅은 화장을 하고 나타난 그녀의 몸에선 그윽한 사향내가 물씬 풍겼다. 그 향기에 취한 듯 사내가 말문을 열었다.

"초면에 실례지만, 무슨 사연이라도 있으십니까?"

거간비를 아낄 만큼 실익에 충실했지만 그 역시 사내는 사내였다. 슬쩍 던진 미끼를 덥석 문 박강창 앞에서 그녀는 속으로 웃고 겉으로 울상을 지었다.

"사연으로 말하자면 심산유곡처럼 깊디깊지요. 오죽하면 아녀자의 몸으로 낯선 선비님 앞에 나섰겠습니까?"

불쑥 돋아난 꽃과 은밀하게 숨은 가시. 그녀는 꽃모습에 좀처럼 어울리지 않는 상처투성이 과거를 주저리주저리 풀어놓기 시작했다. 마지못한 술회가 한탄이 되고 토로가 되어 마침내 잊었던 눈물까지 질금 새어나왔다.

"종친의 적실이라면…… 외명부의 봉작까지 받으셨던 겝니까?"

"그렇습니다. 그 빛 좋은 개살구의 이름이 혜인이었지요. 비록 은혜와 사랑은 오직 이름자에 있었지만 말입니다……."

사내를 유혹하려는 심산이 아니더라도 그녀는 충분히 슬프고, 슬픔으로 아름다웠다. 상처만이 상처를 알아보니, 서자 출신에 불우한 어린 시절을 보냈던 박강창은 스스로에게 그러하듯 그녀를 동정하게 되었다. 또한 분노의 이면에 숨겨진 선망이 종실의 여인이었다는 그녀를 특별하게 바라보게 했다. 흥정은 짧았다. 그날 그녀는 새로운 하인과 함께 박강창의 마음을 얻었다. 파는 자와 사는 자가 모두 만족한 거래였다.

입에 계피꽃을 문 채 사내의 입술과 혀를 빨았다. 달콤하고 쌉싸래하면서 매콤한 계피 향이 두 사람의 입안을 가득 채웠다. 입맞춤은 몸의 일이 아니었다. 생각을 토하는 입술과 세상을 맛보는 혀가 뒤엉키는 마음의 움직임이었다. 그들은 오랫동안 입을 맞대고 눈으로 못다 보는 서로를 느꼈다.

박강창은 환자를 진맥하듯 차근차근 그녀의 몸을 탐색해 나갔다. 사람의 몸을 알고 사람의 몸을 다루는 사내였다. 박강창의 손은 차갑고 섬세하고 깐질겼다. 그의 손길이 닿을 때마다 왼쪽 가슴 어디쯤, 혹은 아랫배 깊숙이 어딘가에서 불을 켠 듯 그녀의 온몸이 환해졌다. 깜박깜박, 아스라이 욕망이 점멸하였다. 팽팽하고 미끈한 엉덩이와 허리의 곡선이 손끝에서 흘렀다. 탐스럽고 완전한 도자기 같은 젖가슴이 손아귀에서 부풀었다.

"아름다워……!"

사내의 눈동자 속에서 알몸의 눈부처가 수줍은 환희로 빛났다.

"날 가져가. 하나도 남김없이……."

그녀가 뜨거운 입김을 사내의 귓불에 쏟아부었다. 사랑은 어리석어야 한다. 미쳐야 마땅하다. 은밀한 속삭임이 쏘시개가 되어 관솔불을 지폈다. 사랑의 무지와 광기로 용맹해진 사내는 발바닥과 발가락과 복사뼈와 무릎과 골반뼈와 갈빗대와 쇄골과 턱뼈와 콧날과 이마와 정수리에 점점이 입술로 도장을 찍었다. 사내는 반드시 명의가 될 것이었다. 몸짓과 손짓이 기혈이 돌고 정기가 모이는 자리에서 한 치도 빗나가지 않았다.

가슴속에서 지펴 올라 살갗을 자글자글 끓이는 정염을 더 이상 참을 수 없었다. 누워 있던 그녀가 다급히 몸을 일으키며 사내의 어깨를 밀었다. 무방비한 사내가 얼결에 자빠지며 채문석에 뒤통수를 쿵 찧었다.

"아아, 아프다! 왜 이리 무섭게 구는가?"

사내가 의관의 흰 옷자락만 보고도 울어젖히는 아이처럼 징얼거렸다.

"엄살 부리지 마라. 이제 편히 누워 음악을 감상할 차례렷다!"

그녀가 사내의 허리띠를 풀고 바지를 끌어내렸다. 끝날같이 상서로운 연장은 이미 외외히 부르돋아 음률을 토해 낼 준비를 마친 터였다. 부드러운 손이 자줏빛 피리를 끌어 잡고 연주를 시작했다. 가락은 연주자의 마음이 내키는 대로 자유자재였다. 가볍고 얕은 음으로부터 시작하여 무겁고 깊은 음까지 거침없이 치달았다. 빠르게 휘몰아치다가 문득 느리게 숨을 골랐다.

음악이 진진하니 드디어 춤을 추기에 맞춤하였다. 목화 씨앗처럼 하얗고 부드러운 알살 속으로 우뚝한 피리가 파고들었다. 누가 의관이고 누가 환자인지 분별이 사라졌다. 그와 그녀

---

* 춘추시대 정나라 목공의 딸로 빼어난 미모로 국경을 넘나들며 숱한 염문을 뿌린 요부

가 목소리를 맞추어 노래 부르듯 동시에 신음을 토해 냈다. 고통만도 환희만도 아닌, 고통이자 환희인 탄성이었다.

며칠이 지났는지 몰랐다. 해가 지는지 달이 뜨는지도 몰랐다. 절해고도 같기도 하고 천인단애 같기도 한 침실 안에서 기꺼이 고립된 채 계절이 갔다. 마파(馬爬)와 품소(品簫), 그네타기와 원앙 다리 희롱하기에 이어 하희*의 고전법(股戰法)까지 온갖 화려한 춤사위가 펼쳐졌다. 다리를 쓰는 방중술로 사내의 정기를 채취하는 법을 터득한 하희는 나이 오십이 넘어서도 젊은 때와 똑같이 방사를 했다 하였다.

"하희처럼 오래 살고 싶으냐?"

박강창의 우문에 그녀가 현답을 내놓았다.

"아니, 하희처럼 숨이 붙어 있는 마지막 순간까지 사랑하고 싶다!"

한바탕의 광풍노도가 지나면 장미가 숯불을 피운 화로와 다관을 들여왔다. 달이듯 진하게 끓인 조음보양차(調陰補陽茶)는 음약이자 보약이니, 답답했던 가슴이 시원하게 뚫리고 가라앉았던 춘흥이 다시금 일었다. 박강창이 짓궂은 웃음을 흘리며 그녀의 젖가슴을 손짭손하였다. 손끝에 찻종의 온기가 미지근하게 남아 있었다. 그들은 동시에 사납게 맞부딪혀 얼크러졌다. 사랑의 끝은 보이지 않았다. 그 순간만은 분명 그러하였다.

　이것이 사랑이 아니라면 무어란 말인가? 그녀는 박강창을 사랑했다. 예민하고 재주 있는 사내를 아끼고 즐겼다. 엄청난 정력이나 특별한 기술이 있는 것도 아닌데 그를 생각하는 것만으로 젖꼭지가 곤두서고 음수가 흘러넘쳤다. 모두가 요사스런 마음의 농간이었다. 한바탕의 회오리가 지나면 박강창은 그녀의 몸에 불 뜸을 놓았다. 명치끝과 배꼽과 치골 위에 향초를 피우고 분분한 연기와 홧홧한 불기운이 온몸으로 스며들게 하였다.

　"당신은 겉보기에 불덩이 같지만 습이 많아 속이 냉하니 안팎을 조화롭게 다스려주는 게 필요해. 어쩌면 몸은 이리도 마음을 속이지 못하는지, 환자를 진맥해 보면 그의 칠정(七情)* 이 고스란히 병질에 스며 있으니 참으로 신비롭지 아니한가?"

　"그렇다면 나 또한 겉과 속이 같지 않다는 말이야? 밖으로는 뜨겁지만 안으로는 차갑다고?"

　"열 길 물속은 알아도 한 길 사람의 속은 모를 일이니, 지금

* 사람의 일곱 가지 감정. 기쁨·노여움·슬픔·즐거움·사랑·미움·욕심
** 남을 자기 몸처럼 사랑함

은 당신이 나를 애인여기(愛人如己)**한다고 하나 어찌 여일함
까지 장담하겠나?"

박강창의 냉소 어린 농담에 그녀가 사그라지던 뜸을 떼어
내던지며 덤벼들었다.

"돌팔이! 네 진단이 얼마나 형편없는 오진인지 확인해 주지!"

아교를 붙여놓은 듯 떨어질 줄 몰랐다. 옻칠을 해놓은 듯 공
고히 달라붙었다. 그들은 과연 잘 어울리는 한 쌍의 비익조였
다. 그러나 모든 비상은 낙하의 불안을 내포하기 마련이었다.
가장 격렬한 순간에 파국의 두려움으로 떨고, 불안과 공포로
더욱 솟고라지기도 했다. 이생을 모조리 태워버릴 듯 뜨거운
불꽃이 튀었다. 충천한 화염으로 산천초목을 남김없이 불살라
사막을 만들어버릴 듯 용맹했다.

"날 사랑하느냐?"

"당연히 그러하다."

"얼마나 사랑하느냐?"

"세상의 어떤 자와 저울이 그 크기와 무게를 잴 수 있을까?"

"언제까지? 언제까지 마음이 변치 않겠나?"

"당신과 섞은 살이 모두 썩고 백골만 남을 때까지!"

"그 모두가 진정이냐? 믿어도 되겠는가?"

"아아, 무엇을 어찌해야만 믿겠는가?"

고금을 뛰어넘어 연인들에게는 조갈의 병이 전염되었다. 아무러한 말과 몸짓으로도 사랑을 확인하고자 하는 갈증은 가시지 않았다. 영원에 대한 갈망이 어리석은 충동을 자아냈다. 그녀는 언젠가 이난이 그러했던 것처럼 혹애(惑愛, 끔찍이 사랑함)의 순간을 새겨두고픈 잔인한 욕망을 느꼈다.

"박강창, 너는 내 것이다. 실로 그러한가?"

"물론이다."

"그럼 네 몸에서 가장 중요하고 사랑스러운 자리에 주인의 이름을 새기겠다. 무방하겠는가?"

"내 주인이 가장 사랑하는 곳이라면……?"

그녀는 발갛게 달군 바늘을 들고 무릎걸음으로 박강창의 곁에 바싹 다가갔다.

"이제부터 너는 내 이름과 함께 살아가리라. 침을 놓고 뜸을 뜨고 약을 지으며, 너는 한시도 나를 떠날 수 없으리라!"

그녀가 박강창의 오른편 팔뚝을 훔쳐잡았다. 울근불근한 싸울아비의 것과도 다르고 앙상한 책상물림의 것과도 다른, 적당한 살집과 탄탄한 심줄이 옹골진 실제가의 팔이었다. 젊은 그의 손목에서 가늘게 꿈틀거리는 핏줄이 요요하였다. 한 땀 한 땀 바늘을 찌르면 한 방울 한 방울 피가 맺혔다. 그녀는 분홍빛 혀를 조붓이 내밀어 핏방울을 핥았다. 쓰라림과 간지럼에 박강창이 움찔거렸다. 사랑의 맛은 비린 듯 고소했다.

그런데 이상한 일이었다. 문득 먹실을 넣고 보니 박강창의 팔뚝에 검붉게 새겨진 것은 현비가 아니라 어우동이라는 이름자였다. 스스로 현비라는 이름을 짓고 천연의 빛깔로 살았던 그녀가 갑자기 옛 이름으로 자신을 부른 것이었다.

지금껏 그녀는 스쳐가는 사내들을 불같이 사랑했다. 깡그리 불태우고 재가 되기에 기꺼웠다. 불의 사랑에는 미련과 후회가 없었다. 잿더미를 헤작거려 건져낼 책임과 의무도 없었다. 하지만 박강창은 그녀가 모르는 낯선 습기를 지니고 있었다. 우울한 천재의 젖은 눈망울은 당황스러운 매혹이었다. 그 습기가 그녀를 심연으로 끌어들였다. 음습한 유혹의 늪에서 허우적대게 했다. 이 모두가 마음속 깊이 똬리를 튼 어둡고 슬픈 계집아이의 장난질이었다. 어쩌면 그녀에게 사랑은 퇴행일는지도 몰랐다.

격렬한 정사가 끝나면 축축한 알몸으로 배를 깔고 엎드려 밑도 끝도 없는 이야기를 나누었다. 박강창은 문진(問診)하듯 그녀를 채근했다.

"말해 봐. 나를 만나기 전의 당신을. 털끝만큼이라도 내가 모르는 당신을 남겨두고 싶지 않아."

내가 너인 듯 네가 나인 듯 엉겨드는 늪에서 비밀이란 없었다. 없어야 한다고 생각했다. 사랑에 빠진 연인들은 모든 것을 공유해야 한다는 강박에 사로잡혔다. 그래서 그녀는 지금껏 만나고 헤어졌던 사내들에 대해 솔직히 말했다. 박강창은 조금 놀라는 듯했다. 하지만 진심으로 그녀를 이해하고자 애썼다. 애쓰고 있다고 믿었다. 언제나처럼 촉촉한 눈으로 그윽이 바라보며 가끔은 고개를 끄덕이고 때로는 한숨을 쉬기도 했다.

박강창이 그녀를 사랑한다는 사실에는 한 치의 의심도 없었다. 그래서 기실 그녀의 고백에는 질투를 불러일으키고자 상처에 소금을 뿌리는 도발의 의도가 있었다. 다른 사내의 이름을 들은 날이면 박강창의 손길과 몸짓은 더욱 열렬해졌다. 그러면 그녀는 그의 목덜미를 물어뜯으며 그 모두가 허상이었음을 호소했다. 스스로의 가슴팍을 쥐어뜯으며 지고하고 유일한 사랑을 이제야 만났음을 탄식했다. 가짜 기생을 칭하며 기방에 드나들었다는 말까지 들었을 때, 박강창이 중얼거렸다.

"우리는 같은 병을 앓고 있는 게 분명하다. 스스로를 사랑할 수 없는 병. 하지만 이제는 나을 거다. 서로가 서로에게 약이 되어 환부를 치료하고 병마를 물리칠 테니까."

그때 박강창의 말을 믿지 말았어야 했다. 아니, 믿었어야 했다. 동병상련에서 비롯되었기에 더욱더 강렬했던 사랑이지만,

박강창과 그녀의 병은 같고도 달랐다.

"어디를 다녀오는가? 어느 집에서 술을 걸러두었다는 연통이라도 받았는가? 오늘따라 화장이 너무 진하구나. 그 옷은 언제 새로 지어 입은 것인가?"

언제부터인가 박강창의 말끝이 조금씩 고부라졌다. 그녀의 차림새에 트집을 잡기 시작했고 바깥나들이를 갔다 돌아온 날이면 어디서 누굴 만났는지 꼬치꼬치 캐물었다.

"서강에 조운선이 들어왔다기에 좋은 물건이 있는지 구경 다녀왔구려. 오는 길에 독마을에서 당신과 함께 마실 삼맥주(三麥酒)도 받아 왔지. 이슬처럼 산뜻한 맛이 기가 막히고 오장에 특히 좋다고 하니 님과 더불어 취흥을 돋우기에 그만인걸!"

처음에는 까탈과 간섭조차 흔흔하게 받아넘겼다. 정인의 일거수일투족이 궁금한 거야 당연하다고 여겼다. 하지만 그런 날이면 박강창은 주량을 넘겨 폭음하였고 끝내 대취하여 욕설을 퍼붓기까지 하였다.

"네 이년! 삼맥주인지 사맥주인지 하는 술은 또 누구랑 마셨던 게냐? 시 잘 짓는 종친이냐, 오랑캐를 때려잡는 무장이냐?"

불벼락이든 물벼락이든 아프기는 매한가지였다. 그녀는 비로소 자신의 실수를 깨달았다. 사랑한다면 어떤 끔찍한 환부를 내놓아도 상관없으리라 생각했던 것이 실수였다. 자신의 사랑을 확신한 만큼 타인의 사랑을 믿었던 게 실수였다. 아름다운 상처는 없었다. 상처는 다만 상처일 뿐이었다.

박강창의 어미는 한미하나마 반갓집 출신이었다. 그런데 계집종도 기녀도 아닌 그녀가 본부인이 눈을 시퍼렇게 뜨고 있는 집안에 소실로 들어간 것은 여인으로서의 제 삶을 가련히 여긴 탓이었다. 어미는 본디 혼인한 지 이태 만에 남편을 잃고 청춘과부가 되었다. 하지만 세상이 아무리 지조와 정조를 흠송해도 동전 귀를 닳도록 굴리며 욕망을 참는 나날을 견딜 수 없었다. 중서인의 사이에 끼어 가문을 잃어도 할 수 없었다. 친정집의 문호를 그르치게 된다 해도 어쩔 수 없었다. 어미는 스스로 별당 문을 박차고 나와 개가하였다. 열녀로 썩어 문드러지느니 첩실로나마 사내의 사랑을 받으며 살기를 선택한 것이었다.

머리로는 이해했다. 자식도 없는 젊은 과부가 쇠털 같은 날을 견디기는 쉽지 않았을 것이다. 하지만 가슴이 거부하였다. 아들은 어미를 여자로 인정할 수 없었다. 반명(班名)을 내던지고 자식에게 서출의 낙인을 찍었다는 원망도 컸다. 물론 이런

* 갑작스럽게 앓는 급한 병

마음을 내색한 적은 한 번도 없었다. 그는 자신에게 주어진 운명에 순순히 따랐다. 의관을 천직으로 믿고 고통받는 환자들을 위해 전심전력하여 질병과 싸웠다. 하지만 박강창은 환자들에게 일말의 동정심이나 연민을 갖고 있지 않았다. 그는 의관이기 전에 병자였다. 젊은 몸은 건강하고 싱그러웠으나 영혼은 병들어 있었다. 갑자기 사랑이 어려워졌다.

"언제까지 이러실 것입니까? 지금 아씨의 모습은 덫에 치인 범이요, 그물에 걸린 고기 같습니다."

장미가 폭질(暴疾)*을 앓는 그녀를 보다 못해 말했다.

"나도 모르겠다. 놓자니 아쉽고 견디자니 괴롭구나."

"무식하고 천한 이년이 한마디 올려도 되오리까?"

"세상의 밑바닥과 사람의 밑바탕에 대해서는 네가 내 스승이 아니더냐? 무슨 말이든 해보아라."

"세상에서 가장 잃어버리기 어려운 것은 아씨 자신입니다. 왜냐하면 언제나 아씨와 함께 움직이기 때문입지요. 세상에서 가장 잃어버리기 쉬운 것 또한 아씨 자신입니다. 아씨 자신을 놓치면 다른 어디서도 찾을 수 없기 때문이지요."

스스로 순결하지 않기로 결정한 용감한 계집들의 눈길이 마주쳤다. 장미는 확실히 그녀보다 윗길이었다. 박강창의 집에서 건너온 두 명의 사내종과 번갈아 정을 통하며 지내니, 하나는 젊어 좋고 하나는 늙어 좋고, 하나는 작아 맞춤하고 하나는 커서 뿌듯하다 하였다. 사랑이라고 무거워야 할 이유는 없었다. 웃을 때 드러나는 잇바디와 흰 목덜미에 빠져들었다가 눈곱 낀 눈과 삐져나온 코털로 식어버리는, 그 사소하고 가벼움 또한 사랑이다. 그녀가 쓸쓸하지만 선선하게 미소 지었다.

하루아침에 이별 통보를 받은 박강창은 안달이 나서 미친 듯이 날뛰었다.

"도대체 왜 이러느냐? 취매하여 가당찮은 욕지거리를 한 건 내 실수였다. 그렇다고 네가 내게 이래서는 안 되지 않느냐? 우리가 이럴 수는 없는 게 아니냐?"

처음에 그는 울며 매달렸다. 다짐과 맹세의 추억이 무거워, 그녀도 괴롬에 뒤척였다. 하지만 그녀가 아무런 반응을 보이지 않자 박강창은 끝내 본색을 드러냈다.

"비단 걸레면 걸레가 아니더냐? 또 어느 놈과 눈이 맞은 게냐? 천하에 더럽고 음탕한 년!"

발광하는 박강창을 끝갈망한 건 관내에 발이 넓은 이난이었다. 전의감의 의학훈도가 박강창을 불러 몇 마디를 건네니 그로부터 박강창은 길갓집 근처에 얼씬도 하지 않았다.

* 스스로 자기 맥을 짚어서 병을 진찰하는 일

"무어라 전하셨습니까?"

그녀의 말에 이난은 쓸쓸하게 웃으며 말했다.

"훈도가 생도에게 할 말이 무어겠는가? 내년에 취재가 있으니 공부나 열심히 하라고 했겠지. 진짜로 명의의 자질이 있다면 자맥(自脈)* 정도야 하지 않겠는가?"

달콤함을 새기다

한 사람을 보내고 다시 한 사람을 기다릴 때, 하나의 사랑이 지나고 또 한 사랑을 기다릴 때, 그녀는 지독한 우울과 함께 맹렬한 갈망의 굴길에 빠졌다. 덧없고 괴이한 분열이었다.

—여기는 어디이고 나는 누구인가?

—유학의 나라 조선 땅에서 태어난 박어우동이다!

그리 대답하면 그녀는 꼼짝없는 음녀였다. 사대부가의 딸로서 외명부의 봉작을 내던지고 스스로 천녀(賤女)의 자리로 내려온 어리석은 계집이었다. 몸이 외로우면 마음도 따라 비었다. 텅 빈 가슴에 깃드는 것은 미련과 후회뿐이었다. 그때 좀 더 버텼더라면, 치욕을 감수하면서라도 적실의 지위를 움켜쥐고 있었더라면, 차라리 자결을 했더라면……. 부질없는 상념이 그에까지 이르면 왈칵 눈물이 솟구치기도 하였다.

그러나 어쩔 수 없었다. 인생은 문틈으로 지나가는 말을 훔쳐보는 일에 불과하다지만, 그녀는 그 말을 잡아타고 달리고 싶었다. 고작해야 눈을 부릅뜨고 스쳐간 말이 얼룩이냐 누렁이냐 따지기보다는 그것을 몰아 쌩쌩 바람과 함께 달리고자 하였다. 그녀의 몸은 싸늘히 식은 안방의 보료방석만 지키기엔 너무 뜨거웠다. 신분의 갑옷으로 무장하고 규중의 꽃으로 맥없이 시들기엔 원기가 세찼다. 그녀가 보통의 여인들과 달랐던 것은 다만 마음이 원하는 것을 몸으로 행한 것뿐이었다.

중국의 여인들은 어린 소녀일 때부터 발가락들을 발바닥 안으로 접어 넣어 묶고 자라지 못하게 하였다. 작고, 가녀리고, 뾰족하고, 구부러지고, 향기 나고, 부드럽고, '바른 상태'로 묶인 여자의 발은 신분의 고귀함을 나타냈다. 아가씨가 누각을 내려오면 동동동, 계집종이 누각을 내려오면 쿵쿵쿵 소리가 들리니 보지 않아도 본데 있음과 없음을 헤아릴 수 있다고 하였다. 하지만 전족의 진짜 기능은 신분의 구별보다는 성욕을 자극하는 데 있었다. 사내들은 삼 촌(三寸, 약 9센티미터) 금련

(金蓮)*을 초승달 모양의 비단 버선에 감싸고 발을 찻잔으로, 신발을 술잔으로 삼아 즐겼다. 여자들은 남자의 사랑을 얻기 위해 고통을 참으며 필사적으로 발가락을 기형으로 만들었다.

하지만 조선에는 전족의 풍습이 없었다. 그토록 상국(上國)을 따라 하길 좋아하는 풍속으로 보아 기이한 일이었다. 톺아보면 까닭은 명확했다. 중국과 조선 모두에 처첩의 구분이 있지만 중국은 서얼에 대한 차별이 없었다. 정실에게 아들이 없으면 서자가 집안을 이었고, 과거를 보거나 벼슬길에 나서는 데도 제약이 없었다. 반면 조선은 정실에게 아들이 없으면 양자를 들일지언정 첩의 자식에게는 절대 대를 이을 자격을 주지 않았고 문과에 응시조차 할 수 없었다. 중국 여자들은 남편의 사랑에 따라 집안에서의 지위가 결정될 가능성을 가지고 있었기에 기를 쓰고 정욕을 자극하는 작은 발을 만든 것이었다.

전족 대신 조선 여자들이 믿고 의지한 것은 본가(本家)라고 일컫는 친정이었다. 조선 여자들은 혼사를 치른 뒤에도 자신의 성씨를 유지했다. 조선 개국의 일등 공신인 정도전이 '우리

* 전족을 한 여자의 발
** 부인의 올바르고 착한 모범

나라 여자들은 교만하다'고 말한 것도 친정이라는 뒷배의 지원을 의식한 것이었다. 애첩에 미친 남편에게 내소박을 맞아도 정실의 자리만 깔고 앉아 있으면 살아남을 수 있었다. 투기하기보다는 부덕(婦德)을 내세우는 편이 더 안전했다.

결국 중국 여인들이 살아남기 위해 발을 불구로 만들었다면 조선 여인들은 마음을 불구로 만든 셈이었다. 남편의 시앗질에 애써 눈감은 채 남녀의 결합을 위로 조상을 받들고 아래로 후손을 잇기 위한 것으로 치부하는 그녀들은 숙범(淑範)**이라기엔 가여운 불구자였다.

—나는 누구이고 무엇을 원하는가?

—검은 세상을 살 수 없는 현비로서, 오직 사랑을 원하노라!

마음속에서 어우동과 현비가 벌이던 싸움이 마침내 끝났다.

"장미야! 산책을 나가야겠다. 나들이 채비를 하렷다!"

튼튼한 두 발로 뚜벅뚜벅 지옥을 향해 걸어가기 위해, 그녀는 자리를 박차고 일어났다.

호조에서 서리로 근무하는 감의형은 본래 원나라 사람이었던 감규의 후손이었다. 시조인 감규는 한림학사로서 공민왕과 노국대장공주를 배종해 고려에 들어와 문하시랑평장사에까지 올랐고, 중시조 감철 또한 금자광록대부에 올라 가문을 일으켰다. 하지만 조선조에 들어서 집안은 평지풍파에 휩싸였다. 세조 시절 이조참의를 지낸 감익한이 사육신과 함께 단종의 복위를 도모하면서 집안 전체가 큰 화를 입게 된 것이었다.

　멸문지화의 위기에서 간신히 벗어나 본향인 회산으로 낙향한 감의형의 증조부는 위험한 권력 대신 안전한 돈을 택했다. 아전에게는 본디 정해진 보수가 없었다. 그러하기에 포흠(逋欠)*은 범이 날고기를 먹듯 예정된 일이었다. 고을을 맡아 다스리기는 하나 실제로 뜨내기에 불과한 수령은 토착 세력으로 자리 잡은 아전들과 척을 지기보다는 한 눈을 질끈 감는 편을 택했다. 고을 구실아치들의 우두머리인 호장(戶長)으로 대를 물린 조부와 아비는 대를 물려 이재에 밝았다. 기생과 관노비를 관리하고 관아에 땔감과 횃불과 숯을 조달하는 과정에서 요령 있게 차를 떼고 알뜰하게 포를 떼어 재산을 불렸다. 고을 안에서 그들은 양반이 부럽지 않았다. 관노비들과의 관계는 부자간에 견주었고, 더러 관비를 첩으로 삼아 그 자식들을 관노비로 충당하기도 하였다. 적당히 수령의 탐욕을 누르고 백성의 분노를 어루만지면 대대손손 양반을 떠세하며 세력가로 살아갈 수 있었다.

* 아전과 수령이 저지른 관곡 포탈

하지만 감의형의 아비는 아무리 떡고물이 실하고 위세가 녹녹치 않다고 해도 아들까지 자기처럼 살게 하고 싶지 않았다. 아전들은 관아 안에 부군당(府君堂)을 지어 자기들만의 신을 모셨는데, 무인들의 우상이 관우라면 아전들의 우상은 소하였다. 소하는 패현 풍읍 출신으로 같은 고향 사람인 유방이 한나라를 세우는 데 큰 역할을 하여 일개 아전에서 재상의 자리까지 오른 인물이었다. 그런데 섣달그믐마다 소하에게 고사를 올리노라면 아비의 마음에서는 불쑥불쑥 억심이 솟곤 하였다.

─똑같이 자리를 박차고 일어났는데, 누구는 왕이고 누구는 재상인가?

─소하가 세웠다는 공이란 전쟁 중에 후방에 남아 군량을 열심히 관리한 게 아닌가? 왜 그는 깃발을 잡고 달려 나가 싸우지 않았나? 그리도 목숨이 아까웠던 겐가?

억심이 역심과 헷갈리는 동안 아비는 소하에게 절을 하면서도 사육신의 참화에 연루되어 죽은 감익한을 생각했다. 뭔지는 모르지만 그럴싸하고, 뭔가 위험해 보이지만 어연번듯한 세상이 따로 있는 것 같았다. 하지만 아비의 역심은 애초에 억심을 넘어설 수 없었다. 낯선 고을에 들어와 어리어리하는 수령을 거둬 먹이고 아랫동네의 적적함까지 헤아려 수청 기생을 들여도, 결국 그들은 수령 앞에 엎드려 부복례를 바치고 상제나 쓰는 방립을 써야 하는 신세였다. 집안에 아무리 산호와 수정이 넘쳐도 갓끈으로는 아예 쓸 수가 없었다. 배알이 꼴리고 홍두깨가 치밀었다.

"전란 중도 아닌 태평성대에 재상이 될 방도까지는 없다 해도, 호랑이 없는 골에서 선생질하는 토끼가 되느니 큰물로 나아가거라!"

아비는 아들의 등을 떠밀었다. 기실 아비는 아전들이 불문율처럼 여기는 바대로 끼리끼리 모여 살고 끼리끼리 통혼하는 일에 신물이 난 상태였다. 세상에 나기도 전에 아비들끼리 지복지약(指腹之約)*하여 혼인한 감의형의 어미는 말상에다 성질까지 생마 같았다. 그럼에도 장인이 이방이요 처남이 평방이니 이번 생은 조졌다 여기고 살 수밖에 없었다.

그런데 감의형을 한양으로 보내는 데 가장 큰 난관이리라 짐작했던 아비의 아비는 뜻밖에도 선선하게 손자의 상경에 찬성했다.

"고향을 떠나는 건 아쉽지만 큰물로 나가는 건 막을 까닭

* 배 속의 태아를 가리켜 결혼 약속을 함
** 조선시대 중앙 관아에 속해 있던 모든 이속

이 없도다. 먹어도 큰 데서 먹어야 제대로 먹지 않겠느냐?"

그날 그녀는 오나라 여인들의 방식으로 화장하고 길을 나섰다. 물로 눈 밑을 씻어 눈물을 흘린 듯한 흔적을 남기니, 사랑의 파국을 맞은 여인의 슬픔이 아름다운 눈그늘을 드리웠다.

꽃은 떨어져도 봄은 남아 있어라!
꽃을 아끼는 사람은 어디 있는가?

그때 애상에 젖어 하느작하느작 걷는 꽃에게 눈길을 붙들린 나비가 있었으니, 그가 바로 감의형이었다.

집안의 든든한 뒷배와 살뜰한 지원으로 어렵지 않게 취재에 선발되어, 경아전(京衙前)** 중에서도 노른자위인 호조의 서리로 일하는 감의형은 꼬인 데도 막힌 데도 없는 사내였다. 어미를 닮아 얼굴이 길쭉했으나 아비에게 물림한 호리호리한 키에 잘 어울렸고, 어미의 거친 성질이 아비의 새새한 성격에 에끼어 제법 수더분하고 곰살궂었다. 무엇보다 그는 윤택한 아전 집안에서 자라며 양반처럼 체면에 전전긍긍할 필요도, 상민처럼 일찍부터 노동에 시달릴 필요도, 천민처럼 괄시받고 구박당할 까닭도 없었기에 좋게 말하면 천진난만하였고 달리 말하면 철이 없었다.

감의형은 한양이 좋았다. 아버지의 말도 옳았고 할아버지의 말도 옳았다. 동헌과 향청과 질청이 세상의 전부인 양하는 시골 관아와, 호조 안에만 내자시, 광흥창, 양현고 등 열일곱 개의 아문이 땅땅한 한양의 육조를 비교할 수 없었다. 땔감과 숯과 관곡을 빼돌려가며 아등바등 얻어내는 떡고물이, 대궐에 일용품을 공급하고 백관에게 녹봉을 지급하고 성균관에 물품을 대는 과정에서 이래저래 생겨나는 이문과 양으로나 질로나 같을 리 없었다. 그같이 중요하고 당연한 이득 외에 사소하지만 뜻밖에 감의형을 즐겁게 한 것이 있었으니, 다름 아닌 한양의 여인들이었다.

"앤네들이 참말로, 억수로 새첩다……!"

무심코 흘러나온 말투는 투박했으나 그는 격식에 억매여 미감을 잃지 않은 중인 출신이었다. 여자라곤 까맣게 모르는 골샌님도 아니었다. 집안의 내력이 대대로 호방을 지냈으니 하삼도의 미기(美妓)라면 드르르 꿰고 있었다. 잘못 불장난을 했다가 조손간이나 부자간에 촌수가 바뀔까 봐, 그리고 교방 근처에 살며 어릴 적부터 알고 지내던 이웃 누이들과 때 아닌

• 눈, 귀, 코, 혀, 몸, 뜻의 여섯 가지 근원

업음질하기가 민망하여 조심했을 뿐이었다.

어쨌거나 감의형은 여자를 겪은 것보다 여자를 보는 눈이 높았다. 여인에 대한 그의 기준 역시 사치스럽고 화려했다. 여인의 아름다움에 대한 탐욕은 육근(六根)*에서 비롯된 육욕(六欲)이 기준이었다. 여섯 가지 욕망의 첫째는 뭐니 뭐니 해도 사내의 눈에 비치는 여인 그대로의 아름다운 자태인 색욕이니, 지금 감의형의 눈길을 사로잡고 놓아주지 않는 그녀의 모습이 그러하였다. 둘째는 아름다운 얼굴 모습에 대한 욕망이니, 그녀의 초승달 같은 눈썹, 살구 같은 눈, 앵두 같은 입, 오똑 솟은 코, 발그레 물든 요염한 볼이 그의 마음을 흡족하게 하였다. 그런가 하면 다섯째 욕망은 부드러운 살결에 대한 것인데, 언뜻번뜻 드러나는 목덜미와 손이 백옥처럼 희고 매끄러워 절로 손길이 뻗어 나갈까 봐 두려울 지경이었다. 그도 그럴 것이 그녀는 매일 밤 중국에서 들여온 말리화 꽃봉오리에 우유와 분을 섞어 발라 기이한 향내와 함께 온몸을 희게 빛나도록 관리하였다. 꼼꼼히 그녀를 뜯어본 감의형은 그녀야말로 자신이 한양에 올라와 만난 가장 아름다운 여인임을 확신했다. 다만 육욕 중 남은 절반이 세 번째 애교스러운 자태에 대한 욕망과, 네 번째 고운 말소리에 대한 욕망과, 여섯 번째 사랑스러운 인상에 대한 욕망인데……. 그건 멀리서 살펴본다고 헤아려지는 것이 아니었다.

나비가 꽃을 향해 팔랑팔랑 다가갔다. 흔들리는 바람결로 나비의 날갯짓을 느낀 꽃은 등 뒤로부터 다가오는 선명한 예감에 살그머니 웃었다. 슬픔으로 드리운 눈그늘 따위는 이미 깨끗이 말라버리고 없었다.

"소저, 여쭐 말씀이 있는데 발걸음을 잠시 멈춰주시겠소?"

태어나 한 번도 거절을 당해본 적 없는 귀동자답게 감의형은 씩씩하게 말을 걸었다.

"무슨 일이십니까?"

그녀가 앙큼하게 시치미를 떼고 놀란 듯 사내를 쳐다보았다. 콧소리가 섞인 음성이 감칠맛 있게 고왔다. 때마침 구름이 바람에 밀려가고 햇살이 눈을 쏘니 살짝 찌푸린 눈살 또한 애교스러웠다. 감의형은 마음속으로 쾌재를 불렀다.

"한양에 온 지 얼마 되지 않은 비인(鄙人)*인지라 물정에 어둡나이다. 고향에 계신 부모님께 옷감을 사 보내려는데 제대로 된 물건을 구하려면 어찌해야 할지 막막하던 차에, 맨드리가 여간 아닌 소저를 뵈오니 저도 모르게 말을 붙이게 되었습

---

* 촌사람 혹은 비루한 사람이라는 뜻으로 남자가 자신을 낮추어 부르는 말

니다. 남녀가 유별함을 모르지 않으나 다급한 마음에 결례를 무릅쓰고 여쭈는 것이니 부디 불쾌히 여기지 마십시오."

시세에 밝고 처신이 민첩한 서리답게 감의형의 구변은 청산유수였다. 그 속이 빤히 들여다보임에도 그녀는 짐짓 당황한 척 내숭을 피웠다.

"백주에 대로에서 갑작스런 일을 당하니 몸 둘 바를 모르겠습니다. 그런데 참 이상하군요. 소녀는 지금 단골로 드나드는 가게에서 구하던 비단이 들어왔다는 연락을 받고 가는 길입니다."

"정말이오? 과연 신기한 일이로군요. 이게 다 인연이 아니겠습니까?"

가던 길을 간다는 그녀가 앞장서고, 그녀의 인도를 구한다는 그가 뒤따랐다. 앞태만큼이나 옆태도 아리따웠고 뒤태는 더욱 고혹적이었다. 운종가를 지나니 육주비전이 뜨르르 펼쳐졌다. 비단을 겹겹이 포개어 쌓아둔 선전과 무명을 파는 면포전, 명주 필이 산같이 쌓인 면주전과 한지를 파는 지전과 삼베를 파는 포전, 그리고 비린내가 물씬한 어물전이 잇달아 나타났다. 하지만 그녀는 한길에 시끄럽게 호객하는 상점에는 눈길도 주지 않고 광통교 쪽으로 사푼한 걸음을 옮겼다.

"육의전은 보기만 그럴듯하지 실속은 없답니다. 궁궐과 관청에 대고 남은 물건을 파는지라 좋은 것이 거의 없고, 모개로 사지 않고 낱개로 사려는 사람은 홀대받기 십상이지요. 소녀가 단골로 삼은 집은 비록 규모가 작고 구석진 자리에 있지만 중국에서 들여온 상질의 비단을 후하고 좋은 값에 파는 곳이랍니다."

그녀가 소개한 비단 상점에 다다르니 과연 은라(銀羅)*부터 고단(庫緞)**까지 온갖 두께에, 소영(素英)***부터 가계주****까지 갖가지 무늬가 빠짐없이 갖춰져 있었다. 그녀가 화려한 빛깔의 비단을 하나하나 펼치며 감의형의 취향을 물었으나, 이미 그녀의 맵시와 세련미에 홀딱 빠진 그에게는 좋고 싫음을 분별할 능력도 의지도 없었다.

"어머님의 육색이 어떠하십니까?"

"그게…… 희읍스름한 것도 같고 노르께한 것도 같고……."

어미의 살빛을 기억할 리 없는 평범한 아들인 감의형은 그녀의 물음에 진땀을 뺐다. 그 모습이 우스웠던지 그녀가 물색이 고운 비단을 펼쳐 제 얼굴에 가져다대며 키드득댔다.

---

* 중국에서 나는 얇은 비단의 하나
** 중국에서 나는 윤이 나고 두꺼운 비단
*** 중국에서 나는 무늬가 없는 비단의 하나
**** 아롱아롱한 무늬가 있는 중국 비단

"옥골선풍의 선다님 모친이라면 어련하시겠습니까? 제 못난 얼굴에라도 대충 맞출 테니 해량해 주옵소서."

말 한마디도 어찌 그리 어여쁘게 하는지 입에 꿀이라도 바른 듯하였다. 상점 주인과 흥정할 때에도 기품을 잃지 않으면서 셈이 똑떨어지니 인상만큼이나 올차고 귀여운 여인이었다.

"어쩌자고 생면부지의 사람에게 이토록 친절을 베풀어주십니까?"

반쯤 넋이 나가 온통 애가 닳은 감의형의 가탄에 그녀가 발쪽 수줍게 웃으며 대답했다.

"글쎄 말입니다. 나리의 말씀은 모다 들어드리고 싶으니, 저도 제가 왜 이러는지 알 수가 없네요……."

사랑에 빠진 사내의 눈에선 도글도글 별이 빛나고 이글이글 불이 끓었다. 단골이라는 상점에서 나올 때 그녀나 계집종이나 보퉁이를 들지 않은 빈손이었다. 구하던 비단 따윈 애초부터 없었다. 하지만 감의형은 그녀의 빤한 거짓말에 개의치 않았다. 다만 그녀라는 우연에 미칠 듯이 기뻤다. 예쁘다고 생각하는 순간 착하다고 믿어버린 그에게 그녀는 미모와 순정, 재치와 예의를 동시에 갖춘 여인이었다. 환상을 실재로 만난 그는 하늘이 주신 행운을 저 혼자 독점했다는 사실에 도취했다.

"어디까지 따라오실 겝니까?"

"소저가 가는 곳이라면 어디로든 따라가겠소이다."

"선다님께서 뭔가를 오해하고 계신 모양인데, 저는 화류항의 노는계집이 아니올시다. 제 팔자가 기구하여 남편 없이 홀로 살지만 엄연히 어린 여식까지 딸려 있답니다."

"무슨 사연이 있다 해도 상관없소이다. 결코 그쪽을 쉬운 여자로 오해해서 이러는 게 아니올시다."

"그럼 대체 제게 무엇을 원하시는 겝니까?"

감파랗게 빛나는 눈망울이 처연하여 더욱 아름다웠다. 감의형은 불현듯 목이 타고 숨이 막혔다.

"당신을, 오직 당신만을 원하외다!"

끝내 그녀의 집까지 쫓아온 감의형은 행여 품 안에 날아든 새를 놓칠세라 다급히 구애했다. 그녀는 속으로 회심의 미소를 지으며 슬쩍 방문을 걸어 잠갔다. 그럼에도 겉으로는 두렵고 놀라운 표정을 지으며 말했다.

"고작 반나절을 함께 보내고 무엇을 어찌 알아 원한다 하십니까?"

"세업을 이어가며 어려서부터 지금까지 이해득실만을 따지는 이리 같은 사람들을 숱하게 보았나이다. 그리하여 나도 모르게 사람을 만나면 강팍하게 계산부터 하게 되었지요. 하지만 당신은 내가 꿈꾸던 여인의 조건을 모두 갖추었을뿐더러 스스로 이익을 구하는 마음이 없으니, 어찌 특별하다 말하지 않겠습니까?"

감의형의 눈썰미는 맞고도 틀렸다. 그녀도 계산을 했다. 사내를 꾀기 위해 묘한 화장을 하고 길을 나섰고, 하느작하느작 꼬리를 치며 걸었고, 볼일도 없는 시전에 볼일이 있는 척하며 동행했다. 그러나 이 모두가 손구구와 낱셈으로 행한 일이 아니었으니, 그녀는 오직 마음이 동하고 몸이 이끄는 대로 따를 뿐이었다. 사랑에 투신한 자에게는 애당초 이익도 손해도 없었다. 그녀의 몸과 맘이 언제나 가벼운 것은 즐거운 빈털터리였기 때문이었다.

잠자리에서 감의형은 이름처럼 달콤하고 직분처럼 꼼꼼했다. 그녀의 아름다움을 맘껏 탐하며 주저 없이 찬탄하였다. 귀한 물건을 다루듯 가만가만한 그의 손길 아래서 그녀는 정교한 유리그릇이 된 느낌이었다.

"좋소? 응? 좋아? 아프지 않소?"

끊임없이 응대를 구하는 게 번잡스럽긴 하였으나 충분히 존중받는 기분이었다. 관계 중에도 일방적으로 욕망을 채우고 나가떨어지지 않았다. 그녀가 절정에 오를 때까지 참을 줄 알았고 정사가 끝난 뒤 미온수에 적신 수건으로 끈끈한 몸을 닦아주었다. 보기 드물게 곡진하고 다정한 사내였다. 그녀도 어느새 감의형의 정성에 감화되어 그를 사랑하게 되었다.

아무리 많은 남자를 만나도 아무나 사랑하게 되는 것은 아니었다. 비록 그 사랑이 언젠가 깨어져버릴지라도 찰나를 영원히 기억하고픈 것이 여섯까지 헤아릴 것도 없는 그녀의 유일한 탐욕이었다. 그녀는 또다시 정인의 등에 이름을 새겨 넣기 위해 바늘을 들었다. 사내의 길고 편편한 등줄기는 그의 조상들이 목숨을 보존하려 타고 내려갔다 더 큰 욕망을 품고 자손을 올려 보낸 산등성이 같았다. 어디로든 떠나고 싶지만 아무데도 갈 수 없는 그녀가 말달릴 곳은 오직 사내의 몸에 펼쳐진 해연(垓埏)*뿐이었다.

"아야! 아프오. 몇 땀이나 더 남았소?"

사내가 엄부럭을 쓰더니 더운 숨을 뿜으며 그녀의 치맛자락을 파고들었다. 야생마의 힘살이 다시 기운차게 움쭉거렸다.

거짓말을 한 것은 아니었다. 다만 사실을 말하지 않았을 뿐이었다. 박강창에게 모든 사실을 이야기했다가 파국을 맞은 뒤 깨달은 바는, 사실이 진실은 아니라는 것이었다.

* 하늘과 땅의 가장자리라는 뜻으로 매우 먼 곳을 비유적으로 이르는 말

그녀는 어우동이기도 하고 현비이기도 했다. 혜인일 수도 있었고 기생일 수도 있었다. 애처로우면서 당돌하고, 방탕하면서 도도했다. 그 모두가 그녀였다. 그 무엇도 될 수 있었다. 사내들은 격식의 도포와 체면의 망건을 벗으면 하나같이 어리고 어리석은 사내아이였다. 아이들은 놀기 위해 태어난다. 그들과 잘 놀기 위해서는 그녀 역시 어리디어린 계집아이가 되어야 했다. 아이는 모순된 말과 행동을 할지라도 분열되거나 혼돈에 빠지지 않는다. 그들은 오로지 자신으로 오롯이 살아가므로.

하지만 마음을 겨루는 순간 문제가 달라졌다. 과거의 일에는 모르쇠를 잡았다. 과거의 사내들을 말하지 않았다. 사랑이 비밀을 잉태하여 거짓을 낳았다. 거짓은 다시 오해를 낳았다. 어느 날 감의형은 약속도 없이 대낮에 그녀의 집을 찾았다.

"웬일이오? 이 시간에……."

그녀의 말은 사납게 덮쳐 오는 사내의 입술에 갇혀 끝맺음할 수 없었다.

"견딜 수 없어서, 미쳐버릴 것 같아서……!"

정념에 사로잡혀 하던 일을 던져두고 한달음에 달려온 감의형은 그녀를 삼켜버릴 듯 덤벼들었다. 폭풍 같은 낮거리에 원앙금침이 흠뻑 젖도록 질펀하게 농탕쳤다. 젖꼭지는 하도 빨아 아플 지경이었다. 들비빈 아랫도리가 얼얼하였다. 마침내 바람이 잦아들고 비가 그치자, 감의형이 문득 정색을 하고 말했다.

"태종대왕께서 태상왕 시절에 후궁으로 맞아들인 신순궁주와 혜순궁주는 과부였지요. 그뿐이리오? 세종대왕께서는 옹주가 개가한 부인의 아들과 혼인하는 것을 꺼리지 않으셨지요."

"대체 무슨 말을 하고 싶으시오?"

"우리, 혼인합시다. 비록 내 신분이 낮고 부족하지만 당신의 지아비로서, 번좌의 아비로서 최선을 다하리다!"

느즈러진 몸에 가물가물 깃들던 졸음기가 확 가셨다. 혼인이라니! 마른하늘에 날벼락 같은 말이었다. 하늘은 바람이 불지 않으면 맑지 않고, 사람은 거짓말을 하지 않으면 일을 할수 없다더니, 기이한 옛말이 그르지 않았다.

"난…… 안 돼요."

"왜? 무엇 때문이오?"

글쎄, 무엇 때문일까? 감의형은 세목까지 낱낱이 견주어 셈했을 것이다. 사족의 신분과 소박데기의 처지를 에끼고, 서리의 신분과 총각이라는 처지 또한 에끼고, 어쩌면 그녀의 길갓집 시세와 자신의 상속재산까지 계산에 넣었을지도 모른다. 영악한 듯 단순하고, 용감한 듯 촌스러운 애인 앞에서 그녀는 대답을 잃었다.

"걱정하지 마오. 지난일이 그르치기까지 당신의 잘못은 조금도 없소이다. 일색 소박은 있어도 박색 소박은 없다니, 그렇게 못난 사내가 세상에 진짜로 있을 줄 몰랐소. 잘난 체하는 미인보다 다소곳한 추녀가 낫다는 건 당신과 전혀 관계없는 말이오. 오래 겪진 않았으나 당신처럼 순수하고 순정한 여인을 나는 한 번도 본 적이 없소이다!"

감의형의 청혼이 진심에서 우러난 것이라는 사실을 아는 순간 그녀의 뱃속이 갑자기 요동쳤다. 뒤뜰로 뛰쳐나가 감나무 둥치 앞에 쪼그려 앉아 토악질을 했다. 거짓이 진실과 뒤섞여 역류했다. 혐오감과 죄책감이 한 덩이로 치밀었다. 몸을 불구로 만들어 사내의 사랑을 구걸하고 싶지도 않았고, 마음을 불구로 만들어 가문이라는 허울을 지키고 싶지도 않았다. 그녀는 지금 이곳에 있을 수 없는 별종의 여인이었다.

영문을 모르는 감의형은 그녀를 달래다가 설득하다가 윽박지르다가 종내 지쳤다. 어느 밤 잔뜩 취해 마지막으로 길갓집을 찾은 감의형은 끝까지 사랑으로 울부짖었다.

"당신이 혼인을 두려워하는 까닭을 나는 모르겠소이다. 내 사랑을 그토록 믿지 못하는 게요?"

그녀는 감의형의 사랑을 믿지 못하는 것이 아니라 혼인이라는 약속을 믿지 않았다. 명분에 갇히나 사랑이라는 이름에

간히나, 보이지 않는 칼을 쓰고 차꼬를 차는 건 매한가지였다. 감옥 같은 그곳에서 행복할 수 있으리라고는 처음부터 믿지 않았다. 그녀를 자유롭게 하는 것은 오직 의심, 삶에 속지 않으려는 끊임없는 질문뿐이었다.

문을 두드리다·

　오랜만에 집에 들렀다. 그녀는 그 집을 그냥 '집'이라고 불렀다. 친정이나 본가라는 말은 불편하고 어색했다. 아비와 어미의 집이라고 부를 수도 없었다. 그 집은 먼지의 집이었다. 오랜 먼지처럼 켜켜이 쌓인 분노와 혐오, 실망과 증오의 집이었다. 그런 집에 주인이 있을 리 없었다. 단지 비를 피하고 바람을 막기 위해 가까스로 더럽고 무겁고 매캐한 먼지를 견디는 사람들이 있을 뿐이었다.

　때마침 오라비가 집을 방문해 있었다. 오랜만에 단둘뿐인 남매가 얼굴을 마주했다.

"창피하군."

오라비가 그녀에게 던진 첫마디였다.

"여전하시군."

그녀가 대답 아닌 대답으로 맞받았다.

"잘난 척하는 병은 여전하네. 소박을 맞은 주제에, 뻔뻔하긴……!"

오라비의 비틀어지고 일그러진 얼굴을 마주하면 아직도 마음속에서 뚜껑 같은 것이 들썩거렸다. 무언가 역한 냄새를 풍기는 것이 그 속에서 부글부글 끓고 있었다. 하지만 절대 열어볼 수 없었다. 뚜껑을 열면 어떤 괴물이 튀어나와 목덜미를 물어뜯을지 알 수 없었다. 그럼에도 불구하고 그녀는 침착성을 잃지 않았다. 예전처럼 공포와 불안을 느끼며 괴로워하지도 않았다. 지금 그가 오라비의 이름으로 여동생의 도덕과 윤리를 욕하는 게 아니라는 사실을 알고 있기 때문이었다. 그는 다만 그녀가 분가해 나가며 부모의 유산을 받아 갔다는 사실에 단단히 뿔따구가 났을 터였다. 그녀의 예상은 틀리지 않았다.

그녀가 집에 머무르는 동안 어미와 오라비는 한순간도 쉬지 않고 싸웠다. 어미는 미친놈에게 돈을 줄 수 없다고 소리쳤다. 오라비는 제 몫만 찾으면 다시는 이 집에 발을 들일 일이 없을 거라고 으르렁거렸다. 어미는 눈에 흙이 들어가기 전까지 단한 푼도 줄 수 없다고 악을 썼다. 오라비는 돈을 토해 내지 않으면 편히 눈 감고 죽을 수 없을 거라고 고함질렀다. 미친놈과 화냥년의 싸움, 화냥년과 미친놈의 발광. 그들은 불타는 꼬리를 좇아 맴도는 짐승처럼 끝없이 끔찍한 소리로 울부짖었다.

그녀는 맥없이 주위를 두리번거렸다. 아비의 모습은 보이지 않았다. 병신이라는 꼬리표를 질질 끌고, 그는 진즉에 자리를 피한 터였다. 아비는 집 안 어느 구석엔가 머물러 있으면서도 집을 지킬 생각이 없었다. 그는 이미 멀어버린 한 눈에 이어 멀쩡한 한 눈까지 질끈 감았다. 미워하면서 닮는 것은 무서운 핏줄의 저주다. 환한 대낮이나 불빛 아래보다는 어둠에서 더 편안함을 느끼는 버릇은 아마도 아비에게서 물림한 것이리라.

너무나 낯설고 너무나 익숙한 그 집을 둘러보는 동안 그녀는 몰아치는 기억에 옥죄였다. 누구나 겁이 나면 편짝이 되어 줄 이들을 찾기 마련이다. 하지만 그때나 지금이나 그녀의 곁에는 아무도 없었다. 제 뺨 위를 흐르는 눈물은 오로지 제 손으로 닦는 수밖에 없었다. 막막하고 먹먹한 어둠 속에서 어린 그녀가 거듭 읊조렸던 말은 "끝난다, 곧 끝날 것이다……"는 슬픈 주문이었다.

하지만 이제는 "괜찮다"고 중얼거린다. 기묘하게도 더 이상

화가 나지 않았다. 버림받을까 봐 두렵지 않았다. 깨어질 것이라면 다 깨어졌다. 무너질 것은 다 무너졌다. 책임져야 할 것도 구제해야 할 것도 없다. 허공에 들린 발을 버둥거리며 바닥으로 떨어질까 봐 공포에 싸일 필요가 없다. 바닥에 닿아서야 깨달았다. 바닥이 차라리 평온하고 고요함을. 다만 그토록 서글픈 성장의 뒤꼍에서 영원히 자랄 수 없는 가련한 계집아이가 가끔 소리 죽여 흐느낄 뿐이었다. 박강창에 이어 감의형과 헤어진 뒤 그녀는 열병을 앓은 사람처럼 살이 내리고 해쓱해졌다. 하루에 다시 하루를 거듭해 밤을 즐기고, 다시없는 사람을 만난 듯 열광하다 금세 돌아서 잊었던 그녀와는 영 다른 사람이 되어버린 듯했다. 하지만 집에 다녀오는 길에 그녀의 얼굴에는 점차로 붉은 기운이 번졌다. 다행이었다. 이토록 애써 도망친 집으로 새로이 끌려들어가지 않기를, 참 잘했다.

소문은 빠른 발과 날카로운 이빨에다 날개까지 돋친 요물이었다. 언제부터인가 길갓집에 음행을 좋아하는 여자가 산다는 소문이 호사객들의 입을 타고 살금살금 퍼지기 시작했다. 성저십리에서 채마전을 크게 일구며 사는 양인(良人) 이근지가 그 소문을 들은 것은 성안의 초식장(草食場)*에 물건을 대고 돌아가기 전에 목롯집에서 탁주 한 사발로 마른 목을 축일 때였다.

"설마, 그럴 리가 있는가? 어디서 헛소문이 퍼진 거겠지!"

"아니야. 진짜라고! 내가 잘 아는 사람의 친구가 기방에서 그 여자를 보았다는데?"

"기방에서 보았으면 기생인 모양이지. 기생이 음행을 일삼는 거야 개가 똥을 좋아하는 것과 마찬가지 아닌가?"

"아이고, 이 사람 둔하기는! 그러니 십 년 공부에도 소과 문턱을 못 넘지!"

"어라, 그런 둔재와 어울려 술추렴이나 하는 자는 얼마나 대단한 수재이기에? 보자 보자 하니까 어바리로 보이는가? 자네가 오늘 나랑 한판 붙어보겠다는 심산인가?"

도포를 떨쳐입은 모양새를 보니 양반 부스러기가 분명한데 오가는 문답은 그들이 눈 아래로 깔아 보는 양천보다 한 끗도 나을 게 없었다. 잘난 나리들이 한판 시원하게 붙으면 구경꾼의 속도 시원하겠으나, 어쨌거나 남자 귀엔 여자 이야기가 꽃노래니 이근지는 맘속으로 싸움을 말리며 귀를 쫑긋 세울 수밖에 없었다.

"아니, 그게 아니라……. 그 여자는 기생이 아니라 기생 홍내를 내고 있었던 거란 말이야. 알 만한 사족 집안 출신에 한때 외명부의 작첩까지 가졌던 여자가 말일세!"

"정말인가? 도대체 그런 여자가 왜 가기생을 자처해?"

"왜긴 왜겠어? 음기를 이기지 못하고 양물에 환장하여 규방을 박차고 나온 게지."

"아무리 그래도 믿기 어렵네그려. 공연히 애먼 사람을 잡아가지 나무에 목이라도 매면 어쩌려고?"

그 대목에 이르러 호기롭게 떠들던 양반들의 목소리가 주춤 낮아졌다. 이근지도 덩달아 숨을 죽이고 마른침을 삼켰다.

"그 여자가 원래 방산수의 정부라 하더군. 벌써 몇 해째 방산수가 길갓집을 드나드는 걸 본 사람이 여럿이니, 오죽하면 유복친과 정분이 나겠나?"

"어허, 난세는 변란으로 망하고 태평성대는 풍기 문란으로 어지러워지는 법칙이라도 있단 말인가? 그게 모두 사실이라면 세종대왕 때의 유감동이 환생이라도 한 모양이네!"

술상 앞에 모여 앉은 양반들은 습관적으로 쯧쯧 혀를 차며 술잔을 부딪쳤다. 이제야 정신을 차린 듯 도덕군자같이 떠들어대지만 얼굴에는 아쉽고 서운한 표정이 가득했다. 벼슬이든 미인이든 결국 가진 놈들이 다 가지는군…… 하고 그 찌그러진 낯빛들이 웅변하였다.

어쨌거나 물어도 준치요 썩어도 생치인 양반들조차 낙심하는데, 웬일인지 도포와 큰 창옷은 걸쳐보지도 못하는 상사람인 이근지의 가슴이 뛰었다. 그런 이상한 여자, 특별한 여자, 이상하고도 특별한 여자를 만나보고 싶었다.

이근지는 일찍부터 구름을 잡아타고 하늘로 날겠다고 설치는 망상광 취급을 받았다. 어려서는 평민 출신으로 성인의 반열에 오른 공자를 존경해 서당에서 천자를 겨우 뗀 주제에 과거에 급제하는 꿈을 꾸기도 했다. 소년 시절에는 역시 평민 출신으로 중국의 황제가 된 유방을 흠모해 봉기군을 일으키는 대신 백수건달로 허송세월을 하기도 했다. 그러다 꼭뒤에 피가 마르고 상투를 틀 즈음에야 비로소 현실에 눈을 떴다. 뜨고 싶지 않아도 뜨게 되었다. 그는 영웅이 아니었다. 천재도 아니었다. 평생 진펄을 개척해 이제 겨우 자농으로 허리를 펴게된 상사람의 아들이었다. 하지만 천하를 재패하거나 학문의 일가를 이루진 못해도, 마지막 꿈은 남아 있었다.

이근지에게 엉뚱한 궁리를 하게 만든 건 호기심이었다. 호기심, 그것은 삶의 관성에 어깃장을 놓는 심술궂은 충동이니, 갑남을녀의 무모함이 이로부터 비롯되고 번다한 행불행이 이로써 시작되었다.

―대체 어떤 여인일까? 당연히 미인이겠지? 몸매는 호리호리할까, 오동통할까? 목소리는 가늘고 높을까, 굵고 깊을까? 성미는 급할까, 느긋할까? 지금 이 시각에는 무얼 하고 있을까?

이근지는 소문 속의 그녀가 누구인지 미치도록 궁금했다. 유교는 점차 정객들만의 숙덕공론이 아니라 백성들의 일상을 파고들고 있었다. 양반들만 고이 지키던 예의범절을 모두에게 강요하는가 하면, 신분의 구분은 강화되고 남녀의 구별은 더욱 명백해졌다. 세상의 질서를 세운다는 자들은 여기저기 금을 긋고 이편저편 나누길 즐겼다. 한때는 남녀가 따로 좌판을 벌여 사내는 사내의 물건만 사고 계집은 계집이 파는 물건만 사게 만드는 법이 만들어질 거라는 소식에 장거리가 발칵 뒤집히기도 했다. 결국 그것은 뜬소문으로 밝혀졌지만, 바야흐로 치마를 당기고 밥상을 마주 대하는 것도 간음과 다름없다고 주장하는 시기가 도래하고 있었다.

그런데 그 금을 거리낌 없이 넘나드는 이가 있다는 것이다. 감히 여자가, 그것도 문벌가의 여식이, 더군다나 종친의 아내가! 지겨운 농사일을 술기운과 더불어 몽상의 힘으로 버텨온 이근지의 머릿속에는 대번에 열두 폭 무지기치마를 허리춤까

---

* 전염성 열병을 통틀어 이르는 말

지 말아 올리고 허공의 금을 뛰어넘는 여인의 모습이 그려졌다. 그 치맛자락 사이로 하얗게 번쩍이는 포실한 허벅지! 순간 사발잠방이 속의 그놈도 함께 불끈 솟구쳐 뛰어올랐다.

하지만 아무리 호기심이 끓는대도 양인의 신분으로 사족의 여인을 넘보는 건 위험한 일이었다. 원칙적으로는 양인도 재주가 있으면 벼슬을 할 수 있었다. 하지만 "사(士)는 농(農)에서 나온다"는 식자들의 말은 눈 가리고 아웅 하기에 불과했다. 죽도록 땅을 파도 급제할 때까지의 과비를 감당하기 어려울뿐더러, 세상이란 노름판에서 아홉 끗을 꽉 잡고 있는 양반들이 순순히 저희의 꽃놀이패를 내던질 리 없었다.

이근지의 집안은 이근지가 기저귀를 차고 돌아다닐 때까지만 해도 성안 사람으로 살았다고 했다. 성안의 집은 조촐하지만 삼대가 살기에 맞춤했고, 한시도 가만히 앉아 있지 못하는 할머니 덕분에 솥뚜껑에서 서까래까지 온 집 안에 윤기가 자르르 돌았단다. 어느 날 갑자기 불한당패가 밀고 들어와 차지해 버리기 전까지, 기억나지 않는 그날들은 참 행복하고 평화로웠단다. 이근지의 가족이 정통으로 맞은 날벼락은 여가탈입(閭家奪入), 권세 있는 양반이 신분을 무기로 백성의 집을 강제로 빼앗는 악습이었다. 할아버지가 여역(癘疫)*으로 죽자 문서도 없는 빚을 갚으라며 들이닥친 양반에게 밀려나 고스란히 성 밖으로 내몰린 것이었다. 가뜩이나 성미가 강파르고 예민한 할머니는 두고 온 솥뚜껑과 서까래를 끝내 잊지 못해 화병을 앓다 죽었다. 아버지가 이를 악물고 소처럼 일한 덕에 집안은 다시 일어났으나, 그들은 두 번 다시 성안을 향해 오줌발을 뻗치지 않았다.

그럼에도 이근지가 수소문 끝에 기어이 길갓집을 찾아낸 것은 호기심을 넘어선 자신감이 있었기 때문이었다. 보통의 사내가 사 촌에서 오 촌이라면 그의 것은 육 촌을 족히 넘었다. 길면 가늘고 굵으면 짧고, 그도 아니면 흐물흐물하여 무용하다는 속설은 용심쟁이들이 지어낸 것이었다. 그의 주장군(柱將軍)*은 큰 키에 외눈박이지만 기골이 우람하고 기상은 용맹했다. 일찍이 여러 번 여근곡에서 매복전을 치른 바 흰 피를 토하며 죽는 마지막 순간까지 오로지 진격할 뿐 물러설 줄 몰랐다.

세상이 백안시하는 기생을 자처하며 는실난실한다는 소문이 정말이라면 그녀는 신분이나 직함을 따져 사내를 만나지 않을 것이다. 그녀가 진짜 사내를 안다면 그를 몰라볼 리가 없다. 호기심이 순진한 충동이라면 자신감은 단단한 믿음이었

* 남성의 성기를 가리키는 은어

다. 그녀를 생각하는 것만으로 성을 내는 주장군에게 그는 힘차게 출격 명령을 내렸다.

장미가 고개를 갸웃거리며 들어와 고했다.

"낯선 자가 대문을 두드리며 방산수 어른께서 보내시어 아씨를 뵈러 왔다는데, 어찌할까요?"

"무슨 일로 나리께서 직접 행차하지 않고 사람을 보내셨다는 게냐?"

"글쎄, 저도 그게 의심스러워 여러 번 물었으나 극구 아씨를 직접 뵙고 말씀드리겠다고 우기는 통에 어쩔 수가 없었습니다요."

못마땅한 듯 입을 삐죽거리는 장미의 얼굴이 생기와 활력으로 활짝 피어 있었다. 집 안에서 두 명의 노와 번갈아 한 베개를 베랴 밖에서 새로운 사내들을 사냥하랴, 궁둥이에서 비파 소리가 나도록 돌아친 덕분이었다. 속된 말로 얼굴이 반반한 천녀에게는 고추박이가 여럿이랬다. 뚝딱뚝딱하면 방망이 장사, 아닌 밤중에 홍두깨 장사, 빙빙 돌아 물레 장사, 우물길에 손목 잡는 두레박 장사, 요리조리 눈치만으로 조리 장사, 짜게 굴면 소금 장사가 척척 붙는댔다. 색계의 법칙은 기묘하였다. 사내는 신분이 높을수록 자유롭고, 계집은 낮을수록 자유로웠다.

"일단 객실로 드시라 해라. 뭔가 긴요한 이야기가 있는 모양이지."

어쨌거나 이근지는 목표를 달성했다. 그의 목표는 간단하고 명확했다. 문을 두드릴 때는 문이 열리는 게 목표, 문이 열리면 문턱을 넘어가는 게 목표, 문턱을 넘으면 방 안으로 들어가는 게 목표, 방 안에 들어가서는…….

"아, 당신이셨군요!"

이근지는 그녀를 마주하자 감개무량하여 저도 모르게 중얼거렸다.

"방산수 어른의 심부름으로 왔다고 들었는데, 정녕 그 용무로 나를 찾은 게요?"

그녀의 맑고 서늘한 눈이 수상한 방문객의 차림새를 빠르게 훑었다. 예감한 대로 사내는 이난이 보낸 심부름꾼이 아니었다. 소매와 품이 좁고 긴 창옷을 보니 양인인 듯하였고, 햇볕에 그을린 목덜미가 붉으니 동쪽에서 해를 등지고 성문을 드나드는 왕십리 사람 같았다. 농투성이의 어설픈 거짓말로는 눈썰미가 남다른 그녀를 속일 재간이 없으니 이근지는 들통나기 전에 선수를 쳤다.

"제가 비록 일개 범부에 지나지 않으나, 진정으로 음양과 풍류를 아는 여인을 만나 한바탕 어우러지는 것이 일생일대의 소원이었습니다. 우연히 귀녀의 명성을 듣고 상사병을 앓다가, 사람이 한 번 나면 한 번 죽는 게 당연지사니 죽기를 각오하고 무모한 난동을 부리게 되었습니다. 종친의 이름을 팔아 귀녀를 기만한 죄가 무겁디무거우나 부디 사랑으로 병든 환자의 마음을 헤아려주소서!"

사내가 사냇값을 하는 건 권세를 부릴 때가 아니었다. 재물을 자랑하며 돈지랄을 할 때도 아니었다. 허우대가 멀쩡해도 인물값이 되느냐 꼴값이 되느냐는 깜냥에 따라 달랐다. 그녀는 이근지가 제대로 사냇값을 해내리라는 것을 투박하나 솔직한 말과 든든한 아랫마기에서 눈치챘다. 씩씩한 호기심이었다. 멋들어진 자신감이었다. 제값을 스스로 높이는 사내는 항시 그녀를 뜨겁게 했다.

이근지는 끝내 목표를 넘어선 목표를 이루었다. 아무도 넘지 못하는 금지선을 훌쩍 뛰어넘은 그녀의 팔다리는 야물고 기운찼다. 초롱거리는 샛별눈이 잠시도 한눈팔지 못하게 하고, 몸 구석구석에서 뿜어나는 청아한 향기가 그를 잡아 이끌었다. 그녀는 자신의 영지를 세세히 확실하게 파악하고 있었다. 어디를 파야 달콤한 샘이 솟는지, 어느 숲을 뒤져야 알알이 영근 붉은 열매를 딸 수 있는지 알았다. 그녀의 호기심도 이근지의 그것 못잖았다. 지치지 않고 사내의 너른 벌을 파헤

치니 땅주인의 입에서 절로 신음이 흘렀다. 자신감이야 말할 것도 없었다. 마침내 붉고도 희면서 까무잡잡한 골짜기에 끌려들어가 마지막 전투를 벌이니, 단단히 죄어치고 열렬히 몰아치는 협곡의 맹공에 결국 주장군도 막다른 지경에 이르렀다.

"이게 바로…… 당신이었군요!"

세차게 터져 산산이 부서지는 쾌감으로 사내가 부르짖었다. 이처럼 환희로운 패배, 행복한 항복은 다시없을 것이었다.

"왜 진즉에 내게 기별하지 않았소?"

신풍이 불기 전 보약이나 한 제 지으려 청파의 약전에 들러 진맥을 하고 돌아왔을 때였다. 집에는 이난이 찾아와 번좌의 각시놀음에 동무를 해주고 있었다. 번좌는 이난을 꽤나 잘 따랐다. 가끔은 서툰 발음으로 아비라 부르기도 하는 모양이었는데, 그때마다 이난은 속없이 벙싯거렸고 그녀는 못 들은 체 딴전을 부렸다.

"무얼 말씀이십니까? 그동안 기별이 없기야 나리도 마찬가지 아니셨습니까?"

유모를 불러 번좌를 데려가게 하고 이난과 마주 앉았다. 번

* 자질구레하고 지저분한 뒤치다꺼리하는 일

224

좌를 어를 때와는 달리 이난의 얼굴은 창백하게 굳어 있었다.

"오랜만에 술 한잔 하시겠습니까?"

재워두었던 맥적을 안주 삼아 조촐한 주안상을 차렸다. 웃지 않는 술벗과 나눠 마시는 술맛이 썼다. 이난은 항시 그리운 사람이었다. 하지만 만나면 기쁨보다 괴롬이 컸다. 원하는 것이 서로 다른 사랑의 고통이었다.

"내가 보낸 심부름꾼이라고 사칭한 사기꾼이 다녀갔다고 하던데, 사실이오?"

"얼마 전 사람 하나가 다녀가긴 했습니다."

"그자가 무얼 노리고 여기 왔더란 말이오? 그토록 음흉한 자를 함부로 집 안에 들여도 되는 거요? 내 돌아가는 대로 측근 자를 사칭해 종친을 능멸한 죄로 놈을 색출하여 장을 치겠소!"

좀처럼 감정을 드러내지 않는 이난의 얼굴이 붉으락푸르락했다. 그는 애오라지 그녀를 잃지 않기 위해 질투심과 소유욕을 억누르고 있었으나, 쉽지 않았다. 그녀는 숨겨두기에 너무 선명한 빛깔이었다. 붉은 저고리를 입으면 붉음이 더 선명해지고, 푸른 치마를 입으면 푸름이 더 선명해졌다. 그녀 스스로 뚜렷이 빛날뿐더러 그의 마음속에 오직 그녀가 오롯하기 때문이었다.

"그런다고 무엇이 달라집니까? 공연한 진구덥*으로 나리의 이름을 더럽히지 마소서."

결국 그자와 모종의 관계를 맺었다는 말이렷다! 이난의 가슴이 예리한 칼에 저민 듯 쓰라렸다. 사내의 엽색은 숱하게 보고 들었으나 계집의 엽색은 처음이었다. 그리고 그 음란하고 방탕하고 나쁜 계집을 사랑하는 백치가 자기일 줄은 꿈에도 몰랐다.

창해를 보고 나니 물이라 할 것이 없고	曾經滄海難爲水
무산의 구름 빼곤 구름이라 할 것이 없네	除卻巫山不是雲
꽃무더기 무심하여 돌아보지 않음은	取次花叢懶回顧
절반은 수도 때문, 반은 그대 때문이라!	半緣修道半緣君

십 년 연상의 여류 시인 설도와 비극적인 사랑에 빠졌던 당나라 시인 원진의 이별시를 읊노라니 이난의 눈에서 주르륵 눈물이 흘렀다. 그에게 그녀는 깊이를 알 수 없는 창해였다. 세상의 비와 구름을 다스리는 무산신녀였다.

"아, 당신이 나 때문에 우시나요? 이처럼 값없는 눈물이 천지간에 다시 있으리오?"

그녀가 이난의 뺨을 감싸고 짭짜래한 슬픔을 핥았다. 그녀가 간직한 수많은 가면들, 그 아름다운 거짓이 벗겨나간 민낯을 본 사람은 오직 그뿐이었다. 무수히 거짓으로 웃고 울고 떠들고 신분을 속였지만, 배신했다는 기분이 든 건 오직 그 하나뿐이었다. 하지만 그녀는 옛말 속의 꿩이었다. 닭은 때리면 떼굴떼굴 구르지만 꿩은 두들겨 패면 하늘로 날아가버리니, 그는 그녀를 잡을 수 없었다. 그녀조차도 자신을 멈출 수 없었다.

"당신은 내가 다만 벗일 뿐이라며 슬퍼하시지요. 하지만 세상에 술과 밤이 사라지지 않고서야 당신과 내가 어찌 벗이 될 수 있겠습니까?"

그녀의 입술이 그의 메마른 입술을 덮었다. 슬프고 달콤한, 무섭고 쓰라린 욕망이 다시금 그들을 아프게 휩쌌다.

비파를 타다

길이 좋았다. 방랑벽이 깊었다. 향분을 바르고 고운 옷을 한
껏 떨쳐입었다. 각기 다른 시선들이 머물렀다 스쳐갔다. 그녀
는 사내들의 시선이 고이는 웅덩이였다. 여염의 여인들이 질시
의 눈총을 쏘는 과녁이었다. 그 모두를 도도히 즐겼다. 바싹
몸이 달게, 맘이 달뜨게. 그녀는 세상을 지독하게 미워하거나
맹렬하게 사랑하고 있음이 분명했다.

제 흥에 취해 는실난실 걸어가는 그녀가 한 사내의 발길을
멈춰 세웠다. 그는 외출을 했다가 집에 들어가려는 참이었는
데, 문고리를 막 잡으려는 찰나 대문 앞을 지나는 그녀를 보았

다. 그날은 마침 넷째 아들 장곤의 생일로 아침에 출타할 때부터 아내가 빨리 들어오라고 신신당부를 했던 차였다. 여섯 살배기 장곤은 총기가 남다르고 생김새며 성격이 아비를 빼닮아 그가 여러 자식 중에 특히 사랑하는 아들이었다. 그는 아주 잠깐 망설였다. 손끝의 문고리를 잡아당기기만 하면 갈등은 사라지고 가화만사성이 현현할 테다. 하지만 보기 드물게 아리따운 계집이 눈앞에서 언뜻번뜻하니 절로 손에 힘이 풀리고 엉뚱한 데 힘이 솟았다.

"색계에 소무(蘇武) 없고, 주향(酒鄕)에 굴원이 드물다더라!"

소무같이 절개가 굳은 사람도 여자에게는 약하고 굴원같이 깨끗한 사람도 술에는 지고 만다는 속담을 방패 삼아 외치며, 그는 몸을 젖혀 뒤돌아섰다.

"저 여인이 네 주인이더냐?"

양반이라는 작자들은 나름의 체면치레로 그녀에게 직접 말을 붙이지 않았다. 시종을 보내 뒤따르던 장미를 붙들어 온 사내가 은근한 목소리로 물었다.

"네, 그렇사온데, 무슨 용무이십니까?"

이제는 쿵 하면 짝 하는데 이골이 난 장미는 짐짓 내숭을 부리는 한편 사내의 면면을 재빨리 살폈다.

"저 여인이 누구냐? 지방에서 새로 뽑아 올린 기생이더냐?"

그녀가 가짜 기생 노릇에 흥미를 잃고 기방에 발길을 끊은 지 꽤 되었지만, 장미는 잠시도 주저하지 않고 대답했다.

"네, 그렇습니다요."

신분이 귀하든 천하든, 지위가 높든 낮든, 재물이 많든 적든…… 사내라는 족속은 거기서 거기라는 것이 장미의 생각이었다. 그 생각은 저 혼자 생겨나 무르익은 것이 아니라 몸소 겪고 엉겨 뒹굴며 깨달은 것이었다. 그들은 무언가를 묻지만 상대의 대답을 궁금해하지 않는다. 그저 그것이 자기가 듣고 싶은 대답인가 아닌가를 구별할 뿐이다. 사내를 호리는 기술이란 대단한 게 아니었다. 그들이 원하는 대답을 들려주거나, 어림짐작으로 대중을 잡도록 배시시 흐리게 웃어주면 그만이었다.

그녀를 기생이라고 제 바람대로 믿어버린 사내는 줄레줄레 그녀의 뒤를 따르기 시작했다. 아들놈 생일상에서 식어갈 미역국은 까맣게 잊었다. 소식 없는 서방을 기다리며 짜증을 내다 걱정을 하다 결국엔 발분하여 펄펄 날뛸 마누라도 잊었다. 그는 지극히 보통의 사내였다.

"한양까지 뽑혀 올라왔으면 성재기가 분명하렷다! 무슨 재

* 얼굴이 예쁘고 기예가 능숙한 기생

주를 가지고 있느냐? 노래? 춤? 문장은 좀 알고 있느냐?"

사내는 추근추근 말을 붙이며 희롱하였다. 그녀는 사내가 바라 마지않는 묘기(妙妓)*답게 잠잖고 품위 있는 말투로 대답했다.

"악기를 좀 다룰 뿐, 재주라고 변변한 게 없사옵니다. 시골의 야양(野釀, 시골 술)이 어찌 지미한 한양 선비님의 입맛에 맞겠습니까?"

"허허, 반갑네! 나도 본래는 벽지의 촌유 출신이도다. 시골 깍쟁이가 서울 곰만 못하다지만 재주까지야 어디 그렇겠는가?"

고향이 어디냐고 캐묻지 않아서 다행이었다. 사내는 그녀가 한양에서 나고 자란 경락이가 아님을 확신하며 동향 사람이라도 만난 것처럼 기뻐했다. 무릇 사기(詐欺)는 공모의 범죄이기 십상이다. 기망은 욕망을 밑동 삼아 자란다. 믿고 싶은 만큼 기꺼이 속으니, 교언과 영색이 필요치 않았다.

길갓집에 도착하자 사내는 대뜸 침방에 들어가 비파를 가져다 타기 시작했다. 자못 무례한 행동이었지만 그녀의 집을 기생집으로 믿고 있으니 어쩔 수 없었다. 그녀가 나들이옷을 갈아입고 나와 물었다.

"오다가다 옷깃만 스쳐도 전세의 인연인데 존함을 여쭈어도 되오리까?"

사내가 뚱기던 비파를 멈추지 않은 채 대답했다.

"이 생원이라네."

"장안의 이 생원이 모두 얼마나 되는지도 모르는데 이 생원이라는 말만으로 어찌 성명을 알겠습니까?"

뾰로통해진 그녀의 모습이 귀엽다는 듯 사내가 너털웃음을 터뜨렸다.

"시골 기생까지 알 만한 이름은 아니겠지. 허나 성안에서 아무나 붙잡고 물어보게. 춘양군의 사위 이 생원을 아는지 모르는지?"

장안의 숱한 이 생원들 중 이처럼 자긍심과 자신감이 넘치는 이 생원이 바로 이승언이었다. 이승언은 세조의 총애를 받아 이조참판 자리에까지 올랐던 춘양군 이내의 사위였다. 효령대군의 아들 보성군 이갑의 삼남인 춘양군 이내는 예종이 즉위하면서 벌어진 남이의 옥사에 아버지 보성군과 함께 연루되어 군호를 삭탈당하고 유배되었다. 하지만 태종대왕의 외증손인 남이를 끔찍한 거열형으로 처단한 데 이어 그와 교분

* 경북 성주 지역의 옛 지명

이 두터웠다는 이유만으로 보성군 부자를 벌주기는 과하다 싶었던지 이듬해 불러들여 작첩을 돌려주었다. 우여곡절이 있긴 했지만 어쨌거나 춘양군 집안은 왕족에 명문가였다. 대간들에게 탄핵받아 물러나긴 했으나 왕실과 탄탄한 혼맥으로 권력의 핵심에 다가갔던 임사홍이 보성군의 사위이자 춘양군의 처남이기도 했다.

"춘양군……의 사위시라고요?"

태강수 이동의 아버지, 그러니까 한때 그녀의 시아버지였던 영천군은 춘양군의 아버지 보성군과 친형제였다. 적서의 구분을 논외로 하고 말하자면 이동과 춘양군은 사촌이고, 그렇게 따져 이승언은 그녀의 조카사위가 되는 셈이었다. 좁은 세상이었다. 대단한 일가였다. 그런 이들이 다스리는 기막힌 세상이었다.

"왜? 춘양군이 누구신지도 모르나? 어허, 한양 땅에서 명기로 이름을 날리려면 사람 공부부터 열심히 해야겠구먼."

이승언은 그녀의 야릇한 표정을 이해하지 못했다. 이해하지 못하는 거야 당연했고 이해할 필요도 없었다. 하지만 정작 그녀의 뱃속을 간질간질하게 만든 건 제 소개를 하면서 장인의 이름부터 대는 이승언의 숨겨진 열등감이었다. 이승언은 벽진(碧珍)*을 관향으로 하여 고려 이래로 유력가로 반거한 집안의 후손이었다. 정몽주와 길재를 이은 주자학의 정통 계승자임을 자임하며 조정에 등장한 신진 사림의 종주 김종직의 직제자이기도 했다. 배경을 걷어치우고 보아도 이승언은 충분히 난사람이었다. 몇 해 전 생원과에 장원으로 급제하여 성균관에 수석 입학했을뿐더러 문무겸전이라는 말이 아깝지 않도록 활쏘기가 뛰어났다. 장미가 한눈으로 훑어보아 그녀에게 주선할 만하다고 판단한 바대로 허우대도 멀쩡했다. 책상물림이나 먹물의 꾀죄죄한 행색은 전혀 없었다. 체격이 크고 힘이 대단한데다 음률까지 알아 악기와 노래 솜씨가 좋으니 영락없는 호걸남자였다. 과연 장안 사교계에서 제일가는 귀공자라 불러도 부족치 않을 터였다. 그럼에도 더 큰 이름 뒤에 숨어 제 이름을 전착박소(剪錯薄小)*하다니, 그 욕망이란…….

"아, 그게 정말이십니까요? 춘양군이시라면 남이가 반역에 성공하면 임금으로 추대하려 했다고 실토한 바로 그 어른이 아니십니까?"

그녀가 과장해 호들갑을 떨자 이승언은 만족스러운 미소를 만면에 머금은 채 짐짓 겸양의 자세를 취했다.

"쉿! 그건 모두 역신이 모함을 잡은 것으로 밝혀졌지만 큰

* 갈고 깎아 얇고 작게 만듦

소리로 떠들어낼 일은 아니지. 한양에서는 입조심하게나. 정치판은 언제나 복마전이니까."

낡은 것을 맹공격하면서 낡은 것의 힘에 기대는 이 생원은 어쩔 수 없는 촌놈이었다. 그녀는 그가 원하는 대로, 그에게 꼭 어울리도록, 권력에 놀라고 세도에 눌린 촌년을 짓시늉하였다.

음률을 아는 사내와는 음률로 놀 일이다. 거문고와 피리와 해금과 장고가 모두 끌려나와 질탕한 놀음판이 벌어졌다. 거문고는 줄을 짚고 흔들어 꾸밈음을 빚어내고, 피리는 매끄럽게 침칠을 하고, 해금은 활질이 부드럽도록 송진을 칠하고, 장고는 굴레를 죄어 팽팽하게 조율했다.

"어떤 곡조로 놀아보랴? 처용가를 연주하랴 매화타령을 부르랴?"

이승언이 멋들어진 솜씨로 음악을 연주하자 그녀가 자리를 떨치고 일어나 춤을 추었다. 가느다란 허리가 낭창거리니 허리춤에서 자줏빛 향주머니가 흔들리며 온 방 안에 향기가 가득 찼다. 치맛자락이 사르륵사르륵 끌리는 소리가 바람인 듯 물결인 듯하였다.

"어라, 네 춤은 여태 보던 교방무와 다르구나. 공경대부부터 상민까지 남녀노소 가리지 않고 추어대는 목후무(沐猴舞)*도 아니고. 대체 무슨 춤이냐?"

갖은 교태로 아양을 떠는 기생 춤과 달리 그녀의 몸짓은 야하면서도 우아하고, 경쾌하고도 묘하였다.

"나리의 음률이 분방하니 춤도 그에 따르는 것입니다. 가락이 흐르는 대로 몸이 가고, 몸이 가는 대로 마음도 흐르지요."

"오호라, 네가 제대로 풍류를 아는구나! 마음껏 몸과 맘을 실어 춤춰보아라. 내가 두보는 아니지만 전두(纏頭)**는 족히 감아주리라!"

아지랑이처럼 하늘하늘 나비처럼 팔랑팔랑 춤을 추면서 그녀의 혼은 차츰 지상을 벗어났다. 발밑의 너저분한 홍진이 지난생의 기억처럼 아득했다. 몸은 어디까지가 몸이고 맘은 어디까지가 맘인가? 이난과 쓸쓸한 정사 끝에 나누었던 이야기가 그녀의 귓가에서 어지러이 맴돌았다.

"어디까지 갈 작정이오? 너무 멀리 가는 게 아니오?"

"어찌 모두가 같은 길을 가겠습니까? 인생길에 지도를 가진

---

* 여진족의 전통춤으로 일명 원숭이 춤. 조선 성종 때에 크게 유행함
** 예인 혹은 기생의 가무가 끝나면 대가로 머리 위에 감아주었던 비단. 두보의 시 「즉사(卽事)」에 '옷을 적엔 꽃이 눈에 가깝더니, 춤 마치니 비단 화대 주는구나'라는 대목이 있음

사람도 있지만 길을 잃은 사람도 있고, 가끔은 길이 없는 곳에 길을 만들어 가는 사람이 있는가 하면 길을 아예 벗어나 달리는 사람도 있지요."

"그런 사람을 광란자라고 부르지."

"그렇다면 제가 바로 광녀로군요."

장난기와 허무가 반반 섞인 눈빛으로, 그녀는 어깨를 으쓱했다.

"조선 땅에 태어난 게 잘못일까요? 시절을 잘못 타고났을 뿐인지도 모르죠."

"그런 땅, 그런 시절은 없소."

"그걸 어떻게 장담하시나이까?"

"사람이 무리 지어 살아가는 이상, 누군가 한 사람이 길을 벗어나 종횡무진하는 꼴은 두고 보지 못하게 마련이오."

"모두가 가는 길이 옳다고 믿어서일까요?"

"아니, 모두가 그 길을 옳다고 믿게 하기 위해서지……."

그리고 그들은 말을 잃었다. 말을 잊었다. 지나간 까마득한 시간이 몰려오고, 다가올 아득한 시간이 뒷걸음하는 것 같았다.

"그래도 달라질 건 없어요."

그녀가 침묵을 깨고 헛웃음을 흘리며 말했다.

"그때도 기어이 길을 벗어나려 몸부림치는 미친년과 미친놈은 있을 테니까요."

광란의 춤치고는 고상하고 우아했다. 탈주의 몸부림이라기
엔 생생하고 화려했다. 애초부터 그녀에겐 지도가 없었다. 난
마 같은 세상에서 길을 잃는 것이 당연했다. 지도를 만들고
길을 닦을 요량도 없었다. 이미 세상은 막다른 골목이었다. 벽
을 뚫겠노라 뛰어넘겠노라 온몸을 던지는 일 또한 어리석게
만 느껴졌다. 피투성이에 만신창이가 될 것이 뻔하기 때문이
었다.

그리하여 그녀는 마지막 남은 하나의 방법을 택했다. 막힌
길 끝에 다다르기 전에 뒤돌아 반대편으로 내달리는 것이었
다. 길을 지우고, 지도를 무시하고, 아무도 가지 않은 길을 아
무도 따라오지 못하게 전력 질주하였다. 길 아닌 이 길이 어떻
게 끝날지는 알 수 없었다. 하지만 마지막 순간까지 끝내 뒤돌
아보지 않을 터였다.

이승언은 집에 들어가지 않았다. 대문 바로 앞에서 돌아서
집에서 가장 멀리로 갔다. 아들의 생일상에 국이 식고 떡은
굳어가고 있을 것이다. 춘양군의 딸 이씨 부인의 얼굴은 국보
다 차갑게 식고 떡보다 단단하게 굳었을 것이다. 어린 자식들
은 어미의 눈치를 살피고 하인들은 숨을 죽이고 발소리를 감

출 게다. 이승언은 그 모두를 불 보듯 훤히 알았다. 그럼에도 그는 돌아가지 않았다.

"걸출한 풍류랑을 만나 한바탕 재미나게 놀았습니다. 신선 놀음에 도낏자루 썩는 줄도 몰랐군요. 밤이 늦었으니 구종을 부를까요?"

"무어라? 지금 네가 내 수청을 들지 않겠다고 거절하는 게냐? 구종을 부를 게 아니라 앙금을 펴라. 내가 붉은 비단 전두를 넉넉히 감아준다고 하지 않았더냐?"

사내가 계집의 꽁무니를 따를 때의 작심을 뻔히 알면서도 그녀는 짐짓 생시침을 뗐다. 춤추고 노래하고 술잔을 기울이는 호남자 이 생원의 마음속에, 초조하게 걱정하고 주저하는 이승언이 있음을 낌새챘기 때문이었다.

"안방마님이 걱정되지 않으세요? 종실의 귀공녀께서 경이라도 치려 벼르시면 어쩐답니까?"

"흥! 말도 안 되는 소리! 제아무리 존귀하대도 아녀자가 어디서 서방을 개 꾸짖듯 한단 말이냐? 우리 집에선 암키와가 절대 수키와 위에 오르지 못한다!"

이승언의 말인즉슨 지붕에 기와를 이를 때는 암키와 위에 수키와를 얹기 마련이니, 사내가 계집 위에 자리하는 것은 유교에서 정한 이치라는 것이었다. 그리하여 왕공의 딸에게라도 절대 감투거리*를 허락하지 않았으니…….

"어찌 아내가 남편의 배 위에 올라갈 수 있단 말인가!"

헛된 자존심을 내세우는 이 생원을 다루는 데는 현란한 방사의 기술이 필요치 않았다. 이 생원의 허울로 열등감을 감춘 이승언을 위무하고 어루꾀면 그만이었다. 그녀는 기꺼이 그를 위한 천한 계집이 되었다. 두려워할 까닭도, 가면을 쓸 필요도 없는.

이부자리 아래로 비녀를 빼어 던지고 하나로 얼크러져 쓰러졌다. 비단 창 너머로 달빛이 긴 혀를 빼물고 그녀의 젖가슴과 엉덩이를 하얗게 핥았다. 마침내 활짝 열린 옥문으로 우뚝한 옥경이 보무당당히 입성했다. 그곳은 넋을 온통 어지럽히는 어둡고 좁고 축축한 동굴이었다. 숨결이 점차 거칠어지고 온몸의 피돌기가 빨라졌다. 탐사에 골몰한 사내의 앙다문 입에서 열락의 신음이 새어나오기 시작했다. 바로 그때였다.

씨근거리는 사내의 밑에 깔려 있던 그녀가 사내의 가슴팍을 밀치고 튀어 올랐다. 그리고 곧장 어깨를 찍어 누르더니 어리둥절해 갈팡질팡하는 물건을 제 안으로 이끌어 보듬었다.

* 여자가 남자 위에 올라가 하는 성행위
** 시가나 음악의 아름다운 가락

"이년은 이래야만 느끼옵니다. 『소녀경(素女經)』에서 여인의 불감을 치료하는 법이라 일컫는 축혈(蓄血)이 바로 이것입지요."

쾌감으로 느즈러졌던 이 생원의 낯빛이 문득 불쾌감으로 굳어지니, 그녀는 더욱 기운차게 요분질하며 당황해하는 이승언에게 속살거렸다.

"성학의 고전 『통현자(洞玄子)』에서 이르는 교합의 서른 가지 방법 중에 감투거리가 여섯 가지이옵니다. 기린의 뿔 모양, 공중에서 춤추는 나비 모양, 뒤로 날아가는 오리 모양, 야생닭의 모양, 나무에 매달려 울부짖는 원숭이 모양, 한 구멍 안에 있는 고양이와 쥐 모양……. 어찌 계집이 사내를 올라타는 모양이라 하여 이 모두를 무법하다 하오리까?"

그제야 도발의 본뜻을 깨달은 이승언은 색다른 즐거움에 빠져 흔연히 웃으며 대꾸하였다.

"네가 과연 옳도다! 동침하여 뒤엉킨 터에 상하와 전후와 좌우가 어디 있으랴? 높은 음과 낮은 음, 느린 가락과 빠른 가락, 굵은 소리와 가는 소리가 모두 어울려야 진정한 금성옥진(金聲玉振)**인 것을! 내 오늘 시궁에서 도를 얻었으니 밤새워 진진하게 수련해 보리라!"

현곤의 세상, 셋

　자산군은 열 살이 되던 해 한명회의 열한 살짜리 막내딸과 혼인했다. 그가 곡절 끝에 보위에 오르자 한씨는 중전이 되어 궁중 생활을 시작했다. 열세 살의 왕이 빛나는 껍데기였다면 열네 살의 중전은 희미한 그림자였다. 소년 왕이 껍데기를 알 맹이지게 하기 위해 촌음을 쪼개 공부하는 동안, 어린 중전은 여전(女傳) 속의 여인들을 본뜨기 위해 몸과 마음을 다해 부지런히 노력했다. 나이가 무색할 만큼 점잖은 태도와 행실을 가진 애어른이었다. 후궁을 들여도 싫어하는 내색을 하지 않았다. 된시앗이니 눈엣가시니 하는 말은 알지 못했다. 후한 명제의 부인 마황후처럼 몸소 후궁을 천거해 들이지는 못할지언정 옷을 내리고 패물을 선물하며 왕가의 번창을 기원했다. 아양과 교태 대신 온화하고 부드러운 안색을 취했다. 그림자가 형상을 좇고 울림이 소리에 응하는 듯 지순한 며느리가 되기 위해 조심에 조심을 더해 삼전을 모셨다.

아버지는 명망가이자 야심가였다. 어린 딸을 둘씩이나 왕후로 만들었으니, 예종의 정비인 장순왕후가 시숙모이자 셋째 언니였다. 하지만 아버지는 딸들에게 명성과 권세에 대한 욕망 대신 허약한 체질을 물려주었다. 귀공녀로 자라며 큰 어려움을 겪어보지 못한 그들에게는 엄하고 철저한 궁중 생활이 가장 큰 병인이었는지도 모를 일이었다. 언니는 세자빈이었던 열일곱 살에 원손을 낳고 산후더침으로 맥없이 세상을 떠났다. 동생은 열여덟 살에 한여름이 지나 발병해 잠시 가을을 보았다가 늦겨울에 앓아누워 다시 일어나지 못했다. 열아홉 해의 짧은 생을 마치고 공혜왕후라는 시호를 받은 그녀에게는 소생이 없었다.

임금은 열여덟 살에 홀아비가 되었다. 조강지처는 끝내 임금이 친정하는 것을 보지 못하고 죽었다. 주인을 잃은 중궁전에 새 주인을 들이는 문제도 온전히 임금의 선택과 결정일 수 없었다. 다시금 삼전의 대비들이 움직였다. 한편 공혜왕후의 삼상을 지내는 동안 임금의 친모인 인수대비는 평소 여가에 비빈과 나인들에게 가르쳤던 『열녀전(列女傳)』, 『소학(小學)』, 『여교(女敎)』, 『명감(明鑑)』에서 정수를 가려 뽑아 언해문으로 『내훈(內訓)』을 편찬했다. 여인들의 품성과 덕행을 강조하는 『내훈』에는 시어머니로서 인수대비의 바람이 오롯이 담겨 있었다. 그녀가 원하는 것은 '옥 같은 마음을 지닌 며느리'였다.

그때 궁중에는 두 명의 윤 숙의와 엄 숙의, 정 소용 등 내명부의 품계를 받은 다수의 후궁들이 있었다. 그중에서 대비들의 눈에 가장 확연히 들어온 이는 숙의 함안 윤씨였다. 윤 숙의는 임금보다 두 살이 많은 여인으로 공혜왕후가 훙서하기일 년 전 후궁으로 간택되었다. 같은 해 숙의 파평 윤씨가 궁중에 들어와 두 명의 윤 숙의가 생겨났으나 서열로는 함안 윤씨가 앞이었다. 스무 살의 윤 숙의는 성숙하고 아름다운 여인이었다. 그녀는 후궁으로서 자신의 처지를 잘 알아 공손하고조심성스러웠다. 화려한 치장으로 임금의 눈을 홀리려 들기보다는 허름한 옷을 입고 검소한 것을 숭상하였다. 그 모습이 삼대비, 그중에서도 특히 대왕대비와 인수대비의 눈에 잘 띄었다.

---

* 대왕대비(정희왕후 윤씨), 인수왕비(소혜왕후 한씨), 왕대비(안순왕후 한씨)의 삼 대비와 중전(中殿)을 말함

그리하여 삼전에서는 윤 숙의야말로 대사를 위촉할 만하다는 공감대가 생겨났다. 언젠가 대왕대비가 이런 의사를 내비치자 윤씨는 놀랍고 두려운 듯 고개를 들지 못하고 대답했다.

"천부당만부당한 말씀이옵니다. 저는 본디 덕이 없는 데다 과부의 집에서 자라나 보고 들은 것이 없으므로, 사전(四殿)* 에서 선택하신 뜻을 저버리고 주상의 거룩하고 영명한 덕에 누를 끼칠까 몹시 두렵사옵니다!"

대왕대비는 그 말을 듣고 한층 윤 숙의의 현숙함을 믿게 되었다. 삼전의 뜻도 그러하였지만 윤씨가 중궁전의 새 주인이 된 결정적 소이는 포궁에서 무럭무럭 자라고 있는 용손의 존재였다. 결국 중궁의 새로운 주인은 숙의 윤씨였다. 그리고 윤씨가 교명과 책보를 받은 지 석 달 만에 조선의 열 번째 왕이 될 원자가 태어났다.

할머니는 엄격했다. 작은어머니는 신중했다. 어머니는 냉정했다.

할머니 앞에선 긴장했다. 작은어머니와는 서름했다. 어머니에게는 아무 말도 할 수 없었다.

소년은 청년이 되었다. 아이가 아닌 어른이 되었다. 수렴청정을 끝내고 당당하게 친정을 시작했다. 하지만 세 명의 어른

앞에서 그는 아이였다. 세 명의 스승 앞에서 그는 학생이었다. 영원히 착한 아이이자 성실한 학생이어야 했다. 효친은 윤리를 넘어선 지배의 이름이었다.

양순한 정실이 있을 때는 발발한 별실이 좋았다. 임금은 숙의 시절의 윤씨를 귀애하였다. 윤 숙의의 궁에 들면 즐겁고 편안했다. 사내로서의 기쁨도 충만했다. 나무랄 데 없이 현숙하나 지나치게 엄숙한 중전에게서 단 한 번도 느끼지 못한 재미를 만끽했다. 왜소한 체구에 오종종한 이목구비를 가진 중전과 달리 육덕이 좋고 생김새가 산뜻한 윤씨는 비옥한 여인이었다. 비록 태어난 지 다섯 달 만에 죽긴 했으나 승은을 입고 오래지 않아 수태하여 왕자 효신을 보았고, 첫아이를 잃은 슬픔을 함께 나누는 과정에서 다시 원자를 잉태했다. 윤씨에 대한 임금의 사랑이 이처럼 특별했기에 삼전이 윤 숙의를 후비로 지목할 때 임금이 중히 여기는 바를 고려치 않을 수 없었다.

하지만 밀월은 짧았다. 윤씨가 왕비로 책봉된 지 반년이 겨우 지나 뜻밖의 사건이 터졌다. 임금의 특명으로 빈청에 모인 신료들 앞에 언문으로 쓴 대왕대비의 의지(懿旨)가 발표되었다.

"세상에 오래 살게 되면 보지 않을 일이 없다……."

* 부정한 귀신에게 지내는 제사

오래 산 탓에 못 볼 꼴을 보았다는 대왕대비의 말인즉슨, 중전 윤씨가 후궁인 엄 숙의와 정 소용을 투기하여 거짓 투서를 꾸미고, 음사(淫祀)*의 비방을 담은 서책과 함께 비상까지 감춰두고 있었다는 것이었다. 투기는 무겁지만 작은 꼬투리에 불과했다. 문제는 배신감에서 비롯된 삼전의 분노였다. 대비들은 윤씨가 돌변했다는 데 경악했다. 측간을 갈 때의 마음과 나올 때의 마음이 다르듯 지금의 중전은 왕비가 되고자 몸을 낮추던 윤 숙의가 아니라는 것이었다. 『내훈』에 적었던 인수대비의 말이 씨가 되어 싹튼 듯만 하였다.

　"……성인의 가르침을 보지 못하고 하루아침에 갑자기 귀하게 되면, 이는 원숭이에게 관을 씌운 격이며 담장을 마주하고 서 있는 것과 같다."

　'관을 쓴 원숭이'를 처분하는 데 대한 삼전의 입장은 단호했다. 임금은 윤씨를 폐하여 빈으로 강등하고 자수궁에 두겠노라는 의사를 밝혔다. 임금이 지적한 윤씨의 죄과는 투기보다 독극물인 비상을 소지하여 국모의 범절에 어긋났다는 것이었다. 갑작스런 사태에 당황한 대신들이 선정전에 몰려들었다. 오가는 말들이 번거로웠으나 대소 신료가 입 모아 말하는 것은 하나였다. 중궁이 실덕했다 하나 투기는 여인의 상정이며, 원자의 모후를 폐한다면 나라의 근본이 흔들릴 것이며, 중국에 고명을 청하는 일로 안방의 사건이 바깥에 알려지면 나라 망신에 다름 아니라는 것이었다. 신하들이 울며불며 사뢰니 임금이 흔들렸다. 임금은 신하들 앞에 묘한 말 한마디를 던지고 삼전을 근현하기 위해 일어났다.

"태상전(太上殿)*께서 나에게 이르시기를 '후환이 없게 하라'고 하시었으니, 내가 장차 품해 보리라."

그로써 윤씨는 간신히 폐비를 면하였다. 지저분하고 잡스러운 비밀은 안개 속에 묻혔다. 모든 죄는 익명서를 썼다는 여종 사비와 왕비가 뽕밭을 둘러보는 친잠을 할 때 서책과 비상을 건넸다는 삼월이가 덮어썼다. 후궁에서 정비가 되고 원자까지 낳아 승승장구하던 윤씨의 기세가 완전히 꺾이는 듯했다. 하지만 이때의 풍파가 온전히 임금의 뜻에서 빚어진 사달이 아니었다는 사실은 곧 밝혀졌다. 근신을 위해 중궁전에서 물러나 자수궁에 기거하던 윤씨가 얼마 지나지 않아 다시 수태했다는 소식이 들려온 것이었다.

마누라는 역시 죽은 마누라가 최고였다. 사내들의 오래된

* 대왕대비 정희왕후를 가리킴
** 가성(歌聲)과 여색(女色)

진리가 임금이라고 비껴가지 않았다. 성색(聲色)**을 경계하라는 말은 신하들로부터 귀에 못이 박이도록 들었다. 하지만 조선 남자에게 축첩은 엄연히 법으로 보장된 제도였다. 태종대왕 때부터 「혼의(昏儀)」에 따라 제후는 한번 장가드는 데 아홉 여자를 얻고 경대부는 일처이첩 선비는 일처일첩을 허락하니, 이 모두가 후계의 자손을 넓히고 음란함을 막기 위해서라 하였다.

죽은 마누라, 공혜왕후 한씨는 그것을 당연시했다. 부덕인지 체념인지는 알 수 없으나 싫은 낯빛 불편한 기색 한 번 보이지 않았다. 그런데 물에 물 탄 듯 술에 술 탄 듯했던 한씨가 죽은 뒤부터 엄청난 존재감을 갖기 시작했다. 새 왕비가 된 윤씨의 성품이 한씨와 정반대였기 때문이다.

삼 대비 중에서도 임금에게 가장 가까우면서 가장 버거운 상대는 모후인 인수대비였다. 시부인 세조는 큰며느리에게 두 개의 이름을 내려주었다. 하나는 도장으로 새겨 만든 '효부'라는 이름이었으며, 다른 하나는 농담처럼 붙인 '폭빈(暴嬪)'이라는 별칭이었다. 그녀는 타고난 천품이 엄격하고 냉정했다. 어린 자식들에게 조금이라도 과실이 있으면 덮고 감싸기보다는 안색을 바로 하고 경계하였다. 스무 살에 돌연 과부가 되어 세자빈의 품계를 잃고 궁문을 나설 때 그녀의 팔다리에는 연년생 코흘리개부터 갓난쟁이까지 삼남매가 주렁주렁 달려 있었다. 아들을 보위에 올리며 다시 입궁한 인수대비의 얼굴에서 가련한 청상과부로 살아낸 십이 년의 흔적은 보이지 않았다. 다만 원칙은 한층 단호해지고 의지는 보다 단단해졌다.

어머니는 무서웠다. 틀린 말, 어리석은 생각이 하나도 없어서 더욱 그러했다. 아들은 어머니의 뜻을 거스를 수 없었고 그것이 제 뜻이라고 믿기도 했다. 어머니가 엮은 책에 분명히 적혀 있었다. 아들이 아내를 매우 마땅하게 여기더라도 부모가 기뻐하지 않으신다면 그를 내보내야만 한다고*, 아들이 사랑하는 아내보다는 부모가 사랑하는 효부가 우선이랬다. 그래서 목청을 돋우어 아내를 폐하자고 주장할 수밖에 없었다. 비록 정에 이끌린 몸이 뜻을 배반하여 자수궁으로 쫓아낸 여인을 남몰래 좇았다 해도.

그런데 문제는 그때부터였다. 중전의 자리에 오른 윤씨는 임금이 알던 그 연싹싹한 애희가 아니었다. 고분고분하고 상냥하고 애교스런 여인은 온데간데없고 욕심스럽고 집요한 마누라만 남았다. 윤씨는 중전의 지위를 얻고도 후궁으로서 받았던 사랑을 포기하지 못했다. 사랑을 지키려는, 누구에게도 사랑을 빼앗기지 않으려는 악다구니는 사나웠다. 세상은 그것을

---

* 『내훈』「효친장(孝親章)」의 일 절

남편으로서 마땅히 아내를 내쫓을 수 있는 일곱 가지 허물 중 하나인 질투거(嫉妬去), 투기의 죄라고 불렀다.

한바탕의 폐비 소동이 있은 지 두 해가 지난 어느 여름밤이었다. 야대를 마친 임금은 그즈음 어여삐 보았던 후궁의 방을 찾아 막 잠자리에 들려던 차였다. 그날도 여느 때와 마찬가지로 고단한 하루였다. 스물세 살의 임금은 솟구치는 육욕을 푸는 일 못잖게 방사 후의 완전한 휴식이 절실했다. 오늘 중궁의 탄일에 하례 대신 비단 선물만 보낸 것이 조금 켕기긴 했으나, 더는 긴장하기 싫었다. 잔소리도 실랑이도 지겨웠다. 아무것도 묻지 않고 따지지 않는, 얼음사탕 같은 후궁의 품에서 녹아들고 싶었다. 한데 그때 문 밖에서 수상한 기척이 느껴졌다. 바람 소리를 잘못 들었거니 하며 가슴팍을 파고드는 후궁을 다시 보듬는 순간, 갑자기 방문이 벌컥 열렸다.

"누, 누구냐?"

태평성대에도 역신은 있기 마련이었다. 불충의 무리가 자객을 보냈을는지도 몰랐다. 하지만 방문을 활짝 젖히고 들어와 칼날보다 날카로운 눈빛으로 벌거벗은 임금을 쏘아보는 사람은 역신도 자객도 아니었다. 윤씨였다. 중전이었다. 또다른 어머니, 또 한 명의 어머니가 그곳에 있었다. 어른 흉내를 내보려다 들킨 아들의 남성은 수치심과 죄책감으로 맥없이 시르죽었다.

하루면 족했다. 선경삼일(先庚三日), 일을 결단하기 전 사흘 동안의 생각과, 후경삼일(後庚三日), 결단하고 나서 사흘 동안의 생각이 필요치 않았다. 그 밤에 당장 승지들을 불렀다가 취소한 것이 그나마 발휘할 수 있는 인내심의 최대치였다. 임금은 진심으로 분노했다. 일말의 애정, 마지막 한 방울의 연민마저 사라졌다. 군주의 체통과 위신 따위에 아랑곳할 여유도 없었다. 어젯밤 드잡이와 악다구니판의 흔적이 벌겋게 남은 얼굴로 정승과 승지와 주서와 사관들을 불러 모아 부끄러운 일을 상세히 토로했다. 임금의 결정은 이미 내려져 있었다.

"중궁의 실덕(失德)이 한 가지가 아니니, 만약 일찍 도모하지 않았다가 뒷날 큰일이 있다고 하면 후회해도 미치지 못할 것이다."

아연실색한 신하들의 귀에 들릴 듯 말 듯 임금은 웅얼웅얼 칠거지악의 세목을 외웠다.

―말이 많으면 버린다……. 순종하지 아니하면 버린다……. 질투를 하면 버린다…….

신하들의 반응 또한 두 해 전과 달랐다. 돌이킬 수 없음을 깨달은 것이었다. 다만 원자와 대군을 낳은 윤씨를 서인으로 삼고 사가로 돌려보내면 후일에 문제가 될 것을 근심했다. 도승지 홍귀달이 위호를 깎아내려 별궁에 안치하는 방안을 제

시했다. 좌부승지 김계창은 지금 당장 폐비하기보다는 별궁에 옮겨두고 허물을 뉘우치기를 기다리자 하였다. 정승과 승지들이 거듭 생각하기를 청하니 끝내 임금은 성을 내며 자리를 박차고 일어났다.

"경들이 물러나지 아니하면 내가 마땅히 안으로 들어가겠다!"

임금의 역린은 잦아들 줄 몰랐다. 내관을 불러 몰아낸 후에도 남아 버티며 대비전에 재고를 요청했던 승지들을 모조리 하옥시켰다. 윤씨를 구제한답시고 성심을 거슬렀다는 것이었다. 어차피 체면은 땅에 떨어진 상태였다. 윤씨를 사랑했던 만큼 미움도 컸다. 하지만 분노를 넘어 집념으로까지 보이는 임금의 악지 뒤에는 지금껏 그를 움직여온 거부할 수 없는 힘, 진짜 어머니가 있었다. 승지들의 용서를 구하는 영의정 정창손과 한명회에게 내린 임금의 전교가 그 증거였다.

"승지들이 대비께 아뢰기를 청한 것은 대비로 하여금 이를 중지하게 하고자 한 것이다. 그러나 내가 이미 두 번이나 아뢰었더니 대비께서 하교하기를, '내가 항상 화(禍)가 주상의 몸에 미칠까 두려워하였는데 이제 이와 같이 되었으니 나의 마음이 편안하다' 하셨으니, 자식으로서 부모의 마음을 편안케 해드리는 것만큼 중요한 일이 또 있겠는가?"

중전을 폐출한다는 소식이 알려지면서 궁 안팎은 발칵 뒤집혔다. 사헌부와 사간원과 홍문관 등 삼사의 관원들, 육조의 판서와 참판들이 일제히 해명을 청했다. 종친인 은천군과 옥산군도 달려와 반대의 뜻을 전했다. 하지만 성심은 지엄하고 단호했다. 마침내 그날 저녁 윤씨를 폐하여 서인으로 삼는다는 교서가 내리고, 폐비의 일을 종묘에 고하였다. 그럼에도 폐비를 사저로 내보내는 것만은 막으려는 상소가 빗발치자 결국 임금이 직접 대신들에게 연유를 설명하기에 이르렀다.

임금의 말 속에서 윤씨는 사납고 게으른 여인이었다. 덧붙여 인수대비가 언문 의지를 내리니, 시어머니의 기억 속에 윤씨는 거짓과 오만, 불의하고 악랄함이 도를 넘은 며느리였다. 수신제가(修身齊家)의 문제를 짚는 홍문관 직제학 최경지의 상소가 매서웠으나 임금은 요순도 불초한 자식은 어쩔 수 없었다는 말로 눙쳤다. 손뼉을 마주치지 않았는데도 소리가 났다는 궁색한 변명이었다. 당자인 윤씨의 변명은 단 한 마디도 기록될 수 없었다. 다른 목소리들은 철저히 봉쇄하였다. 중궁의 민가 폐출을 반대한 성균관 생원들을 하옥하였다. 윤씨 부모의 봉작 또한 박탈하였다.

어머니는 한 명이면 충분했다. 한 명이어도 가히 넘쳤다. 양손에 떡을 움켜잡고 놓지 않으려 했던 윤씨는 사랑과 지위를 동시에 잃었다. 화는 홀로 다니지 않는지라, 사가로 쫓겨난 지

정확히 열흘 만에 윤씨는 다시 악보를 들었다. 군호도 받지 못한 갓난이인 왕자가 돌연히 죽었다는 것이었다. 세 개의 결실 중에 오로지 남은 하나가 융(隆), 장차 연산군이 될 원자였다.

귀신과 놀다

　그 길은 묘했다. 길목에 접어들 때부터 행인들은 말로 설명할 수 없는 수상한 기분에 사로잡혔다. 아련한 향기가 풍기는 듯도 하고 뜨거운 땅심이 스멀대는 듯도 하였다. 몸이 꼬이고 발바닥이 간지러웠다. 길가에 면한 그 여자의 집은 여느 집과 달랐다. 대문이 꼭 닫혀 있으면 비밀스러웠고, 반쯤 열리고 반쯤 닫혀 있으면 은밀하였고, 활짝 열려 있으면 유혹적이었다. 아무도 모르는 여자, 누구도 알 수 없는 여자가 뿜어내는 야릇한 기운이 넓고도 좁은 길을 가득 메우고 있었다.

　모르는 것을 대하는 사람들의 태도는 두 가지였다. 신기해하거나, 두려워하거나. 상반된 태도가 하나로 품은 마음은 호기심이었다. 호기심은 두 얼굴을 지니고 있었다. 선망이 있다면 혐오가 있었다. 열렬히 좇는가 하면 필사적으로 도망치려 하였다. 불편한 욕망, 불안한 열정이었다. 그래도 사람들은 두근거리는 가슴으로 그 길을 기웃대는 일을 멈출 수 없었다.

"아이고, 참말로 심사 한번 고약하네요! 붙박이로 서 있는 나무가 대체 무슨 죄를 지었답디까?"

오랜만에 먹을 갈고 붓을 빨아 난초를 치노라니 돌연 얼굴이 시뻘겋게 달아오른 장미가 달려와 하소연을 하였다.

"왜 이리 시끄러운 게냐? 무슨 일이라도 생겼느냐?"

"아씨, 얼른 좀 나가보세요. 불한당 같은 옆집 하인놈들이 우리 복숭아나무가 자기네 담을 넘었다고 마구잡이로 톱질을 해대고 있답니다!"

"그게 무슨 소리냐? 남의 집 복숭아나무를 누구 마음대로 잘라?"

그녀가 붓을 내던지고 달려 나가보니 과연 담장을 사이에 둔 이웃집 하인들이 저희 마당으로 뻗힌 나뭇가지를 베어내고 있었다.

"당장 멈추어라! 네놈들이 백주대낮에 어느 안전에서 감히 흉악무도한 짓을 하는가?"

월나라의 서시는 가슴앓이병으로 눈살을 찌푸려도 물고기가 그 아름다움에 취해 헤엄치는 것을 잊었다 했다. 그녀가 분김에 개 꾸짖듯 소리치자 하인들은 톱질을 멈추고 얼어붙은 채 멍하니 그녀를 바라보았다.

"누구냐? 대체 누가 시킨 일이더냐?"

연이어 다그치자 무리 중에 가장 나이가 많아 보이는 치가 주춤주춤 나섰다.

"대감마님께서…… 담을 넘어온 나뭇가지는 다 잘라버리라고 명하셨습니다요."

"뭣이라? 무슨 연유로? 마당 구석빼기에 있는 나무가 사랑채에 들 볕이라도 가린단 말이냐?"

"그게 아니오라……. 부녀자의 치마폭에 봄바람이 일으키는 복숭아나무는 집 안과 우물가에 심는 법이 없다 하시며, 뿌리는 이웃의 것이라 뽑아 치울 수 없다 해도 울 안으로 넘어 들어온 가지는 잘라버리는 게 마땅하다 하셨습니다요."

허! 기가 차서 헛웃음이 나왔다. 복숭아나무는 벽사(辟邪)의 주물이었다. 민간에서는 흉측한 일과 마귀를 쫓는 영력을 믿어 '귀신에 복숭아나무 방망이'라는 속담도 있었다. 또한 꽃샘잎샘을 이기고 잎이 나기 전에 꽃을 먼저 피우는 양기의 꽃이라 다산과 번성을 뜻하기도 했다. 무엇보다 복숭아나무는 알뜰한 수목이었다. 꽃은 눈을 즐겁게 하고 열매는 입을 흐뭇하게 하고 씨앗은 약재로 쓰이니 버릴 데가 없었다. 그런데 도덕군자를 자처하는 대감마님의 머릿속에서 복숭아나무는 호색과 음란의 도화로밖에 분간되지 않는 모양이었다.

— 이 늙은이가 정말……!

며칠 전 외출했다 돌아오는 길에 퇴궐하는 옆집 대감의 행차와 문 앞에서 마주쳤다. 그때 초헌 위에 높이 올라앉은 늙은이를 얼핏 일별하였는데, 머리털은 허옇게 세었으나 얼굴은 소년처럼 붉은 것이 꽤나 강강해 보였다. 하지만 틀진 외양보다 더 인상적이었던 것은 그녀를 더러운 벌레처럼 쏘아보는 그의 번쩍거리는 눈빛이었다. 그녀는 혐오와 경멸의 톱질로 뭉떵뭉떵 끊겨나간 복숭아나무 가지들을 자신의 팔다리인 양 바라보았다. 이것은 노골적인 도발이었다.

옆집 늙은이, 백발홍안의 대감마님 어유소는 걸출한 무신 가문 출신이었다. 기실 그는 지천명을 넘지 않은 장년이었으나 일찍 센 머리 때문에 사람들은 흔히 본래 나이보다 윗길로 보았다. 일찌감치 바랜 것이 검은 머리만은 아니었다. 세월은 누구에게나 공평하지만 그는 같은 길이의 그것을 남들보다 몇 배로 촘촘하게 살았다. 젊은 날은 뜨거웠다. 스물두 살에 무과에 급제하여 무관이 된 그는 모든 싸움터에서 가장 앞서 가장 멀리 달렸다. 두려움을 몰랐기에 무서운 게 없었다. 함길도에서 반역한 이시애의 군을 토벌할 때에도 건주위의 야인들을 소탕할 때에도 그는 늘 선봉이었다.

세조는 청춘의 무장을 극진히 아꼈다. 활쏘기와 말달리기가 두드러지게 뛰어날뿐더러 격려차 내리는 어주를 일절 거리낌 없이 두주불사하니, 각별한 호음지벽(好飮之癖)*을 가진 세조의 마음에 쏙 들지 않을 수 없었다. 하지만 당대에 이르러 대왕대비의 비호를 받는 '육적(六賊)'으로 익명서에까지 지목된 데는 재주를 넘어선 내력이 있었다. 어유소의 아비인 어득해는 세조의 심복으로서 폐위되어 강봉된 노산군을 영월의 유배지까지 호송했다. 이처럼 대를 이어 양전에 충성을 다하니 옥좌의 주인이 바뀌어도 그가 받는 총애는 변함이 없었다.

벼슬길에 오른 어유소는 장애물을 비월하는 준기(駿驥)**처럼 훌쩍훌쩍 계급을 뛰어넘어 승진하였다. 절충장군에 가선

* 술 마시기를 좋아하는 버릇
** 뛰어나게 좋은 말
*** 수령의 임무를 명문화한 것. 수령의 임무 일곱 가지는 농상을 성하게 할 것, 호구를 증가시킬 것, 학교를 일으킬 것, 군정을 바르게 할 것, 부역을 고르게 할 것, 송사를 간명하게 할 것, 간활을 없앨 것
**** 규장각, 홍문관 따위의 벼슬인 청환(淸宦)과 요직(要職)을 아울러 이르는 말

대부, 회령 부사를 거쳐 이시애의 역군을 섬멸하고 돌아온 날에 적개공신 예성군으로 봉해지며 공조판서의 자리에까지 올랐다. 아비의 삼년상 중 나랏일에 쓰기 위해 불러올릴 정도로 임금의 신임이 컸으며, 어미의 상사를 만났을 때에도 "북도를 진압하여 안정시키기에는 경과 같은 사람이 없다……. 만일 경을 체직한다면 누가 경을 대신할 수 있겠는가?"며 다시 요직에 기용하였다.

전쟁이나 난리가 났을 때도 전술보다 전략이 중요하다며 문신을 총사령관으로 삼는 철저한 문신 중심의 사회인 조선에서 어유소는 특별한 무신이었다. 하지만 특별함은 선망과 질투를 동시에 몰고 오기 마련이었다. 무인들은 거칠고 사나운 무식쟁이라는 유치한 편견부터 칼을 쥔 자가 권력을 가지면 역신이 되기 십상이라는 경계심까지, 어유소는 임금의 총애와 함께 등 뒤로 쏟아지는 따가운 눈총과 손가락질을 받아야 했다.

"지난날 신창 현감으로 발령받은 김숙손이 주상께 하직 인사를 하러 왔다가 수령칠사***조차 제대로 주대하지 못해 그 자리에서 파직되지 않았던가? 그가 바로 무과 출신이었지!"

"수령이야 문리가 트이지 않아도 요령으로 여차저차 꾸릴 수 있겠지. 허나 칼을 빼어 들고 말이나 달리던 자들에게 어찌 높은 학식과 고견이 필요한 청요(淸要)****의 자리를 맡길 수 있단 말인가?"

임금이 기득권 세력을 견제하고자 문무를 교대로 등용하겠다는 방침을 세우자 훈구와 사림, 노장과 소장이 한목소리로 왜자졌다. 지금껏 문관들이 독점해 온 종일품 우찬성에 제수된 어유소는 파격적인 승진과 특별한 성공에 기뻐할 수도 축하받을 수도 없었다.

그리하여 붓으로 발톱을 가는 고양이의 굴에서 범은 어금니를 감출 수밖에 없었다. 어유소는 높은 관작에 오를수록 더욱 몸을 낮추었다. 직급의 높낮이를 따지지 않고 거슬림 없이 어울렸다. 모르는 것을 모른다고 하였고 아는 것도 모르는 체하였다. 붉었던 마음이 어느덧 머리카락처럼 하얗게 바랬다. 그리하여 사람들은 그가 진실하고 소탈하되 학술이 없어 일이 돌아가는 형편을 알지 못하니, "비장(裨將)*의 재질은 있지만 대장의 방략(方略)**은 없다"고 평했다.

이웃이 사촌이 아니라 원수였다. 그로부터 장미는 하루가 멀다 하고 이웃집에서 악감정을 품고 어떻게 해코지를 해오는

* 감사, 유수, 사, 수사, 견외 사신을 따라다니며 일을 돕던 무관 벼슬
** 일을 꾀하고 해나가는 방법과 계략

지 주위섬기기에 바빴다. 우물가에서 그 집 계집종들이 대놓고 장미를 따돌린댔다. 대문 앞을 비질하는 아이종까지 쓰레기를 치우지 않고 그녀의 집 쪽으로 쓸어낸댔다.

"그게 다 주인을 뒷배로 믿고 하는 짓이 아니겠어요? 무슨 소리를 주워들었기에 이웃집을 숫제 유곽 취급하나요? 대단한 도학선생들이 천지간에 넘쳐나네요. 저희들 부모는 배도 안 맞추고 맞절만 해서 자식을 낳았다던가요?"

어유소가 그녀를 못마땅해한다는 것을 낌새챈 하인들이 집의 개 주인 믿고 짖어대듯 하는 통에 장미는 몹시 억울한 모양이었다. 날카롭게 쏘아보던 어유소의 눈빛이 지워지지 않아 그녀의 마음도 자못 편편찮았다. 슬며시 이난에게 떠보니 어유소는 꽤나 평판이 좋은 대신이었다. 무인이지만 점잖고 단정하며, 무인이지만 유학자 못잖게 봉제사에 힘쓰며, 무인이지만 검소하여 사사로이 산업을 일삼지 않으며……. 그런데 '무인이지만'으로 시작되는 문장을 거푸 듣노라니 그녀의 마음에 문득 의심의 싹이 뾰족이 돋았다. 초헌 위에서 그녀를 내려다보던 눈빛이 과연 혐오와 경멸로만 번쩍거리고 있었던가? 정도를 넘은 것들은 반드시 그 대척과 잇닿는다는 사실을 그간 숱하게 경험하지 않았던가?

까닭 모르게 수상한 날이었다. 가만한 하늬바람이 자분치를 흔들었다. 달콤한 침이 입안에 고이고, 대기의 떨림이 온몸에 느껴졌다. 이런 날엔 무슨 일이라도 반드시 벌어지기 마련이었다. 그녀의 예감 혹은 판단은 끝내 틀리지 않았다.

"참으로 알다가도 모를 일이네요. 옆집 대감께서 아씨를 뵙자고 은밀히 사람을 보내왔는데, 대체 무슨 일일까요?"

장미가 문 밖을 할금거리며 목소리를 잔뜩 낮추고 말했다.

"사내가 계집을 부르는데 무슨 이유가 있겠느냐?"

그녀가 배꼽노리로부터 치밀어 오르는 웃음기를 간신히 참으며 대꾸했다.

"그럼, 정말…… 그 뻣뻣한 대감께서요?"

"네가 내게 가르치지 않았더냐? 계집은 촉촉할수록 좋고 사내는 뻣뻣할수록 좋다고."

"아니, 그래도 이 벌건 대낮에……. 참으로 무인이라서 용맹스러움이 남다르네요!"

'무인이지만'에서 '무인이라서'로 정체를 바꾼 어유소는 참으로 용감하고 치밀하게 자신의 조상을 모신 사당에서 그녀를 기다리고 있었다. 집 안의 어느 공간도 그곳만큼 한갓지고 안전할 리 없었다.

---

* 민속에서 말하는 팔방의 하나로 정북(正北)을 중심으로 45도 각도 안의 북쪽

"저희 복숭아나무를 베셨더군요."

"나뭇가지가 감방(坎方)*을 넘어오니 결국 여난의 재앙이 생기지 않았나?"

"난리를 진압하는 것이 본디 대감의 일이 아니신가요?"

"그럼! 내가 대장감인지 졸개감인지는 맞붙어 싸운 적군만이 알리라!"

조상의 신주를 모시는 감실 앞에서 제물을 벌여놓는 제상에 기댄 채 그들은 빗장거리로 한바탕 격전을 벌이기 시작했다. 갑작스런 돌격전에 전투복을 제대로 갖출 짬도 없었다. 허리띠와 옷고름이 우두둑 뜯겨나가고 비단 치마가 홰를 치며 뒤집혔다. 성급한 창이 냅다 골짜기를 파고들며 쌍포를 쏘니 외다리로 선 황계가 긴 울음을 토해 냈다. 어유소가 교음이 흘러나오는 그녀의 입을 막았다. 그의 손에선 아득한 변방의 흙먼지 냄새가 났다.

자손들이 차린 음식을 들기 위해 혼령들이 드나드는 문틈으로 짓궂은 햇살이 뽀얗게 스며들었다. 희붐한 빛과 어둠 사이에서 어금니를 악물고 눈을 부릅뜬 어유소의 얼굴이 검붉게 떠올랐다. 그는 황홀한 적진을 누비며 더욱 가열하게 활을 쏘고 말을 달렸다. 위험한 자극이었다. 무서운 쾌감이었다. 조상들의 혼령이 지켜보는 가운데 어유소는 자신이 졸개가 아닌 대장임을 당당히 선포하고 장렬히 전사하였다.

성공의 비결은 인내였다. 가문의 배경보다 충성심보다 무공보다 더 힘세고 힘겨운 인내. 어유소는 지금껏 참고 또 참았다. 거친 변방에서 오랑캐들과 맞설 때가 차라리 나았다. 사졸들과 더불어 고락을 나누며 전선을 누빌 때가 오히려 좋았다. 그때 세계는 단순하고 명징해 보였다. 생과 사, 적과 아, 승과 패, 그뿐이었다. 조정에서 벌이는 복마전은 턱없이 복잡하고 불투명했다. 붓을 빠는 자들이 휘두르는 명분이라는 무기에 그는 번번이 참패했다. 그는 칼을 쥔 힘없는 자, 말을 달리는 둔탁한 자였기 때문이었다. 그리하여 참을 수밖에 없었다. 참다 보니 견딜 만도 하였다. 어쨌거나 그는 성공했다.

하지만 끔찍한 성공은 대가를 요구하기 마련이었다. 예종임금이 즉위하던 해, 뜻밖의 곳에서 예정된 사달이 났다. 궁궐 수비를 맡아 입직하던 어유소가 돌연 부하들에게 요리사인 선부를 잡아오라고 명령했다. 그리고 저녁 끼니를 담은 찬구가 불결한 까닭을 추궁하며 부하들을 시켜 머리통을 때렸는데, 매를 맞은 선부가 열흘 만에 그만 죽고 말았다. 옹호하는 자는 어유소의 성격이 지나치게 깔끔한 탓이라고 했다. 공격하는 자는 무시당했다는 생각만으로 사람을 때려 죽인 용렬함을 비난했다. 어유소가 사죄하고 예종이 감싸고돌아 사건은 유야무야 덮이고 말았지만, 고깟 밥그릇에 붙은 밥풀에도 불뚝성을 터뜨릴 만큼 어유소는 너무 참았다. 너무 성공했다.

옆집 여자에 대한 소문을 처음 들었을 때, 어유소는 북받치는 혐오감을 참을 수 없었다. 명문가의 세거지는 아니지만 장안에서 제법 부촌으로 알려진 동네에 어쩌다 행실이 좋지 않은 여자가 흘러들어왔는지 불쾌감마저 들었다. 하지만 문득 아녀자의 일에 지나치게 화를 내고 있는 자신이 이상스럽게 느껴졌다. 그녀의 타락이 그를 흥분시켰다. 그녀의 방종이 그를 피 끓게 했다. 대문 앞에서 그녀와 마주친 순간 비로소 깨달았다. 그녀는 자신이 놓치고 온 무엇, 욕망하는 무엇, 그러면서도 차마 드러낼 수 없는 무엇을 고스란히 가지고 있었다. 남의 눈과 남의 입과 남의 잣대에 저당 잡히지 않는, 그녀의 삶은 전선처럼 간명했다.

"너무 늦게 자네를 만났네. 지금껏 헛되이 보낸 세월이 분하고 억울하도다!"

산전수전을 다 겪은 백전노장이 애먼 싸움에 탕진한 시간이 아까워 끌탕하였다.

"사랑의 때가 따로 있나요? 술은 분위기에 따라 늘어가고 나이는 정을 좇아 젊어진다지 않습니까?"

깊고 뜨겁고 야들야들한 속살처럼 그녀의 말은 마디마디가 달콤하고 부드러웠다.

"내가 이제 와 무슨 주책인지 모르겠네. 세월의 서리가 내려 머리가 이리 허연데……"

말마따나 신줏단지처럼 모시던 조상들의 신주 앞에서 어유소는 그야말로 벌거벗은 채 벌거벗은 아이처럼 부끄러워했다. 그의 위선이 가소롭고 그의 가식이 안타까워, 그녀는 나긋나긋한 손으로 백발을 쓸며 이야기했다.

"옛적에 어느 낭관이 늙어 머리와 수염이 세자 처첩들에게 흰털을 뽑으라고 시켰다지요. 그러자 첩은 애인을 젊게 만들려고 흰털을 뽑고, 부인은 남편이 젊어져서 첩들의 인기를 차지할까 걱정하여 검은 털을 몽땅 뽑았답니다. 결국 그 낭관은 어찌 되었을까요?"

"어찌 되었는가?"

"깔깔, 정말 모르시겠어요? 머리카락과 수염이 몽땅 뽑혀서 하나도 남지 않았으니 까까중이 되어버리고 말았지요! 하지만 달달(達達)*은 걱정하지 마세요. 저는 세상에 검지 아니한 모든 것을 사랑하니까요!"

* 본래 아버지를 뜻하는 말로 연인의 애칭으로도 쓰임

싱싱한 몸에 애교와 재치까지 넘치니 어유소는 그녀에게 홀딱 반해버렸다. 중신의 신분에 조상을 모신 사당에서 오입질을 했다는 죄책감이 일거에 날아갔다. 이제껏 필사의 인내로 거둔 성공에 이 정도의 보상은 받아야 마땅하다고 쉽게 믿어버렸다.

— 장자야는 여든아홉까지 살면서 여든다섯에 젊은 첩을 얻었다지 않나? 게다가 당대의 문사인 소식이 축하 시까지 써주었다지!

"다시 만날 수 있겠나? 약속해 주겠나?"

"글쎄요…… 아무리 피접해 산다 해도 보는 눈이 무서우니 지척이 천 리라지 않았습니까?"

"그러지 말고 자, 여기, 이걸 받아두게."

"이게 뭡니까? 웬 옥가락지인가요?"

"훗날 반드시 다시 만나겠다는 신표(信標)일세. 꼭 다시 만나세. 자네는 내 인생의 마지막 행운이야!"

겉은 검어도 속은 흰 까마귀와 반대로 겉은 희고 속이 검은 어유소의 정표가 그녀의 가냘픈 손가락에서 새파랗게 빛났다.

나비를 좇다

"정말이오? 이걸 옆집 늙은이가 신표라며 당신에게 주었다고?"

"제가 뭣하러 거짓말을 하겠습니까? 옥방에 가져가 물어보니 중국의 명옥 중에서도 우리나라에서 쉽게 구할 수 없는 감숙(甘肅)의 녹송석으로 만든 지환이라 하더이다."

"하긴 해씨(該氏)*가 여러 차례 북방에 출전해 무공을 세웠지……. 하지만 전날 당신에게 말한 대로 그는 어느 문인 못잖게 점잖고 단정하기로 소문난 사람인데……."

* 바로 그분 또는 그 양반의 대용어

이난은 그녀에게서 건네받은 옥가락지를 살펴보며 더덜더덜 말을 흐렸다. 우찬성 어유소가 그녀에게 손을 뻗어 밀통했다는 사실은 충격이 아닐 수 없었다. 게다가 다른 장소도 아닌 집 안의 사당에서! 천 길 물속은 알아도 한 길 사람 속은 모른다지만, 그 방정한 품행이 '무인답지 않음'을 문인들에게 인정받은 어유소까지 그러리라곤 생각지 못했다.

"무얼 보아 그만은 다르리라고 믿으셨습니까?"

"당신과 마주쳤을 때 사납게 노려보았다 하지 않았소? 멸시하는 기색을 숨기지 않고 단죄하는 눈빛까지 보냈다 하지 않았소? 당신에게 그런 눈길을 던질 수 있는 사내는 많지 아니한데, 어찌 그처럼 고결하고 강직한 모습 뒤로 음흉한 속내를 감쪽같이 숨겼단 말이오?"

배신감을 넘어선 허무함으로 고개를 절레절레 내두르는 이난을 보며 그녀가 픽 웃었다.

"외람된 말씀이오나 나리는 아직도 사람을 믿으시는 겝니까, 아니면 모르시는 겝니까?"

"그게 무슨 말이오?"

"제가 염라국 이야기를 한 자락 들려드리지요. 언젠가 한 사람이 있었는데 몸을 정하게 하여 도를 닦고자 생전에 육식을 피하고 채식만 하였답니다."

그녀는 감성이 풍부한 시인이면서 재담에 능한 이야기꾼이기도 했다. 시를 쓸 때 그녀는 애상에 젖어 있었지만 재담을 엮어낼 때 그녀의 눈은 장난기로 반짝거렸다. 이난은 시인과 이야기꾼을 모두 사랑했다. 슬픔과 익살을 동시에 즐겼다.

"드디어 그가 죽어 염라국에 가서 십팔 장관과 팔만 옥졸을 거느린 염라대왕을 만나게 되었는데, 무시무시한 염왕의 안전에서 당당하게 말했답니다. '저는 살아생전에 채식을 했으니 다음 세상에 잘 태어나게 해주십시오!'라고."

"흠, 중도 고기 맛을 보면 법당에 파리와 빈대가 남아나지 않는다는데 스스로 육미를 거부하고 풀떼기로 연명하는 고행을 했으니 그 정도야 당연한 소망이 아니겠소?"

"아마 그자도 나리와 마찬가지로 생각했겠지요. 그런데 염왕이 하시는 말씀인즉, '네가 채식만 했는지 어찌 알 수 있겠느냐? 그러니 일단 배를 갈라봐야겠다' 하였답니다."

"배를 가른다면, 죽이겠다는 뜻이오? 무슨 까닭으로?"

"아아, 이토록 우직스런 친친(親親)*을 어쩔꼬? 걱정 따위는 붙잡아 매소서. 살아도 한 번 죽어도 한 번이니 이미 죽은 자가 다시 죽을 일이야 있겠습니까?"

* 마음에 두고 있는 사람에 대한 애칭

그녀가 이난의 고지식함을 놀리며 깔깔대다가 갑자기 얼굴을 바싹 붙이고 속살거렸다.

"그런데 그자의 배를 갈라보니, 그 속에 무엇이 가득 차 있었는지 아시겠습니까?"

그녀의 향기는 언제나처럼 달콤하고 싱그러웠다. 이난은 자신도 모르게 꿀꺽 침을 삼켰다.

"그래요, 침이지요! 남이 맛있는 고기반찬을 먹을 때마다 곁눈질하며 흘렸던 침이 그자의 배에 그득그득 고여 있었던 것이지요. 고결! 강직! 금욕? 정절? 입으로 그런 말들을 소리 높여 떠들어대는 자들일수록 정작 배 속으론 꼴깍꼴깍 도리깨침을 삼키고 있는 건 아닌지요?"

그녀는 조금 화난 듯 얼마간 통쾌한 듯 어쩌면 슬픈 듯도 보였다. 그런데 어찌하여 사랑하는 여인이 다른 사내와 통정한 이야기를 듣는 이난의 가슴이 뜨끈해지는 것인지, 그 해괴망측한 마음의 요사를 그는 도무지 이해할 수 없었다.

옥가락지를 건네주며 다시 만나자고 신신당부했던 어유소는 제가 먼저 약속을 깨고 말았다. 명나라에서 건주위를 토벌하는데 원군을 보내달라고 청하자 조정은 그를 대장으로 임명해 군사 일만을 이끌고 황제의 군대를 돕도록 하였다. 하지만 국경 지대인 만포진에 이르렀을 때 압록강의 얼음이 얼어붙지 않아 건널 수 없음을 알고 그는 그대로 군사를 파하고 돌아왔다. 그러자 혹한과 삭풍에 손가락과 발가락이 얼어 썩어 들어가는 일 따윈 까맣게 모르는 문신들은 조종 이래 성심껏 섬겨온 상국의 명령을 거역했다고 펄펄 뛰었다. 어유소는 졸지에 죄인이 되어 양근군*으로 귀양을 가고 말았다.

"사람은 가도 봄은 오기 마련인 것을!"

인연이 없으면 물 한 바가지도 얻어 마실 수 없는 법이다. 그녀는 새로 맞춘 봄옷을 떨쳐입고 나들이 길에 나섰다. 세상을 놀이터 삼아 노닐기 시작한 지 어느덧 삼 년, 경자년 그해 봄은 유달리 화창하고 따스하였다. 꽃들이 꼬리에 꼬리를 물고 영롱하게 피어나 세상은 천 개의 등불을 한꺼번에 켠 듯 환했다. 촌음이 아쉬웠다. 한시도 골방에 틀어박혀 있고 싶지 않았다. 삼 년을 하루같이 지켜본 이난이 불안해할 정도로 그녀는 명랑하고 생기발랄했다.

"그 봄이 다시 가듯 새로운 사람이 오는 것도 당연한 것을!"

그녀는 이제 더 이상 팔뚝과 등에 사랑을 새기는 일 따위는 하지 않았다. 그조차 집착이었음을 깨달았기 때문이었다. 헤어

* 경기도 양평 일대

지는 순간 모든 것을 잊었다. 만난 순간에 온전히 충실했기 때문이었다. 그리하여 미련도 후회도 없었다. 비로소 거짓이 아닌 허(虛), 진정으로 껴안아야 할 허를 알기 시작한 것이었다.

사람들은 무한히 살 것처럼 하루하루를 탕진한다. 눈꺼풀이 푹 꺼지고 입술이 바싹 마르고 귓밥이 축 처져 당장에 죽을 기미를 보이는 이조차 영원한 미래를 믿어 의심치 않는다. 삶을 믿지 못한다는 사실이 죽음을 끌어들이기라도 하는 양 필사적으로 저항하며, 죽어서도 귀신으로나마 이승과의 끈을 놓지 않으려 버둥질한다. 영원히 살 줄 알기에 미워하고 싸우고 욕심낸다. 부와 권력과 명성 따위에 미련의 삭은 동아줄을 건다. 명분과 도리로 올무를 만들어 제 목에 걸다 못해 남의 목에 씌운다. 하지만 확고부동한 건 하나뿐이다. 삶은 유한하다는 것, 언젠가 반드시 끝난다는 것. 허무를 부둥켜안고 얼크러져야 하는 까닭은 그것이 바로 삶의 본령에 닿아 있기 때문이다.

사내들은 그녀의 아름다움에 매혹되었다. 그들은 그녀를 꽃이라 불렀다. 풍염한 모습에 세련된 맵시가 모란이요, 청초한 자태와 그윽한 향기가 매화요, 요염한 색감이 복사꽃이요, 우아하고 귀티가 흘러 난초라 하였다. 그들의 꽃노래는 찬란하고 화려했다. 하지만 그녀는 이내 그들의 꽃놀이에 구경감이 되는 데 싫증이 났다. 발도 다리도 없는 붙박이로 하염없이 나비와 벌을 기다리고 싶지 않았다. 그리하여 스스로 뿌리를 저버렸다. 나비를 좇아, 꽃이 움직이기 시작했다.

그해 춘삼월에는 식년시가 있었다. 과거를 치르고 합격자가 발표되면 길일을 택해 방방의*가 거행되고, 이후 도성에는 재미난 볼거리가 생겨났다. 급제자들이 사복시에서 보내준 좋은 말과 무동을 이끌고 한바탕 유가(遊街)**를 벌이는 것이었다. 악수들이 연주하는 장구와 피리 소리와 함께 "에라 게 물렀어라!" 구종 별배의 기세등등한 벽제 소리가 요란했다. 재인은 재주넘기와 곤두박질을 하며 흥을 돋웠다. 비단 채화와 공작 깃털로 장식한 초립을 쓰고 비단옷을 입은 광대는 익살스러운 막춤을 추었다. 남녀노소는 웃고 떠들며 구경 값으로 칭찬의 말을 한마디씩 던졌다.

"아씨, 저 광대가 궁둥춤 추는 것 좀 보세요! 아이고야, 배꼽이 빠지겠네……."

장미가 옷소매를 잡고 흔드는데도 왠지 반응이 없었다. 그

* 임금으로부터 과거의 합격 증서를 수여받는 의식
** 과거 급제자가 시가행진을 벌이고 시험관과 친척 등을 찾아보던 일. 보통 사흘에 걸쳐 행함
*** 벼슬을 하지 않고 세속을 떠나 산골에 파묻혀 글이나 읽고 지내는 선비

녀의 눈길은 어사화를 꽂은 마상의 미소년에게 꽂혀 아무도
모르는 세상으로 흘러들고 있기 때문이었다.

  금의환향과 공명 출세야말로 남아대장부가 할 일이라는 소
리를 귀에 딱지가 나고 못이 박이다 못해 싹이 나도록 들었다.
젖니가 빠지면서부터 『천자문』을 외우며 오직 하나의 목표가
과거 급제였다. 과거 급제는 개인의 영광일 뿐만 아니라 가문
의 영광이요 고을의 영광이었다.

  홍찬은 조선에서 지체가 높기로 열 손가락 안에 꼽히는 벌
열의 자제였다. 하지만 그의 아버지는 시험 운이 없어 번번이
낙방거사의 신세를 면하지 못한 가난한 선비였다. 집안을 일
으킨 것은 어머니였다. 어느 고을에 박학다문하나 불운한 젊
은 선비가 살고 있다는 소문을 들은 홍찬의 외조부는 보쌈
하듯 그를 데려와 고명딸과 혼인시켰다. 이재에 밝아 재산을
크게 일구었으나 집안이 보잘것없었던 외가는 모든 것을 차치
하고 가문과 학맥의 배경이 필요했다. 금세대는 어차피 망했
다. 아무리 용을 써도 산림처사***이거나 치부꾼밖에 되지 못
한다. 하지만 명예와 돈이 만나 생산한 후세대는 다를지니, 외
조부는 현재를 포기하고 미래에 투자했다. 사조(四祖)인 부와
조부와 증조부, 그리고 외조부의 이름은 과거의 시지에 기록

될뿐더러 신도비*에 새겨져 길이길이 보존되었다. 입신양명하여 부모의 이름까지 빛내는 것이야말로 효의 최고요 최종이 아니던가!

최후의 효자를 운명으로 삼아 태어난 홍찬은 아쉬울 것이라곤 없는 귀동자로 자라났다. 아무것도 몰라도 좋았다. 어머니가 다 알고 있었다. 아무것도 하지 않아도 좋았다. 어머니가 다 해주었다. 오로지 알아야 할 것은 학문이요 해야 할 일은 공부였다. 기실 홍찬은 글공부보다 활쏘기에 더 재주가 있었다. 하지만 서당 친구들과 함께 나무활을 매어 전쟁놀이를 하고 돌아온 날, 어머니는 어린 홍찬 앞에서 서까래에 목을 매는 소동을 벌였다.

"네가 어미를 잡아먹는 올빼미가 되려느냐? 네가 할 일은 실력을 갈고닦아 과거에 급제하는 것뿐인데 어찌 시시풍덩한 잡기에 빠져 황금 같은 시간을 허비하느냐? 너 같은 적자(賊子)**에게 희망을 걸고 애면글면해 온 내가 정신 빠진 년이다! 어미가 자식을 버릴 수는 없으니 이 꼴 저 꼴 안 보려면 내가 자진하는 수밖에 없도다!"

* 임금이나 종이품 이상의 벼슬아치의 무덤 동남쪽의 큰길가에 세운 석비
** 불충하거나 불효한 사람

울며불며 매달려 용서를 구한 끝에 어머니는 비로소 명주 수건을 풀고 내려왔다. 다음 날부터 홍찬은 서당을 그만두고 독선생 앞에서 저린 발을 참으며 글공부를 했다.

머리가 굵어져 툭하면 명주 수건을 감아쥐고 의자 위에 기어오르는 일이 암수거리에 다름 아님을 알아챈 뒤에도 홍찬은 어머니의 겁박에서 벗어날 수 없었다. 고고한 척 신선놀음 하는 아버지의 무능력보다는 비속할지라도 어머니의 잣대질이 현실적일 수밖에 없음을 깨달았기 때문이었다.

"문과에 급제해야 실직을 제수받을 수 있지 않은가? 그 가운데도 넷 중 하나만이 청요직에 오를 수 있음에랴! 넷 중 셋이 될지라도 끝끝내 문과에 합격하지 못한 자들과 어찌 비교할 수 있을까? 사인이니 거사니 말은 좋다만 결국 평생토록 '길 떠나는 나그네' 신세가 아니던가?"

기어이 이기기 위해서, 적어도 지지 않기 위해서, 홍찬은 세상모르는 글방도련님을 자처했다. 엉덩이에 굳은살이 박이도록 사서오경을 들이파며 어머니가 족자로 만들어 방 안에 걸어준 송나라 진종황제의 「권학시(勸學詩)」로 마음을 달랬다.

집을 부유하게 하기 위해 좋은 밭을 사려 하지 말라

富家不用買良田

책 속에는 본래부터 많은 곡식이 있다네　　書中自有千鍾粟

장가가려는데 좋은 중매가 없다고 한탄하지 말라

　　　　　　　　　　　　　　　　　　娶妻莫恨無良媒

책 속에는 얼굴이 옥같이 예쁜 여인도 있다네　書中有女顔如玉

　관구자부(官久自富)라, 벼슬자리에 오래 있으면 저절로 부자가 된다고 했다. 재복이 염복이라, 당연히 여자도 얻는다고 했다. 어쩔 수 없었다. 황제와 어머니를 믿는 수밖에.

　알은 부화해 애벌레가 되고, 애벌레는 허물을 거듭 벗어 번데기가 되고, 번데기는 마침내 껍데기를 찢고 나비가 되어 날아오른다. 하지만 깨어져야 할 때 깨어지고 찢겨야 할 때 찢기지 못한 나비는 꽃향기를 좇아 나는 법을 모른다. 그럼에도 불구하고, 나비는 아름다웠다. 홀홀 홀연히 나풀나풀 나부대며 봄빛으로 가득한 천지간을 넘놀았다. 자연계와 인간계의 이치가 다르기에 다행이었다. 꽃을 모르는 나비는 위태롭지만 계집을 모르는 사내는 흥미로웠다. 끔찍한 욕망과 잔인한 통제 사이의 짧은 순간, 동정의 젊은 사내만큼 아름다운 위험은 없었다.

* 과거 합격자 명부

떠들썩한 유가 행렬에서 스쳐보는 순간 알았다. 머지않아 반드시 다시 만나게 되리라는 사실을. 열망에서 비롯된 그녀의 착각일지도 모르지만, 마상에서 흔들리던 미소년의 눈길이 문득 그녀에게 닿았다 흩어졌다. 거칠음과 부드러움, 두려움과 열정이 얽히고설킨 눈빛이었다. 일별만으로 깊숙하고 아득한 곳에 불꽃이 너울거렸다. 온몸으로 느껴진 예감은 과연 틀리지 않았다. 성균관 학유로 등용된 홍찬은 재정을 담당하는 양현고가 귀속된 호조에 자주 드나들었는데, 그 길이 마침 그녀가 시전을 찾을 때 오가는 곳이었다.

꽃은 어떡하면 나비를 붙잡을 수 있을지 고민했다. 나비에게는 나비의 방식으로 다가가는 수밖에 없었다. 뿌리 없는 꽃, 뿌리를 배반한 꽃이 사뿐사뿐 나비를 흉내 내어 날아갔다. 그리고 그 가볍고 연삭삭한 꽃잎으로 슬쩍 나비를 건드렸다.

"나를 기억하오?"

그녀의 향기로운 옷소매가 얼굴을 스치자 홍찬의 낯빛이 봄꽃처럼 붉어졌다.

"누구……십니까?"

"정녕 나를 모른단 말이오? 이거 참, 방목(榜目)*에 이름을 올린 사람의 기억력이 이 정도일 줄은 몰랐네!"

아름다운 그녀의 얼굴에 못마땅한 기색이 숨김없이 드러났다. 당황한 홍찬은 그녀를 기억할 수도 하지 않을 수도 없었다.

"유가하는 와중에 구경꾼들 사이에 섞여 있던 나를 희롱하지 않았소? 무고한 아녀자에게 은근한 눈짓, 능글맞은 웃음을 던져놓고도 모르쇠를 잡겠단 말이오?"

그녀가 다다다 쏘아붙이자 홍찬은 어쩔 줄 몰라 쩔쩔매었다. 애초에는 그녀가 기억나는 듯도 기억나지 않는 듯도 하였으나 지금은 반드시 기억하고 싶어졌다. 그녀는 홍찬이 태어나 한 번도 본 적이 없는 절세의 미녀였다. 홍찬은 여자를 책에서만 만났다. 책은 한목소리로 밝은 덕으로 주나라 문왕을 이끈 태사, 초나라 장왕이 패주가 되는 것을 도운 번희를 칭송했다. 은나라를 망친 달기, 주나라를 패망시킨 포사, 한나라 성제의 성총을 가린 조비연을 비난했다. 그런데 이상한 일이었다. 훌륭한 어머니요 아내라는 태사와 번희의 용모는 책 어디에도 묘사된 바 없는데, 요부요 악녀라는 달기와 포사와 조비연의 모습은 그린 듯 선연했다. 그리하여 홍찬은 자연히 여인이라는 알 수 없는 욕망의 대상을 상상할 때 그 나쁜 여자들을 떠올릴 수밖에 없었다. 지금 눈앞의 그녀가 바로 그녀들을 닮아 있었다. 위험하지만 거부할 수 없는, 위험하기에 더욱 유혹적인.

꽃이 나비를 이끌어 꿀을 빨게 하였다. 서툰 더듬이질에 간지러워진 꽃잎이 파르르 떨렸다.

"서두르지 마오. 두려워 마오. 이건 배우지 않고도 풀 수 있는 문제라오."

나비는 제가 여전히 애벌레인지 비로소 나비인지 분간치 못했다. 앳된 얼굴은 긴장으로 창백했지만 음경은 이미 터질 듯한 용대를 곧추세우고 발기해 있었다. 꽃이 다가가 나비를 삼켰다. 머뭇거리던 나비가 허겁지겁 꽃을 마셨다. 무지와 공포, 갈망과 격정이 젊은 몸뚱이를 사납게 휘저었다. 경험이 부족한 소년은 성마른 욕정에 쉬이 휘둘렸다. 따뜻하고 부드럽고 축축한 꽃 속에서 허우적대며 낯선 흥분으로 벌떡거렸다. 그녀가 소년의 엉덩이를 세게 꼬집어 조급증을 경계했다. 꽃의 반란이 시작되었다. 사내가 된 듯한 쾌감, 계집이기 이전의 쾌감, 사내도 계집도 아닌 듯한 쾌감이 그녀를 압도했다. 마지막 순간, 꽃잎이 날개가 되어 솟고라졌다. 그녀는 사내처럼 파정하였다.

밤을 밟다

　장안을 떠들썩하게 만든 엽기적인 살인 사건이 세상에 알려진 것은 무술년 정월 대보름을 나흘 앞두고였다. 돈화문 밖 모화관 동쪽에 사는 황산수가 급히 달려와 자기 집 북쪽에서 여자 시체 한 구를 발견했다고 임금께 아뢰었다. 보기 좋은 시체가 있을 리야 없지만 돈화문 밖에서 발견된 변사체는 외양이 자못 참혹했다. 높은 곳에서 떨어진 듯 두개골이 깨어져 피와 뇌수가 뒤엉켜 흐르고, 얼굴과 목 사이에 칼자국이 낭자하

* 형조와 한성부와 사헌부

여 남아 있는 살점이 거의 없었다. 시체의 손발에 색흔이 있는 것으로 보아 여자는 노끈에 묶인 채 난자당하고 성 위에서 내던져진 듯하였다. 살점을 바르고 몸을 산산조각 낼 만큼의 분노와 원한, 살인자는 치밀하고 잔인한 자가 분명했다.

살인은 만국의 으뜸 범죄일뿐더러 도성에서 벌어진 살인 사건은 임금의 교화에 해악을 끼치는 중대사였다. 수렴청정을 마치고 친정을 시작한 지 삼 년째 접어든 임금은 침착하고 민첩하게 움직였다. 의금부와 형조와 한성부와 사헌부에 함께 사건을 조사하라 이르고, 여자를 죽인 자를 반드시 잡아야 하므로 사건 현장 부근의 인가를 집주인의 귀천을 가리지 말고 수색하라고 명했다. 하지만 엄동설한에 만신창이로 한데 내던져진 여자의 신원은 며칠이 지나도 좀처럼 밝혀지지 않았다.

삼사(三司)*의 실무자인 낭청들은 사방으로 탐문하는 과정에서 수상한 냄새를 맡았다. 시체가 발견된 현장을 중심으로 가까운 성안의 집을 수색하다 보니, 세조의 서자로 금상의 숙부뻘 되는 창원군 이성의 집 동쪽 산이 시체가 발견된 장소에서 가장 가까운 성곽에 면해 있었다. 일찍이 창원군은 종친의 지위를 내세워 수색 온 낭청들을 따돌렸기에 임금에게 귀천을 가리지 말고 수색하라는 전교를 받아내는 사유가 되기도 하였다. 창원군의 집 뜰은 깨끗했다. 핏방울은커녕 티끌 하나

없는 것이 도리어 괴이했다. 마침내 동산에 다다라 핏자국이 있는 끊어진 노끈과 머리털을 발견했는데 사체의 머리털과 길이와 가늘기가 일치했고, 창원군 집 사노의 속옷에 핏자국 두어 점이 남은 것도 찾아냈다.

그러나 물증과 심증은 있으되 사체의 신원이 여전히 미상이니 창원군과의 연관을 밝힐 길이 없었다. 사건의 실마리는 엉뚱한 곳에서 풀렸다. 누군가 악의적으로 시체를 처음 발견한 황산수의 양어미인 거평군의 부인을 범인으로 몰아 익명으로 투서했는데, 그 내력을 안다는 여종 가외를 공초하다 보니 여자 시체가 바로 가외의 팔촌 동생인 고읍지임이 밝혀진 것이었다. 더욱 놀라운 것은 고읍지가 창원군의 구사(丘史)*였다는 사실이었다.

창원군의 종 석산이 행랑의 처마에 고읍지를 매달았다. 종 원만이 주인의 명령에 따라 환도로 고읍지를 마구 찔렀다. 창원군이 고읍지의 시체를 성 밖에 던져버리라고 명하니 종 동량과 산이가 이를 따랐다. 이 끔찍한 한밤의 살육은 다름 아닌 꿈에서 비롯되었다. 꿈? 꿈!

---

* 임금이 종친 및 공신에게 구종으로 나누어 주던 관노비
** 어리석은 사람이 꿈 이야기를 한다는 뜻으로, 허황된 말을 지껄임

어느 날 고읍지가 같이 종살이를 하는 옥금에게 말했다.

"내가 지난밤 꿈에 홍옥형을 보았다."

홍옥형은 창원군의 여종 옥금을 첩으로 삼은 데 이어 고읍지에게 추파를 던져오던 난봉꾼이었다. 돼지 잠에 개꿈 같은 고읍지의 치인설몽(痴人說夢)**을 전해 들은 창원군이 어찌하여 살인마로 돌변했는지는 정확히 알려지지 않았다. 가외의 말대로 창원군이 고읍지와 간통하고자 눈독을 들이고 있었다면 치정에 얽힌 살인일 테다. 그것이 아니라면 마소나 다름없는 생구(生口)인 주제에 감히 사람 흉내를 내는 뒤넘스러운 노비들에 대한 분노의 폭발일지도 모른다. 그조차 아니라면 적자와 서자를 통틀어 세조의 늦둥이 막내아들로 조카인 임금보다 한 살이 적은 스물한 살 창원군의 광망한 기질이 꿈을, 은밀한 소망이거나 충동이거나 죄책감인 그것을 갈기갈기 찢어 산산조각 내고 싶었던 것, 다만 그뿐인지도.

기괴한 살인 사건의 수사는 창원군이 연루되었다는 사실이 확인되면서 이상한 방향으로 급물살을 탔다. 죄인을 심문하는 일에 영의정과 삼사의 당상 외에 종친인 월산대군과 밀성군이 참여하여 죄와 벌을 의논했다. 팔이 들이굽지 내굽지 않는 이치에 따라 이미 결론을 예정한 논의였다. 창원군이 끝내 죄를 시인하지 않고 후안무치하게 굴었음에도 '종묘와 사직에 관계되는 일이 아니니' 가내에 구금하는 수준에서 처벌이 그치고 말았다. 생사람을 매달고 찌르고 던져 죽인 종들도 다만 주인의 명령에 따랐을 뿐이라는 이유로 곤장을 맞고 변방의 노비로 보내는 선에서 선처되었다.

죄는 있으되 벌은 없었다. 기괴한 사건만큼이나 기괴한 결말이었다. 하지만 더욱 기괴한 것은 사건 조사가 진행되는 과정에서 엉뚱하게 불거진 조정 신료들의 논쟁이었다. 임금은 시체의 신원이 밝혀지지 않은 상태에서 사건의 빠른 해결을 위해 살인범을 고하는 자에게는 포상을 주겠노라 전지하였다. 양인에게는 벼슬을 주고 천인은 양인으로 면천시킬 것이며, 만약 노비가 고발한다면 당자를 종량(從良)함은 물론 친척들에게도 특혜를 주겠다는 것이었다. 그런데 이 특단의 조처가 자는 벌집을 건드렸다. 조정 대신들이 벌떼같이 달려들어 종이 주인을 고발하는 일은 있을 수 없다고 웽웽거리기 시작한 것이다. 그들은 입 모아 주장했다.

"만일 아무 집 종 아무개가 와서 우리 주인이 죽였다고 고발하면 국가에서 반드시 상을 내려 천인을 면하게 할 것입니

* 물건의 값 또는 물건 값의 비싸고 싼 정도

다. 이렇게 되면 듣는 자들이 말하기를, '아무개는 주인을 고발하여 양인이 되었다' 하여 남의 종이 된 자가 모두 두 마음을 품을 것이니, 이런 버릇을 자라게 할 수 없습니다!"

대신들의 터무니없는 아전인수에 임금은 기가 차서 반문했다. 이 사건은 정황상 거가대족이 벌인 짓이 분명하다. 그래서 동네 사람들이 알지 못하고 목격자 또한 나타나지 않는 것이다. 그런데 지금 한 나라의 대신이라는 자들이 노비가 주인을 고발해서는 안 된다는 이유로 잔인한 살인을 저지른 중죄인을 비호하고 있는 꼴이 아닌가? 하지만 대신들은 주인과 노비의 관계는 임금과 신하의 관계와 같다며 앙버텼다. 살인범을 못 잡는다고 나라에 큰 해가 있는 건 아니지만 강상 윤리가 무너지면 나라가 끝장이라며 국가 대계까지 운운하였다.

결국 창원군이 범인으로 밝혀지면서 논쟁은 흐지부지되었지만 사람의 목숨 값에도 금새*가 있으며, 양반들은 살인범죄보다 노주 구별을 중히 여긴다는 사실이 확연히 증명되었다.

"죽은 놈, 아니 죽은 년만 억울하구나!"

"죄지은 놈이 서 발을 못 간다더니 사람을 죽이고도 천 리를 가네!"

상전인 밀성군이 종친의 자격으로 심문에 참여했기에 밀성군 집 노비들은 사건의 내막을 자세히 알았다. 장안을 들썩대

게 했던 살인 사건이 용두사미가 되어버리자 누군가는 고읍지를 동정하고 누군가는 양반들의 이기심을 비난했다. 하지만 밀성군의 종 지거비는 추임새를 넣고 맞장구를 치는 대신 찬웃음을 흘렸다. 새삼스런 일이 아니었다. 눈물을 찍어내고 분통을 터뜨려봤자 바뀌는 것이 없다는 사실을 네오내오없이 알고 있었다. 노비의 고발을 허용하자며 대신들과 맞섰던 임금조차도 사건의 막바지에는 형장을 받으며 끝까지 승복하지 않았던 창원군의 종들을 일컬어, 노비는 주인의 일을 말하지 않는 것이 의리라 하지 않았던가?

억울할 때 분노하고 슬플 때 울지 않으면 인간은 천해진다. 비천함이 비굴함을 낳고 비굴함이 굴종을 낳는다. 굴종하기에 다시 비천해진다. 하지만 지거비는 기꺼이 머리를 조아리고 허리를 굽혔다. 죽은 고읍지보다는 살아남은 창원군의 종들에게 자기 처지를 돌라치는 편이 나았다. 상전에게 충성을 바치는 대가로 상전의 권세에 기댈 수 있었다. 처음부터 공평하지 않았다. 어차피 공정할 수 없었다. 그게 세상이었다. 그게 운명이었다. 노비로 태어나 노비로 자라 반드시 노비로 죽을 지거비는 교활하고 냉혹한 실제가였다.

해거름이 되어도 따가운 햇살은 좀처럼 시들지 않았다. 예년보다 이른 더위에 대끼며 종일토록 사역을 다닌 끝에 파김치가 되어 돌아오는 길이었다. 대문 고리를 막 잡으려던 지거비는 알 수 없는 예감으로 멈칫했다. 햇발이 점령해 하얗게 빛나는 길 끝에 현기증처럼 누군가가 나타났다. 움직이는 까만 점이 서서히 다가왔다. 몸짓과 발걸음에 대기가 흔들렸다. 달아오른 땅이 출렁였다. 바람 한 줄기가 붉은 흙먼지를 몰아왔다. 숨이 막혔다. 그녀였다.

아름다움은 행운이었다. 아름다운 축복이었다. 행운과 축복은 우러러 칭송되어 마땅했다. 하지만 지거비는 높으신 나리들처럼 멋들어진 말로 아름다움을 읊조릴 깜냥이 없었다. 그래서 어디선가 주워들은 대로, 남들이 말하는 것처럼 생각했다.

─하늘에서 내려온 선녀로구나!

상투적인 표현과는 별개로 지거비가 아름다움을 느낀 지점은 남들과 조금 달랐다. 그의 눈길을 가장 먼저 사로잡은 것은 잘록한 허리도 풍만한 유방도 아닌 그녀가 머리에 쓴 전모였다. 쏟아지는 햇볕을 가리기 위해 그녀는 대나무로 만든 틀 위에 기름 먹인 종이를 바른 전모를 쓰고 있었는데, 그 아래로 낮달처럼 하얀 얼굴이 감질나게 보일 듯 말 듯하였다.

─양반집 여인인가, 기생인가? 혹시 해 떨어지길 기다리다

못해 뛰쳐나온 성질 급한 백여우는 아닌가?

깃과 끝동과 곁마기와 고름에 자줏빛 회장을 꾸민 삼회장 저고리를 입은 것으로 보아 양반집 부녀자이거나 그만큼 사치할 수 있는 유일한 신분인 기녀일 터였다. 기생이라면 비단이나 베로 만든 검은 가리마를 전모 아래 드리울 텐데 얼굴을 빤빤하게 드러내고 있으니 백여우라고밖에 말할 수 없었다. 양반집 여인도, 기생도, 백여우도 아니라면? 지거비는 고개를 갸웃갸웃하고 눈알을 떼룩떼룩 굴리며 정체 모를 여인을 곁눈질했다.

문득 그녀가 턱밑의 매듭이 불편했던지 멈춰 선 채 끈을 고쳐 매었다. 그 겨를에 전모가 기우뚱 흔들려 벗겨지면서 까놓은 달걀 같은 얼굴이 매끈둥하게 튀어나왔다. 지거비의 가슴에서 어석더석한 바윗돌이 쿵 떨어졌다. 그녀는 온통 하얬다. 햇살을 튕겨내는 투명한 살갗이, 가벼운 한숨이 새어 나오는 반쯤 벌린 입속의 이들이, 손차양을 하기 위해 들어 올린 길고 가느다란 손이. 하얀 그림판 위에서 더욱 검은 눈동자와 더욱 붉은 입술이 햇살에 부딪혀 반짝거렸다. 지거비는 그때 다짐했다. 어떤 위험을 무릅쓰고라도, 반드시 그녀를 갖고야 말겠노라고.

지거비는 스무 살이 넘었는데도 아직 떠꺼머리총각이었다.

미남은 아니지만 추물도 아니고, 상전인 밀성군이 직접 나서기 껄끄러운 장사거래를 대신하며 떡고물도 제법 챙겼다. 손끝만 까딱하면 계집종들이 치마를 뒤집어쓰고 달려들 기세였고, 실제로 이런저런 샛길로 과부며 계집종들을 적잖이 취했다. 그런데 지거비가 약삭빠르고 수완 있음을 알아채 심복으로 삼은 밀성군은 혼사의 문제에는 굳이 뭉그대기만 하였다. 자신의 노가 남의 집 여종과 혼인해 낳은 자식은 고스란히 남의 집 재산이 되니 손해 볼 수 없다는 심산이었다. 노비의 몸값은 말 한 필 값보다 조금 쌌지만 여종을 팔 때는 배 속의 태아까지 값을 쳐서 받을 수 있었다. 밀성군은 지거비를 양인 여인에게 장가보내 아비도 새끼도 알뜰히 취하고 싶었다. 그런 꼼수에 희생되어 혼기를 놓친 사내종이 장안에 수두룩하니, 몸이 달고 맘이 타는 것은 남의 사정이었다.

그녀가 제 집에 들어가기 전 얼핏 지거비를 스쳐본 것도 같았다. 하지만 양반집 여인도, 기생도, 백여우마저도 노비를 길바닥에 뒹구는 돌멩이처럼 보기는 매한가지였다. 종으로 태어나 종으로 살면서도 자신은 여느 종들과 다르다고 마음으로 몸을 배반했던 지거비의 가슴에서 낯선 천불이 났다.

―양반들은 종년 간통을 누운 소 타기라며 우롱하는데, 황소가 뿔을 세우고 일어나면 양반을 집어타지 못할 게 무언

가? 두고 봐라! 내 반드시 널 먹어주마!

그녀 뒤로 닫힌 문을 노려보면서 지거비는 분노만큼의 욕정과 복수심만큼의 음심으로 히물히물 웃었다.

평화로운 밤을 지켜주는 별자리 수만큼 스물여덟 번 종이 울리면 도성의 사대문이 굳게 닫혔다. 백성들의 통행은 엄격히 금지되고 순라군들이 경계의 딱따기를 치며 야경을 돌았다. 인정(人定)*에서 파루(罷漏)**까지, 조선의 밤은 금기와 침묵으로 지켜졌다.

여름밤은 성장한 여인이 마지막으로 귀밑머리에 바르는 향수 한 방울같이 애초롬하다. 잔열이 가시지 않은 흙바탕에서 흐무러진 과일 향이 풍기고, 수선스런 어둠은 겹겹의 치마처럼 비밀스럽다. 그 비밀과 금기 사이로, 그녀가 빼죽이 얼굴을 내밀었다. 이마마한 깊이의 어둠이 좋았다. 알싸한 새벽 내음에 가슴이 설렜다. 어지러운 발길에 유린된 한낮의 길이 어둠으로 신성한 목욕을 마치고 다시금 말갛게 펼쳐져 있었다.

매일 태어나는 길, 새롭게 순결해지는 길을 밟아 밤마을에

---

* 조선 한양에서 매일 밤 10시경에 28번의 종을 쳐서 성문을 닫고 통행금지를 알리던 일
** 인정의 해제. 새벽 4시경인 오경삼점(五更三點)에 북이나 종을 33번 쳐서 알림

나섰다. 딸아이 번좌가 말이 트이면서 매양 어미를 찾아대는 통에 낮에 집을 빠져나오기가 쉽지 않아진 터였다. 잠시 바람을 쐬러 나섰다가도 마음이 부대껴 서둘러 귀가하곤 하였다. 그녀는 어떤 어미가 좋은 어미인지 알지 못했다. 여태껏 어미도 아비도 갖지 못한 고아처럼 외로움의 빈 젖을 빨며 살아왔기 때문이었다. 그리하여 번좌의 입에서 뭉개진 발음으로 새어 나온 '엄마'라는 이름을 처음 들었을 때 감격하기보다는 당황했다. 낯선 운명에 뒤통수를 얻어맞은 듯 어리떨떨했다. 탯줄에서 다시 탯줄로 이어진 끈질기고 척척한 인연……. 그녀는 찌르듯 아픈 죄책감과 더 멀리 도망치고만 싶은 충동을 동시에 느꼈다.

낮의 그녀와 밤의 그녀가 달랐다. 어미인 그녀와 계집인 그녀가 달랐다. 한 몸에 두 마음이 세 들어 사는 듯, 한 마음이 두 몸으로 나눠 사는 듯도 하였다. 그녀는 분열되었다. 하지만 발광하지는 않았다. 어쩔 수 없이 어미의 마음이 깃드는 것과 마찬가지로 어쩔 수 없이 뜨거운 몸을 포기할 수 없을 뿐이었다. 그녀는 종내 인정하고 말았다. 그 모두가 부인할 수 없는 그녀임을.

그런데 이상한 일이었다. 오늘 밤은 왠지 평소와 달랐다. 뒤통수가 따가웠다. 등짝이 근지러웠다. 끈끈하고 집요한 시선이 온몸을 핥듯 훑었다. 더욱 이상스러운 것은 그 수상한 기운이 머지않은 곳에서 스멀거리고 있다는 느낌이었다. 불길한 예감이 성큼성큼 다가왔다.

"파루의 쇠북이 울리려면 아직 멀었는데, 부인께선 어찌하여 밤을 틈타 나가시오?"

검은 그림자가 문득 그녀 곁에 우뚝하였다.

"아이고머니나!"

버마재비 매미 잡듯 불시에 일어난 일에 그녀는 외마디 비명을 질렀다. 하지만 소리가 입 밖으로 터져 나오기 전에 두툼한 손바닥이 그녀의 입을 막았다.

"쉿! 단잠을 자는 동네 사람들을 모두 깨울 작정이오?"

목소리는 은근했으나 어조에 밴 악의와 비열함은 선명했다. 범에게 열두 번 물려가도 정신만 놓치지 않으면 산다 했던가. 그녀는 정체 모를 괴한의 눈을 똑바로 바라보며 소리치지 않겠다는 뜻으로 고개를 저었다.

"하긴, 소리쳐봐야 부인만 손해요. 난 소피를 보러 나왔다가 야금(夜禁)에 꽃단장을 하고 나온 이웃집 부인과 마주쳤을 뿐이니까. 내 말이 무슨 뜻인지 아시겠소?"

* 새벽 1시에서 3시 사이

그녀가 알겠다는 뜻으로 고개를 끄덕인 후에야 괴한은 그녀의 입을 막았던 손을 걷었다. 찝찔하고 떨떠름한 맛이 입안에 남았다. 그녀는 가볍게 헛구역질을 하였다. 괴한은 그녀의 손목을 잡아채어 다시 그녀의 집 담장 아래로 이끌었다. 도움을 청할 사람도 없었지만 구해 달라고 소리칠 도리도 없었다. 그녀는 금기를 깬 여인이었고, 어둠에 스민 검은 그림자는 그 비밀을 덜미잡이하고 있기 때문이었다.

"야금을 어기셨으니 곤장을 맞아야 마땅할 텐데, 어디 보자, 지금이 사경(四更)*이니 스물다섯 대를 맞으셔야 하겠구먼요. 그런데 부인의 문제는 곤장 몇 대로 끝날 게 아닌 듯하오이다. 아녀자가 밤길에 분내를 풍기며 나섰다면 우물질을 하러 가겠소, 빨래를 하러 가겠소? 범이 날고기 먹는 줄은 삼척동자도 다 아는 일이 아니겠소?"

지거비는 발톱 아래 잔짐승을 두고 장난치는 맹수처럼 비열한 이빨을 거침없이 드러냈다.

"내가 크게 떠들어서 이웃 마을에 모두 알게 하면 장차 큰 옥사가 일어날 것이오."

"뭘…… 내게 무얼 원하는 게요?"

야심한 시각에 길목을 지키고 있었다면 이 모두가 우연은 아닐 테다. 동네에 사는 밀성군의 종이라면 그녀의 행적을 모를 리 없었다. 비밀을 탄로하겠다며 누군가를 겁박할 때 대개는 재물을 대가로 삼기 마련이다. 간통 현장을 목격하고 상대를 협박해 돈을 뜯어내는 경우 왕팔채(王八債)라는 이름으로 채무를 돈박하기도 하였다. 하지만 사내가 계집을 으르고 협박할 때는 돈에 앞서 몸을 요구하기 십상이니, 그녀는 흉한의 속셈을 짐작하면서도 다시 한 번 확인하려 물었다.

지거비가 킬킬 야비하게 웃었다. 그녀에게 눈독을 들인 후로 이리저리 들쑤셔 얻은 첩보가 드디어 빛을 발하는 순간이 왔다.

"사람에게 좋은 말을 하기는 어려워도 나쁜 말을 할라치면 금방이라도 문장 한 편을 지을 수 있다고 했소. 내 비록 일자무식이지만 부인에 대해서는 장시(長詩)를 지을 만큼의 글감을 가지고 있지!"

분노와 두려움이 반반 섞인 그녀의 눈동자가 어둠보다 깊은 먹색으로 빛났다. 넘치는 햇발 속에서 는실난실하던 모습은 온데간데없었다. 지거비는 잔인한 쾌감을 느꼈다. 얄궂게도 그 느낌은 허락받지 않은 꿈을 꾼 고읍지를 난도질하던 창원군의 그것에 가까웠다. 지거비는 누런 이를 드러낸 채 그녀에게 한 발자국 다가섰다. 지거비의 숨결에서 가학의 비린내가 났다.

"부인께서 게장을 그리 잘 담그신다면서? 다리가 아주 쫙쫙 벌어진다니. 문 앞에서 키질하는 취미도 여간 아니라 하더구먼. 혀로 빠는 솜씨가 대단하니까!"

추잡하고 음란한 말을 지껄이는 지거비의 얼굴이 잘못 구워 이지러진 귀면 기와 같았다. 그녀가 지거비를 집 안으로 불러들인 것은 물론 두려움 때문이었지만 뜻밖의 호기심이 깃든 탓도 있었다.

장미와의 관계에서 그러하듯 그녀는 상하귀천의 분별에 무감했다. 덕과 예로 포장된 명분과 분수의 논리를 혐오하기도 했다. 위정자들은 완강한 질서를 통해서만 세상이 평화로우리라 하였다. 그 평화로운 세계에서 노비는 별종(別種)이라고 불렸다. 양반은 물론 양인과도 격이 다른 천한 별종들은 부려먹을 때 외에는 상종하지 않으려 했다. 하지만 그녀는 범과 벗해 살며 새에게도 족히 마음을 둘 수 있는 여인이었다. 평화만이 아니라 혼란까지도 사랑했다. 불행은 오직 그것이 자신의 의지를 떠나 남의 손아귀에서 놀아날 때의 일이었다.

"마음이 있었다면 왜 진즉에 통할 길을 찾지 않았소? 허울을 벗은 알몸뚱이에는 신분도 격식도 따로 없거늘, 누구의 것은 양물이고 누구의 것은 좆이겠소?"

그녀는 꿈꾼 죄로 난도질당한 고읍지가 될 수 없었다. 우연으로 외간 사내에게 겁탈을 당한 뒤 희대의 음녀가 되어버린 세종 때의 유감동과도 달랐다. 사랑으로 다가오면 사랑으로 받을 것이었다. 사랑이 아닌 무엇으로 다가온대도 자신이 정한 사랑의 방식으로 받을 것이었다. 그녀는 기꺼이 게장을 담그고 키질을 하며 천하고 비열한 방법밖에 다른 길을 모르는 어리석은 사내를 달랬다. 상음(上淫)*의 쾌감으로 성급히 흥분한 지거비는 오래지 않아 씨물을 뿜으며 나가떨어졌다.

옷깃을 여미며 헝클어진 머리를 쓸어 올리는 그녀의 입매가 야릇하게 비틀렸다. 분노와 슬픔을 넘어선 야릇한 쾌감이 몸과 맘에 잔열처럼 남아 있었다. 지거비의 협박에 굴복해 동침하면서까지 지켜야 할 비밀은 없었다. 이미 그녀 자신이 지울 수 없이 크나큰 비밀이기에.

* 자기보다 지위가 높은 여자와 몰래 정을 통함

휘몰다, 먹구름

김계창은 패기발발하고 야심만만한 인물이었다. 삼십 대 중반이 되어서야 과거에 급제한 그의 소망은 종이품 이상의 품계에 올라 벼슬길에 올라보지 못하고 죽은 아비를 추증하고 집안을 일으키는 것이었다. 김계창은 시문과 경사에 능통하고 외교가로서 능란하여, 첫출사는 늦었으나 십육 년 만에 승정원 좌승지로 발탁되어 종이품 바로 아래인 정삼품에까지 이르렀다. 조상의 이름과 가문의 뒷배 없이 자수성가하기까지 우여곡절이 숱하였다. 오로지 진급하기 위하여 엽관* 운동을 한다는 평판을 듣기도 했고, 언관(言官)의 직책을 맡은 터에

'나는 어떠한 일에도 먼저 발언하려고 하지 아니한다'며 책임을 회피하는 모습을 보이기도 했다.

어쨌거나 그는 한결같이 부지런했다. 임금의 의중을 민첩하게 파악하고 발 빠르게 움직였다. 특히 사헌부와 사간원에서 일했던 이력으로 관리의 비행을 조사하고 탄핵하는 데 재주가 남달라 그의 손끝과 입부리에서 파면당하고 처벌된 이들이 숱하였다. 그즈음 김계창의 감시망에 포착된 인물은 평안도 가산 군수 김휘였다. 그는 어유소가 압록강의 얼음을 핑계로 군사를 돌린 바로 그 건주위 토벌에 참전한 공으로 승진되었는데, 인물의 됨됨이가 자못 고약하였다.

오입쟁이로 기방에 드나드는 건 무인들의 특권 아닌 특권이었다. 무예를 닦는답시고 활터에 갔다가 뒤풀이로 술판을 벌이며 활보다 물총을 더 많이 쏘았다. 그럼에도 문인들처럼 선유 놀음이며 화류 놀음으로 꾸미며 눈 가리고 아옹, 눈치 보는 척조차 하지 않았다. 오히려 큰소리를 탕탕 치며 오입질이 기개를 숭상하는 한량의 기본이라 하였다. 무인이라면 세상 물정을 잘 알아야 하고 물정을 알면 자연 정찰을 잘하게 되니, 출세를 하려면 기방의 단골이 되는 건 당연하다는 것이었다.

* 관직을 얻으려고 갖은 방법으로 노력함

똥에 파리 들꾀고 웅덩이에 모기 끓듯 술과 여자가 있으니 싸움과 말썽도 끊이지 않았다. 김휘는 앞서 의금부 도사 시절에 기생과 악공을 모아 쇠고기 안주에 거한 술판을 벌이다가 추국당한 이력이 있었는데, 이 되바라진 자가 풍악을 울린 곳이 다름 아닌 임금이 제사를 올리는 사직단 담 밑이었다. 근자에 이르러서는 기생에게 푹 빠져 정처를 소박하다 못해 머리카락까지 잘랐다는 추문이 떠도니, 김계창의 가시눈이 쏠리지 않을 수 없었다.

그런데 사헌부의 감찰과는 별개로 김계창이 김휘의 발자취를 좇다 보니 야릇한 발자국 하나가 발견되었다.

"김휘가 가산군으로 떠나기 전 인왕산 등과정에 활쏘기를 하러 갔다가 사직동에서 한 여인을 만났는데, 이 음남탕녀가 그 즉시 눈이 맞아 길가의 인가를 빌려서 정을 통했다 합니다요."

염알이꾼으로 심어놓은 시정아치가 고해바친 말이 김계창의 촉수를 묘하게 건드렸다.

"한눈에 통하여 남의 집을 빌려 들어갔다고? 그 겁 없는 계집이 기생이란 말이냐?"

"기생을 자처하기는 하나 기생은 아닙니다요."

"스스로 기생이라고 하는데 진짜 기생이 아니라고? 그럼 대체 무어란 말이냐?"

"그게 참……. 감히 아뢰기 면구하오나, 사족의 여인인 줄로 압니다요."

"뭐라고? 양반가의 여인이 길에서 처음 만난 사내를 따라 남의 집에 들었다고? 혹시 김휘가 완력을 써서 겁탈한 것이 아니냐?"

"소인이 들은 바로는 그게 아니온데……."

시장에서 장사를 하며 오만 잡설과 온갖 군상을 다 접한 빠꼼이조차 말문을 떼기 어려워하는 것을 보니 지금까지와는 사뭇 다른 속내평이 있는 듯했다. 김계창은 사냥꾼의 본능이 꿈틀거리는 것을 느꼈다. 무언가 대단한 사냥감이 비밀의 덤불 속에 웅크리고 있었다.

"어허! 사족의 부녀로서 모범이 되지는 못할망정 실행을 일삼다니, 대체 그 외잡스런 너울짜리의 이름이 무엇이더냐?"

"박가 성에 어우동이라는 이름을 가진 여인인 줄로 압니다요!"

어우동은 이미 장안의 유명 인사였다. 아는 사람은 다 알고 모르는 사람만 몰랐다. 우연히 잡은 꼬투리를 캐어 들어가다 보니 가히 반근착절(盤根錯節)*이라, 얽히고설키기가 한정 없

---

* 서린 뿌리와 얼크러진 마디

었다. 김계창은 처음에는 흥분하였고, 이내 당황하였고, 마침내 경악하였다. 난봉을 자랑삼는 김휘는 잔챙이에 불과했다. 방산수와 수산수, 임금의 친족의 이름이 마구 끌려나오는가 하면 어우동 자신이 종친인 태강수의 아내였던 것이다.

"이 무슨 해괴망측한 일이란 말인가? 도대체 이 일이 언제부터 시작된 것인가?"

김계창은 임금께 고하기 전에 최대한 정황을 파악해 보려하였다. 사람을 풀어 어우동의 본가와 주변을 살피는 한편 어쩌다 종친의 아내가 천하의 음녀가 되었는지 전후곡절을 조사했다. 그 와중에 사 년 전 태강수 이동이 기생첩인 연경비를 취하기 위해 정처인 박씨를 내쳐 종부시의 탄핵을 받았다는 사실을 알았다.

"그렇다면 지중한 왕명을 받들고도 태강수는 어우동과 재결합하지 않았다는 거로군. 과연 그때부터 어우동이 악심을 품고 사내 사냥에 나선 거라면⋯⋯?"

길게 잡아 삼 년하고도 반세였다. 그동안 어우동은 길갓집에 홀로 살며 수많은 사내와 생잡이로 놀아난 것이었다. 철저한 유교 국가를 만들겠다는 조정의 뜻에 정면으로 위반되는 일이 아닐 수 없었다. 재위 초부터 언문으로『삼강행실도(三綱行實圖)』를 인쇄해 배포하고 인수대비가 몸소『내훈』을 편찬해 여인들의 품성과 덕행을 강조했건만 그 모두가 무소용했다는 것이다. 더군다나 그 일이 생겨난 때가 하필이면 임금이 보령 스물이 되어 친정을 시작한 시기와 겹쳤다.

"어쩌다 사족의 딸이자 종친의 아내인 여인이 성화(聖化)*에 누를 끼치는 일에 앞장섰단 말인가? 이 일로 온 나라에 어떤 일진광풍이 몰아칠는지 두렵지 아니할 수 없도다!"

김계창의 눈앞에는 삼 년 전 부녀자의 재가를 금절하는 법을 두고 벌어졌던 큰 논쟁과 진노한 용안이 동시에 떠올랐다. 그때 삼정승을 비롯해 의정부와 육조의 고관 마흔여섯 명 중 마흔두 명이 재가법을 강화하는 데 반대하였다. 이미 『대전(大典)』에 재혼한 여인은 봉작할 수 없고 세 번 혼인한 여인의 자손은 청요의 직에 허락지 않는 조항이 있는데 부득이한 재혼까지 금할 수는 없다는 것이었다. 반대자들은 수절이랍시고 하다가는 당장 생계의 위협을 받을 수밖에 없는 과부의 현실을 말하였다.

"추위에 핍박하고 굶어 죽으면 또한 어찌 적은 것이겠습니까?"

마흔여섯 명 중에 마흔두 명을 뺀 나머지 네 명은 다른 의견을 내놓았다. 그들은 엄격한 도덕주의를 본령으로 삼는 정

---

* 성인(聖人)이나 임금이 덕행으로써 사람이나 백성을 교화함

자(程子)의 말을 인용해 주장했다.

"실절(失節)하는 일은 지극히 크고, 죽는 일은 지극히 적사옵니다!"

굶어 죽는 자는 적지만 절의를 잃는 자는 많고, 굶어 죽는 것은 작은 일이나 절의를 잃는 것은 큰일이니 여인의 재가를 금해야 한다는 것이었다. 마흔두 명 대 네 명, 현실 대 이상, 삶 대 죽음의 대결은 결국 죽음을 담보로 삼은 이상주의자들의 승리로 끝났다. 임금이 고작 네 명뿐인 소수의 손을 들어 준 것이었다.

과부의 자식인 임금이 과부의 재가에 신경증적 반응을 보인 것은 특기할 만한 일이었다. 하지만 그보다 더 김계창을 자극한 것은 얼마 전부터 저잣거리에 나돈다는 괴소문이었다.

"참으로 황공무지하오나…… 장안의 무지한들이 개소리괴소리로 떠들기를, 어우동이 이 생원이라는 자와 은밀히 내통했다는데 그 이 생원이 다름 아닌……."

그때 스물네 살의 임금에겐 왕비가 없었다. 지난해 윤씨를 폐비하여 사저로 내보낸 임금은 종친을 접견하고 관사(觀射)한다는 구실로 승지와 사관을 물리치고 민간에 거둥하는 일이 잦은 터였다.

"내 모두 알았으니 그만 물러가도록 하라. 오늘 고해바친 말을 어디서라도 발설하면 네놈의 모가지도 성치 않으리라!"

염알이꾼을 물리친 김계창의 가슴이 우둔거렸다. 신실한 충정이 아니라면 득의지추(得意之秋)*의 예감이 그의 흉곽을 사납게 두들겨왔다.

한밤을 뚫고 달려온 그녀의 창백한 얼굴을 마주하는 순간 혈관 속의 피가 싸늘히 식었다. 마침내 때가 왔다. 제발 오지 말라고 기원하면서도 결국 오고야 말 것을 뻔히 알던, 마치 기다리기라도 한 듯 익숙한 순간이었다.

"그들이…… 나를 쫓고 있답니다."

항시 촉촉한 물기를 머금고 있던 그녀의 입술에 불안의 더뎅이가 버석거렸다.

"당신의 낯빛이 초지장 같소이다. 일단 들어와 한숨 돌리고 차근히 얘기를 나눠봅시다."

이난은 그 와중에도 자신의 별장을 도피처로 떠올려준 그녀에게 감사와 연민을 느꼈다. 위험을 뛰어넘는 사랑, 위험한 사랑이었다.

"하긴…… 영원할 수 있으리라 믿었던 건 아니지요. 듣는 사

---

* 일이 뜻대로 이루어졌거나 이루어질 좋은 기회

람은 있어도 듣지 않는 사람은 없으니, 방이 무너져도 사람이 죽지 않을 수 있지만 혓바닥으로는 사람을 깔아뭉개 죽일 수 있지 않습니까?"

시동이 내온 차 한 잔을 깨끗이 비운 뒤 다시 입을 연 그녀는 한결 차분해져 있었다. 비로소 꿈에서 깨어난 것뿐이었다. 화려한 감각의 나라에서 농탕치던 꿈, 아득한 찰나의 꿈, 다만 꿈이었던 꿈.

"순간순간 내 뜻대로, 마음이 시키는 대로 움직인다고 믿었으나 결국에 다다른 곳이 여기일 줄은 알면서도 몰랐네요."

욕망은 욕망하는 이를 알 수 없는 곳으로 데리고 간다. 허무와 위악이 뒤섞인 미소가 그녀의 깔밋한 입귀를 비틀었다.

"추포되면…… 어찌하려오?"

"죄를 지었다면 벌을 받아야겠지요. 비록 세상이 말하는 죄와 내가 인정하는 죄가 서로 다를지라도 말입니다. 세상의 죄를 내 한 몸에 떠안고 갈 수 있다면 그도 그리 나쁘지는 않을 것입니다."

자존심에 상처를 입은 여인은 얼음처럼 차가워진다. 하지만 그녀는 세상을 저주하며 스스로를 유폐하는 대신 그 추악한 세상을 온몸으로 껴안았다. 거칠고 질펀하게 부대끼며 선과 악, 미와 추, 높고 낮음의 경계를 지웠다. 그녀는 끓는 얼음이었다.

"어찌하여 당신만 죄인이란 말이오? 두 손뼉이 맞아야 소리가 나는 법인데, 사랑이든 통간이든 어찌 상대 없이 혼자 가능한 일이란 말이오?"

그녀는 고집스런 연인을, 변함없는 어리석음을 망연히 바라보았다. 기실 그녀는 스쳐 지나온 사내들에게 대단한 미련이나 미움이 없었다. 한때는 복수심과 반항심만큼 호기심이 있었고, 악심과 억심만큼 욕심도 품어보았다. 하지만 그 모든 마음은 차갑게 끓어 무겁게 날아갔다. 휘발되어 아무것도 남지 않았다. 흥분과 쾌락으로 뜨겁게 달아올랐던 몸은 오직 그 순간에만 오롯이 살아 있었다.

"나는 사냥을 했던 게 아니에요. 포획물과 전리품을 남기지 않았으니까요. 그저 각양각색 다종다양한 세계를 만났습지요."

이난은 그때의 황홀경을 회상하며 아슴아슴한 눈빛을 빛내는 그녀를 아프게 바라보았다. 고통 어린 쾌감이 그를 관통했다. 그녀가 말하는 세상에는 또한 수많은 종류의 쾌감이 있으니, 이난은 그녀의 비밀을 훔쳐보고 상처받으며 희열을 느꼈다. 남들의 눈에는 영락없이 오쟁이 진 쫄딱보일지 모르지만, 그녀를 품지 못하고 잠드는 밤에 그는 그녀를 더욱 깊이 이해하고 그리워했다.

"우리, 마지막으로 술이나 한잔 마셔요."

기억하지 못하는 전생에 이난은 그녀에게 큰 빚을 졌음이 분명했다. 그러하기에 금세에 이르러 이처럼 턱없는 상사채(相思債)를 지고 그녀가 주는 고통과 모욕과 분노와 상실까지 기어이 견뎌내고 있는 것이리라.

"이 밤이 지나고 헤어지면, 다시는 나를 안다 하지 마시어요……."

찬술에 젖은 그녀의 입술이 핏빛의 산호주처럼 빛났다. 마지막 사내가 되어 그녀를 안으며, 이난은 대답 대신 제 팔뚝에 새긴 그녀의 이름을 핥았다. 살가죽을 저며 벗겨낼지라도 스며든 묵향은 결코 사라지지 아니할 것이었다.

세상에는 어우동을 안다는 사내가 많았다.

어떤 자는 선술집에서 기생으로 변장한 어우동과 동침했다는 한량의 흰소리를 들었는데, 그녀는 과연 천하에 다시없는 요부라 하였다. 색기가 자르르 흐르는 미모에 감탕질과 요분질이 사내의 뼈를 작신 부러뜨리다 못해 녹일 정도이며, 깊은 우물은 비단처럼 매끈둥하면서도 호둣속처럼 겹겹이 주름져 있다고 했다. 그 미로에 빠지면 출구를 알아도 돌아 나올 수 없고 곤죽이 되어서야 겨우 나동그라지니 그야말로 명기 중 최고의 명기라는 것이었다.

그런가 하면 어떤 자는 정반대의 사실을 주장했다. 노름판에서 만난 색구(色驅)*가 모시는 상전이 어우동이라는 여자와 한동안 밀통하였는데, 그녀는 생각보다 그리 미색이 대단치 않았으며 옷매무새도 여염집 부인과 다를 바 없다 하였다. 하지만 잠자리에서 그녀는 지극한 헌신과 수긋한 희생으로 사내에게 최고의 기쁨인 정복욕을 담뿍이 선사한다고 하였다. 명령을 해도 투정을 부려도 개의치 않고 어떠한 요구라도 거절치 않고 받아주니, 어쩌면 자애로운 어머니이거나 수줍은 누이 같은 여태를 지녔다는 것이다.

그들과 또 다른 경험담을 전하는 자도 있었다. 그의 불알동무의 아는 사람이 우연히 길을 묻다가 만났다는 어우동은 어른의 몸을 가진 아이이거나 차라리 백치 같아서 금가락지도 아닌 은가락지에, 유밀과도 아닌 엿가락 몇 개에 가랑이를 서슴없이 벌리더라는 것이었다. 그 눅진눅진한 살에서는 조청 같은 애액이 흐르고 살짝 탄 듯한 단내가 났다나 어쨌다나.

엉뚱한 소리를 하는 자도 있었다. 다들 미색에 혹해 똥오줌을 못 가리지만 사실 어우동은 사나운 광녀라고 했다. 마음에

* 벼슬아치의 하인들 가운데 우두머리
** 새처럼 짧게 하는 성교

드는 사내가 있으면 앞뒤 가리지 않고 냅다 덮쳐서 새호루기**를 하고 달아나니, 당한 자는 제가 먹었는지 먹혔는지 분간할 도리가 없다는 것이었다. 정말 그렇다면 어우동은 광녀가 아니라 장난스런 낮도깨비일지도 모른다는 추측도 나왔다. 사람을 홀려 혼을 빼며 둔갑질을 하는 것이 꼭 도깨비 꼴이니, 보통의 도깨비는 한밤에 뿔을 치켜들고 과부를 찾지만 오죽한 도깨비가 낮에 사내에 환장한 계집의 꼴로 날까 하였다.

세상의 모든 여자가, 여자에 대한 환상이 그녀의 치마꼬리에 이끌려 나왔다. 치마폭 속의 은밀한 골짜기에서 조갈 난 사내아이들이 샘을 파고 금맥을 캤다. 따가운 볕에 벌겋게 달아오른 등판이 간질대며 아팠다. 꼬마 아이들은 발광하며 기묘한 쾌감을 향해 자맥질을 거듭했다. 아는 사람의 아는 사람에게 듣고 입에서 입으로 건너며, 끝내 어우동이라는 이름은 거대한 비밀이 되었다. 요녀이자 어머니이자 누이이자 아이이자 백치이자 광녀이자……. 올려보면 볼수록 커지고 내려 보면 볼수록 작아지는 도깨비가 되었다.

저자에 들끓는 앞뒤가 맞지 않는 소문들에 질렸다. 김계창은 이해할 수 없는, 이해하고 싶지 않은 것들을 털어 치우고 이해할 수 있는, 이해하고 싶은 것들을 추려서 마침내 임금 앞에 나아갔다.

김계창이 지금까지 모아 합친 소문과 사실을 아뢰니 임금은 자못 경악하였다.

"그게 사실이냐? 지금 죄인은 어디 있는가?"

"황공하옵니다. 태강수의 버린 아내 박씨는 죄가 중한 것을 스스로 알고 도망하였사옵니다."

"어쩌다 이런 일이, 이런 괴악망측한 일이 생겼단 말이냐?"

임금의 역린이 크다는 것을 낌새챈 김계창은 다시 한 번 힘주어 주청하였다.

"박씨는 처음에 은장이와 간통하여 남편의 버림을 받았사옵니다. 또한 방산수와 간통하여 추한 소문이 일국에 들리기에 이르렀사옵니다. 그런 데다 그 어미는 노복과 간통하여 한때 남편에게 버림까지 받았었다 하옵니다. 한 집안의 음풍(淫風)이 이와 같으니, 마땅히 끝까지 추포하여 법에 처치하여야 하옵니다!"

임금이 어성을 높여 하명하였다.

"끝까지 추포하라!"

경자년(1480년) 유월 보름날의 일이었다.

먹지 위 검은 한 점

아무것도 아닌 채로 사라져버리려는 듯 그녀는 아무것도 먹지 않고 아무 말도 하지 않는다 했다.

"아아, 어찌하려는가? 내 말뜻을 그리도 이해하지 못하는가?"

의금부의 감옥에 갇힌 이난은 죄와 벌을 홀로 짊어지려는 그녀 때문에 바싹바싹 피가 말랐다. 의금부까지 압송한 마당에 명백한 사증(辭證)*이 없을 리 없었다. 진상을 밝히기 위해 남은 절차는 두 가지뿐이었다. 하나는 죄인의 자복과 승복으로 일호의 의심도 없는 사증을 구비해 옥안을 작성하는 것, 다른 하나는 죄인의 자백을 이끌어낼 때까지 고문하는 것. 예로부터 통행하던 전례가 그러할진대 스스로 말하지 않는다면 모진 형신을 당하고서 말하는 일밖에 남아 있지 않았다.

보드라운 몸은 굵은 포승에 묶여 피멍이 들 것이다. 뽀얀 정강이는 모진 몽둥이질에 연시처럼 짓이겨질 것이다. 무릇 형신이 하루에 한 차례를 넘지 못하게 되어 있는 것은 그 과정에서 숱한 목숨이 죽어 나가기 때문이었다. 이난은 섶을 지고 불구덩이로 뛰어들려는 그녀를 이대로 두고 볼 수 없었다.

"어유소, 노공필, 김세적, 김칭, 김휘, 정숙지 등이 어우동과 통한 간부(姦夫)들입니다!"

이난은 그녀에게서 들었던, 장미로부터 확인했던, 어쩔 수 없이 알게 되었던 이름들을 하나하나 내뱉었다. 기실 그들과는 별다른 교분이 없을뿐더러 얼굴조차 본 적이 없는 자도 있었다. 하지만 그들이야말로 죽음의 나락으로 떨어지는 그녀를 지탱해 줄 유일한 동아줄이었다. 아무리 빈약한 썩은 줄이라도 한데 옭아매어야 마땅했다.

"어유소는 일찍이 어우동의 이웃집에 피접해 살았는데, 은

---

* 증인이나 증언
** 형벌의 한 가지로서, 죄인을 일정한 장소에 보내어 거주지를 한정하여서 귀양살이
　시키는 것
*** 경남 사천의 옛 지명

밀히 사람을 보내어 그 집에 맞아들여 사당에서 간통하고, 훗날 다시 만날 것을 기약하며 옥가락지를 주어 신표로 삼았습니다. 그런가 하면 김휘는 어우동을 사직동에서 만나 길가의 인가를 빌려서 정을 통하였습니다."

이난은 오직 그녀를 살리겠노라는 일념으로 고통스러운 기억을 되살렸다. 비웃음거리가 되어도 상관없었다. 미친놈 취급을 받아도 어쩔 수 없었다. 개똥밭을 굴러도, 땡감을 따 먹어도, 거꾸로 매달려도 이승이 좋다지 않는가. 사랑이든 사랑이 아니든, 그마저도 중요치 않았다. 다만 간절히 바라는 한 가지는 그녀가 살아 있어주는 것이었다.

추포되고 스무 날이 지난 칠월 초아흐레, 방산수 이난과 수산수 이기에게 먼저 책벌이 내렸다. 율(律)에 의하면 그들이 태강수의 아내인 어우동과 통간한 죄는 장(杖) 일백 대와 도(徒) 삼 년에다 고신을 모조리 추탈하는 벌에 해당되었다. 하지만 종친을 매로 다스리거나 가둬둘 수 없으니 장은 속전을 바치는 것으로 대신하고 고신을 거두어 먼 지방에 부처(付處)**하라는 명이 내렸다. 이난은 곤양***으로 귀양을 떠나며 그녀에게 마지막 전갈을 남겼다.

─예전에 유감동이 많은 간부로 인하여 중죄를 받지 아니하였으니, 당신도 사통한 바를 숨김없이 많이 끌어대면 중죄

를 면할 수 있을 것을 것이오!

　이난은 세종 때 유감동이 삼십여 명과 통간하고도 임금의 자비로 유배형에 그친 사례를 들어 그녀에게 삶의 끈을 놓지 말라고 종용했다. 임금이 수시로 세종과 세조를 자신의 사표(師表)라고 밝힌 것에 한 가닥 희망을 걸었던 것이다. 그녀는 구겨진 서한 위에 새겨진 이난의 절박한 호소를 뚫어지게 바라보았다. 모두가 그녀를 모른다 하였다. 만난 적이 없고, 만나도 통한 적이 없고, 통해도 정체를 몰라 속았다고 주장했다. 이난은 그녀와의 통정을, 사랑을 인정한 유일한 사내였다. 기묘한 미소와 함께 그녀의 입귀가 비틀렸다. 곧이어 그 비뚤어진 입에서 어유소, 노공필, 김세적, 김칭, 김휘, 정숙지, 홍찬, 박강창, 지거비…… 이름, 이름들이 또박또박 새어 나오기 시작했다.

　하늘마저 조바심하는 듯 천기가 철을 앞당겼다. 이른 장마가 끝나고 짧은 무더위가 찾아왔다가 한가위가 지나자마자 서리가 내렸다. 곡식이 채 익기도 전에 찾아온 추위에 근심을 더한 것은 느닷없는 우레와 우박의 변이었다. 임금은 곡식이 여물지 못해 백성들이 굶주릴 것을 염려하여 폐를 끼치지 않도록 삼도 순찰사를 소환했다. 또한 백성들에게 원통하고 억울한 일이 없도록 형벌과 옥사의 집행에 만전을 기할 것을 당부했다.

하지만 그 와중에도 백성들은 배곯을 걱정을 밀쳐두고 입방아를 찧기에 바빴다. 원통하고 억울한 숱한 죄인들을 제치고 그들의 관심을 끄는 것은 단 한 사람뿐이었다.

"일월성신풍우(日月星辰風雨)는 음양이 조화로워야 무탈하지 아니한가? 우레는 음기가 양기를 싸고 있어서 갇혀 있는 양기가 밖으로 나오지 못하면 폭발하여 일어난다는데, 온 나라에 음기가 가득하니 울울하고 심란한 일이 자꾸 생기는구나!"

글줄이나 읽고 쓴다는 양반들은 돌연한 우국충정으로 군기침을 쿨럭거리고,

"꼬리 아홉 개로도 모자란 요물이 사방팔방을 휘젓고 다녔으니 하늘이 화들짝 놀라는 것도 이상치 않지. 그 치마폭에서 놀아난 고관대작이 대체 몇이야? 입만 열면 도리요 명분이요 하더니, 지휘봉인 양하던 게 알고 보니 똥 친 막대기였구먼!"

천것 취급에 질린 민초들은 참기름을 찍지 않아도 고소한 쑥덕질에 신이 났다.

시간이 지날수록 말은 무성해졌다. 열에 일곱은 그녀를 욕하고, 두엇쯤은 그녀를 버린 태강수와 그녀와 더불어 놀아난 사내들을 욕하고, 나머지 하나는 그녀의 어미 아비나 뚜쟁

이 노릇을 한 종년이나 그런 분탕질조차 못해 보는 제 팔자를 욕했다. 어쨌거나 그들 모두에게 하나같았던 것은 잔인한 쾌감과 야릇한 호기심이었다. 어우동, 그녀는 과연 어떤 벌을 받을까?

중국에서 온 사신들에게 비야(鄙野)*의 치부를 들킬 수 없다는 명목으로 처결을 미루긴 했지만, 실로 어우동의 사건 심리는 세간의 관심에 비해 지나치게 더디게 진행되었다. 추포한 지 거의 두 달이 되어가도록 제대로 된 국문 한 번 열리지 않았다. 서둘러 방산수와 수산수를 귀양 보낸 것도 종친에 대한 왈가왈부를 막으려는 격리 조처에 다름 아닌 듯했다.

애초에 의금부에서 숨기고 자복하지 않는 자들의 국문을 청했을 때 임금은 알 수 없는 기준으로 차별화된 명을 내렸다. 박강창과 홍찬과 어우동 등은 형을 가하고, 어유소와 노공필과 김세적은 아직 추문하지 말고, 김칭과 정숙지와 김휘는 먼저 추문하여 아뢰라는 것이었다. 사헌부와 사간원에서는 사건의 진상을 밝히기 위해서는 어유소와 노공필과 김세적도 국문해야 마땅하다고 거듭 주청했다. 하지만 임금의 의

* 문화 수준이 낮은 시골구석
** 죄인을 죽여 그 시체를 여러 사람에게 보이는 형벌

지는 확고했다. 이난이 자기 죄를 면하기 위해 거짓으로 공술했을지도 모르는데 함부로 재상을 옥에 가둘 수는 없다는 것이었다.

곤양에서 고령으로 유배지를 옮긴 이난은 자신의 예상과 다르게 돌아가는 일에 짐짓 당황하였다. 고관대작들과 연루되었기에 중벌하지 못하리라는 계산이 틀린 모양이었다. 도리어 그 고관대작들을 보호하기 위해 그녀를 고립시켜 궁지로 몰고 가는 형국이었다. 그나마 추문으로 실정과 형적이 나타난 김칭과 김휘와 정숙지가 한 차례 형신을 마친 뒤 석방되었다는 소식을 듣자 불길한 예감은 더욱 짙어졌다. 임금은 다섯 번째로 국문하라는 주청을 거부했다.

"어유소와 김칭은 모두 방산수의 무고에서 나온 것이니 국문할 수 없고, 방산수는 종친이니 형벌하여 신문할 수 없으며, 어우동의 음란하고 더러운 것은 전고에 없는 것이니 마땅히 현륙(顯戮)**해야 하나, 곤장을 맞다가 죽을까 두려워서 형벌을 쓸 수 없다."

자비인가, 은폐인가? 임금의 말을 어디서부터 어디까지 믿어야 할까? 이난의 생각이 마음처럼 헝클어졌다.

태어난 지 한 달 만에 아비를 잃고 십여 년 동안 청상의 홀

어미 슬하에서 자라난, 벼락을 맞아 타 죽은 시체 앞에서도 얼굴빛 하나 변치 않았던 아이. 육 년간을 하루같이 대비전 세 곳에 문안 인사를 올리며, 낮밤과 계절을 잊고 스스로를 다그쳐 공부에 몰두했던 소년. 과부의 자식으로 과부의 재가를 엄금하고, 한때 지극히 사랑했던 여인을 하루아침에 서릿발같이 끊어 내친 청년. 머리로는 도학 군주인 세종을 추종하고, 몸은 변방의 무장이던 태조의 기질을 닮은 임금. 도덕과 법, 욕망과 이성, 기질과 학습이 스물네 살 젊은 왕의 내면에서 어떻게 충돌하고 타협하는지 그 누구도 쉬이 짐작할 수 없었다.

조선의 형벌 제도는 판결이 나는 즉시 형을 집행했다. 따라서 미결수들은 사형의 경우 한 달, 도형과 유배형의 경우 이십일, 장형의 경우 열흘 동안 옥에 갇혀 있는 것이 상례였다. 하지만 어우동 사건은 죄인을 추포한 지 두 달하고도 보름이 넘게 지난 구월 초이튿날이 되어서야 드디어 사건을 의논하는 장이 열렸다.

그보다 한 달쯤 전, 이난이 느닷없이 자신의 초사를 부정하는 소동이 있었다. 지금껏 공술한 사실들이 모두 무고라는 것이었다. 이미 저지른 죄와 별개로 무고는 또다른 중죄였다. 죄없는 사람을 고의로 해치려는 시도인 만큼 규정을 따로 마련해 엄벌에 처했다. 더구나 종친이 조정의 중신을 무고했다면 사안이 무엇이든 간에 중차대한 일이 아닐 수 없었다. 하지만 이난의 새로운 자백은 아무런 파장을 일으키지 못한 채 유야무야 덮여버렸다. 대질은커녕 단 한 번의 문초도 없었다. 대사헌 정괄이 차자를 올려 이 갑작스런 번복이 의심스러운 점을 조목조목 나열했다.

"조정에 가득한 대소 조관 중에 반드시 이 여섯 사람을 말한 것이 한 가지 의심스럽고, 어유소와 김칭 등이 통간한 상황을 매우 분명하게 말하니 두 가지 의심스럽고, 또 교분도 없는데 반드시 지적해 말하니 세 가지 의심스럽고, 김칭과 김휘와 정숙지 등은 본래 음란하다는 이름이 있다는 것이 네 가지 의심스럽습니다. 지금 만일 그들을 가볍게 용서하면 죄 있는 자를 어떻게 징계하겠습니까?"

하지만 네 가지가 아닌 사십 가지 이유로도 의심할 것을 의심하지 않고자 하는 임금의 외고집을 꺾을 수 없었다. 이난은 그제야 국문을 거듭 불허하는 임금의 마음을 읽었지만, 늦었다고 생각한 때가 정말 늦은 때였다. 임금은 이난을 끝까지 추궁해 진실을 알아내라는 청을 묵살하고, 이난의 죄가 위중하니 더 멀리 귀양 보내야 한다는 의견을 받아들였다. 이난은 곤양에서 고령으로, 고령에서 다시 벽지로, 그녀에게서 더욱더 멀어졌다.

어전에 든 중신들은 모두 열둘이었다. 영의정 정창손, 좌의정 윤필상, 우의정 홍응 등 삼정승이 있었다. 우참찬 현석규, 좌찬성 한계희, 우찬성 강희맹을 비롯한 의정부 관원들이 있었다. 승정원 도승지 김계창, 좌승지 채수, 좌부승지 성현이 있었다. 청송 부원군 심회, 광산 부원군 김국광, 영중추부사 이극배도 참석했다. 먼저 의금부에서 조율한 죄목과 형량을 아뢰었다.

"태강수 이동이 버린 처 어우동이 수산수 이기와 방산수 이난, 내금위 구전, 학유 홍찬, 생원 이승언, 서리 오종련과 감의형, 생도 박강창, 양인 이근지, 사노 지거비와 간통한 죄는 율(律)이 결장 일백 대에 유(流) 이천 리에 해당하옵니다."

어유소와 노공필 등 애초에 이난이 지목했던 여섯은 빠졌으나 구전과 이승언, 오종련, 감의형, 이근지 등 다섯이 더해져 구색은 한층 다양하게 갖춰졌다. 간부의 명단에 종친은 물론 문신과 무신, 양반과 양인과 노비까지 총망라되었다. 강제 간통인 강간만이 아니라 쌍방의 눈과 배가 맞은 화간, 상대를 유혹해 집으로 끌어들인 조간(刁姦)까지 내력도 풍부했다. 그러나 이것을 희대의 사건으로 만든 가장 큰 원인은 뭐니 뭐니 해도 치마를 펄럭여 태풍을 일으킨 어우동의 신분이었다. 그

녀는 백지 위에 떨어진 한 점 얼룩이 아니라 먹지 위에 번져나
간 더욱 검은 한 점이었다.

개국과 함께 정도전이 왕에게 지어 올린『경국전(經國典)』
이래 조선 조정은 수정 작업을 거듭하며 완성된 법전을 편찬
하기 위한 노력을 기울였다. 태조 때『경제육전(經濟六典)』, 태
종 때『속육전(續六典)』에 이어 세조 때『호전(戶典)』을 필두로
법전 전권이 편찬되었다. 하지만 미비한 부분을 수정하던 중
예종이 급작스레 붕어하니 완성과 시행의 책임은 차대로 넘어
오게 되었다. 건국 초창기부터 기본 법전인『경국대전(經國大
典)』을 만들려는 의지가 강고했던 것은 패망한 전조에게서 얻
은 교훈 때문이었다. 고려는 기본 법전 없이 왕법(王法)만으로
나라를 통치했다. 국왕이 제정한 법률로 나라를 다스린다는
것은 원칙이 따로 없다는 의미였다. 원칙의 기준이 없고, 원칙
이 후대로 이어지지 않는다는 뜻이었다. 그리하여 민간에 '고
려 공사(公事)는 사흘'이란 속담이 떠돌 정도로 정치와 사회가
불안정했던 것이다.

법은 만드는 일만큼 지키는 것이 중요했다. 정창손의 의견은
바로 이 '법대로' 사건을 처리하자는 것이었다.

"어우동은 종친의 처이며 사족의 딸로서 음욕을 자행한 것

이 창기와 같으니 극형에 처해야 마땅하옵니다. 그러나 태종과 세종 때 사족의 부녀로서 음행이 매우 심한 자는 간혹 극형에 처했다 하더라도 그 뒤에는 모두 율에 의해 단죄하였으니, 어우동 또한 그와 같이 율에 의해 단죄하소서!"

이극배가 이에 동의하며 설명한 바대로 태종조에 하천경과 통한 윤수의 처 제석비와 세종조에 조서로와 통한 이귀산의 처 유씨는 사형, 그것도 참형에 처해졌다. 하지만 그로부터 사 년 후 죄상이 더욱 큰 유감동 사건이 터졌을 때, 세종은 이전과 같은 '특단의 조치'를 취하는 대신 대명률에 따라 감동에게 장형을 부과한 뒤 변방의 관비로 내쫓았다. 실로 세종을 성군으로 만든 것은 업적만큼이나 큰 자기 성찰이었다. 후일 세종은 율 외의 형벌을 가한 것은 실로 잘한 정사가 아니었다고 후회하며, "남녀의 욕구를 어찌 법령만으로 막을 수 있겠는가?"고 물었다.

홍응과 한계희도 법에 따른 논단을 주문하며 임금이 애지휼지할 것을 호소했다. 기실 어우동 사건은 죄는 있지만 죄인이 없는 형국이었다. 나중에 번복한 이난의 자백을 제외하면

* 죄인이 자기 죄를 인정할 때에 너무 오래 속여서 미안하다는 뜻. 즉, 피의자의 자백
** 살상(殺傷)을 싫어하는 어진 마음

형벌을 집행하기 위해 꼭 필요한 지만(遲晚)*이 없었던 것이다. 아무리 혐의자들을 국문해야 한다고 주청해도 고관대작이랍시고 체모를 고려해 말로 을러대어 묻는 평문조차 할 수 없었다. 그러니 『서경』에서 말하는 대로 '허물이 없는 사람을 죽이는 것보다는 차라리 상법(常法)을 쓰지 않는 실수를 범하는 편이 낫다'는 것이었다. 채수와 성현도 법을 세우기 위해 법을 지켜야 한다는 의견을 펼쳤다.

"어우동의 죄는 비록 중하지만 율을 헤아려보면 사형에는 이르지 않습니다. 옛사람들이 이르기를 '법을 지키기를 금석과 같이 굳게 하고 사시사철 같은 믿음이 있게 하라'고 하였으니, 지금 만약 극형에 처한다면 법이 무너질까 두렵사옵니다!"

이와 같은 맥락에서 김국광과 강희맹은 법을 넘어서지 않는 한도의 절충안을 내놓았다.

"율에 설정된 법은 임의로 올리고 내릴 수 없는 것입니다. 만약에 일의 자취가 가증스럽다고 하여 율 밖의 형벌을 쓰게 되면 마음대로 율을 변경하는 단서가 이로부터 일어나게 되어 성상(聖上)의 호생지인(好生之仁)**에 해를 끼치게 될 것이옵니다. 청컨대 중국 조정의 예에 의하여 죄인을 저자에 세워 도읍의 사람들로 하여금 모두 보고서 징계가 되게 한 연후에, 율에 따라 멀리 유배하소서!"

열두 명 중 여덟이 법대로 해야 한다고, 법을 넘어서지 말아야 한다고 주장했다. 과연 『경국대전』의 반포와 시행을 목전에 둔 조정의 중신들다웠다. 하지만 극형인 사형에 대한 최종 결정권은 오직 임금만이 가지고 있었다. 임금에게 이것은 완전히 객관적인 남의 일이 아니었다. 사사로운 관계로 말하자면 어우동은 임금의 칠촌 숙모뻘이었다. 그것이 해가 될지 득이 될지는 알 수 없었다.

유교의 논리는 명분과 분수였다. 조선은 법률보다 유교적인 기강과 질서가 우선시되는 예치 국가였다. 흠휼(欽恤)*에 있어서도 마찬가지였다. 명분은 목숨보다 중요했다. 법은 허물어도 윤리는 허물 수 없다 하였다. 이 같은 원칙론에 뿌리를 둔 심회의 목소리가 높아졌다.

"어우동의 죄는 율을 상고하면 사형에는 이르지 않으나 사족의 부녀로서 음행이 이와 같은 것은 강상에 관계되니, 청컨대 극형에 처하여 뒷사람의 감계가 되게 하소서!"

삼강과 오륜에 어긋나는 행위를 저지른 강상죄는 반역죄와 더불어 가장 큰 범죄였다. 윤필상과 현석규도 사내의 반역과

* 죄수를 신중하게 심의함

328

계집의 훼절을 동급으로 다루는 시각에 동의했다.

"어우동은 명백히 강상을 무너뜨리고 성화에 누를 끼쳤사옵니다. 이런데도 죽이지 않는다면 음풍이 어떻게 그치겠습니까? 남녀의 정(情)은 사람들이 크게 탐하는 것이므로, 법이 엄격하지 않으면 사람들이 장차 욕정을 자행해 춘추시대 정나라와 위나라의 풍속이 이로부터 일어날 것이옵니다. 청하건대이 여자를 엄격한 법률로 처벌하여 나머지 사람들을 경계하소서!"

윤필상은 남녀가 애정을 탐하는 것이 자연스러운 일이라고인정했다. 하지만 그 본능과 욕망을 처리하는 방식은 결코 자연스럽지 않았다. 엄격한 법으로써, 그것도 여자에게만 중벌을 가함으로써 세상에 넘실대는 음풍을 잠재우겠노라는 것이었다. 한 사람을 본보기로 벌주어 백 사람의 경각심을 일깨우려는 일벌백계주의가 의지하는 것은 공포와 긴장, 그것이었다.

어우동 사건을 임금께 처음 고한 김계창은 열띠게 토론이진행되는 동안 용안에 스쳐가는 빛을 면밀히 관찰했다. 용상에 좌정한 임금은 한비자의 조언대로 신하들의 말에 좋고 싫음을 표하며 일일이 반응하지 않고 술 취한 듯 그저 듣고만있었다. 하지만 김계창은 임금의 가장 가까이에서 수족처럼움직이는 도승지였다. 아무리 무표정을 훈련해도 못마땅한 말에 미간이 실그러지고 듣고픈 말에 낯빛이 풀리는 변화까지 숨길 수는 없었다. 눈치가 빠르고 민첩해 세조에게서 '빠른 매'라는 별명을 얻은 윤필상도 이런 낌새를 채지 못했을 리 없었다. 그는 국사를 의논하는 데 있어서 언제나 임금의 뜻에 영합하는 말을 한다고 사림들에게 손가락질을 받던 터였다. 전후좌우의 사정을 톺아보건대 결론은 진즉에 내려져 있었다. 어쩌면 처음부터 정해져 있었는지도 모른다.

의논의 막바지에 이르러 임금이 김계창을 비롯한 승지들에게 물었다.

"경들의 뜻에는 어떠한가?"

김계창이 대답했다.

"어우동은 귀천과 친척을 논하지 않고 모두 간통하였으니 마땅히 극형에 처하여 나머지 사람을 경계해야 할 줄 아옵니다!"

좌승지와 좌부승지가 거듭 '법대로'를 외쳤지만 단단하게 굳어진 용안은 조금도 미동치 않았다. 마침내 임금이 하명하였다.

"의금부에 명하여 사율(死律)을 적용하여 아뢰게 하라!"

* 남의 말을 듣고 옳고 그름을 분별하여 앎
** 조선의 오형(五刑) 가운데 죄인을 중노동에 종사시키던 형벌

330

마흔여섯 명의 신하 중에 마흔두 명이 반대하고 네 명이 찬성하는 재가법 제정에 그랬던 것처럼, 임금은 열두 명의 신하 중에 여덟 명이 반대하고 네 명이 찬성하는 어우동의 사형에 소수의 손을 들어주었다. 다수가 옳으리라는 법이 없는 것처럼 소수가 그르리라는 법도 없었다. 그러나 기어이 다수의 목소리에 귀를 틀어막고 소수의 주장에만 귀를 기울이는 것은 기묘한 일이었다. 그것이 권력자의 아집이든 왕권에 대한 자신감이든, 어느 쪽도 군주에게 합당한 지언(知言)*의 자세는 아니었다.

실절한 여인 어우동에 대한 임금의 증오는 사뭇 정도를 벗어난 것이었다. 어우동을 겁탈한 지거비가 도형(徒刑)**을 속바치도록 허락한 데 대해 대간들이 처벌을 주청하자, 임금은 처음에 들어주지 않다가 이후 먼 고을의 종으로 보냈다. 통간을 강간보다 무거운 죄로 취급한 것이었다. 사족과 노비의 신분 격차는 자못 크지만, 지거비는 사내요 어우동은 오갈 데 없는 계집이기 때문이었다.

다시 한 달 보름이 지난 시월 열여드레, 의정부에서 수정한 죄안을 가져와 아뢰었다.

"어우동이 전에 태강수의 처가 되었을 때 수산수 등과 간통한 죄는 『대명률(大明律)』의 '남편을 배반하고 도망하여 바로 개가한 것'에 비의하여 교부대시(絞不待時)*에 해당하옵니다!"

마침내 임금의 의지대로, 완고한 경연관들이 확인한 바대로, 금과옥조 같은 도덕규범이 법을 넘어섰다. 하지만 죄안에 적힌 내용과 실제 죄상은 엄연히 달랐다. 어우동은 태강수를 배반하고 도망간 것이 아니라 소박을 맞아 쫓겨났으며 살아 있는 남편을 두고 개가한 것도 아니었다. 이러한 지경에 영의정 정창손, 예조 참판 김순명, 한성부좌윤 이극기는 사람의 목숨이 달린 일에 마땅히 정률(正律)을 써야지 비율(比律)**할 수 없다고 목청 높여 논계했다. 하지만 임금의 귀에는 명민하게 주군의 뜻을 읽어낸 김계창의 속살거림만이 들릴 뿐이었다.

"형벌이란 시대에 따라서 가볍게도 하고 무겁게도 하는 것이옵니다. 어우동은 음란하기가 이와 같으니, 마땅히 중전(重典)에 처해야 하옵니다!"

추분까지는 겨우 보름 남짓이 남아 있었다. 밤과 낮의 길이가 같아지는 추분날이 지나면 낮보다 밤이, 빛보다 어둠이 길어질 터였다. 고결한 도학 세상을 실현코자 하는 이들은 어둠

* 사형 제도의 하나로, 사형 집행 기간인 추분에서 춘분까지의 대시(待時)에 구애받지 않고 교형을 집행하는 것
** 죄에 맞는 정조(正條)가 없을 때 비슷한 조문을 견주어 비견함

을 견디지 못했다. 어둠의 비밀을 혐오하였다. 비밀의 괴력을 두려워했다. 어우동은 그 즉시 형장으로 끌려 나갔다. 무어에 라도 쫓기는 듯 감형관은 분주했고 나장들은 허둥거렸다. 저 잣거리에 서서 돌팔매와 손가락질을 받는 절차마저 생략되었다. 볼거리에 환장하는 장안의 구경꾼들이 미처 꾀어들 짬도 없었다. 그 와중에 운 좋게 어우동의 최후를 지켜본 빠꿈이들은 두고두고 이런저런 쑥덕질을 하였는데, 웬일인지 말질이라는 것이 하나같지 않았다.

끌려가는 어우동의 몰골이 바싹 말라 해골과 같았다는 이가 있는가 하면, 물 먹여 죽인 짐승처럼 퉁퉁 부었다는 이도 있었다. 두려움에 가득 찬 계집아이 같았다고 하는가 하면, 악심에 가득 찬 교활한 노파 같았다고 하기도 했다. 누군가는 그녀가 비웃는 듯 미소 지었다고 하고, 다른 누구는 서러움에 울음을 터뜨렸다고도 하였다. 그녀는 끝까지 종잡을 수 없는 수수께끼였다.

교수방의 판자문이 쿵, 닫히는 소리가 마루 끝에 앉아 먼산 바라기를 하던 이난의 귀에 문득 들렸다.

—당신이오? 당신이 떠나려는 게요?

대들보의 도르래에 걸린 붉은 올가미를 목에 감은 그녀가 떨어뜨렸던 머리를 반짝 쳐들었다.

─놀라지 마세요. 예정된 때가 지금인가 보죠. 나는…… 후회도 미련도 없어요. 내 뜻을 숨기고 내 마음을 속이며 목숨을 부지하려는 마음은 애당초 품지 않았던걸요. 그곳에 가면 지옥 같은 옥살이를 견디지 못해 먼저 떠난 장미가 나를 맞아줄 거예요. 어린 날 그때처럼 소꿉장난도 하고 풀각시놀이도 하자고…….

─어찌 후회가 없을까? 이럴 줄 알았다면 참고 살 것을, 기어이 남들처럼 살아야 할 것을!

─슬퍼 마세요. 세상의 밑바닥을 기어도 나는 한바탕 권력을 누렸던걸요. 내 몸뚱이, 내 웃음, 내 사랑이 나의 권력이었지요. 절정의 기쁨은 삶의 노린내와 죽음의 곰팡내를 지우고 나를 올올이 살아 있게 만들었던걸요.

─허망하지 않은가? 찰나의 쾌락에 목숨을 걸다니!

─그 찰나가 내겐 영원이었어요. 몸과 몸이 섞일 때에만 느낄 수 있었죠. 아무에게도 훼손당할 수 없는 나, 조롱당할 수 없는 나, 학대당할 수 없는 나…… 오직 나뿐인 나.

생은 본래 혼돈스러운 게 아니던가? 난잡하고 추악하기에 더욱 압도적이고 유혹적인 쾌락. 대낮의 질서와 제도, 반듯한 도덕이 도리어 거짓 같았다. 사내의 등에 날카로운 손톱자국을 남기며 그녀가 느낀 건 환희, 분열되었던 그것들이 비로소 합쳐지는 짧은 순간을 엿본 쾌감이었다.

　이난이 환상과 환청으로 그녀의 마지막을 어루더듬는 동안, 네 명의 옥졸이 판문에 뚫린 구멍을 통해 붉은 올가미를 끌어당겼다. 닻이 오르듯 그녀의 몸이 질척한 세상을 박차고 동실 떠올랐다. 이난이 불침에라도 쏘인 듯 소스라지며 흙바탕 위에 나둥그러져 오열하기 시작했다. 벗어나려는 듯 뿌리치려는 듯 버둥대던 그녀의 다리가 이윽고 멈추었다. 순간은, 짧았다.

그 후

어유소는 그 사건이 있은 뒤로도 승승장구하여 이조 판서
에 동지중추부사에 판중추부사까지 제수받았다. 어유소는
구 년 후 쉰여섯 살에 죽었는데 줄기에는 이때의 추문이 한
줄도 기록되지 않았다.

김세적은 어우동이 죽은 다음해 통정 대부에 올라 병조 참
지가 되었고, 승지와 관찰사를 두루 역임하다 마침내는 형조
참판에까지 이르렀다. 고무래 놓고 정(丁) 자 모르는 무식꾼이
었으나 신묘한 활솜씨로 군총을 듬뿍 받은 김세적은 십 년 후
돌연히 죽었는데, 그때의 벼슬이 첨지중추부사였다.

어우동 사건이 진행되는 와중에도 중요한 국사에 참여했을 만큼 임금의 특별한 신임과 우대를 받았던 노공필은 사헌부 대사헌을 비롯해 병조·이조·호조 삼조의 참판을 역임했다. 이후 사화가 거듭되고 반정이 있었지만 임사홍과 유자광 같은 간흉과 친하게 지내면서도 큰 화를 입지 않으니, 마지막 순간까지 잘 먹고 잘살며 천수를 누렸다.

김칭은 개 꼬리 삼 년 묵어도 황모 되지 않는다는 속담을 온몸으로 실현했다. 기생 홍행을 두고 청풍군 이원과 길거리에서 머리채를 꺼두르며 개싸움을 벌이다 구속되었을 뿐만 아니라, 열이틀 뒤 풀려나자마자 홍행의 집으로 쳐들어가 이원과 드잡이를 하다가 진짜 개처럼 이원의 왼손을 물어뜯었다. 이로써 장 일백 대를 맞고 도(徒) 삼 년과 고신 추탈의 중형을 받았는데, 두어 달이 못 되어 귀양지에까지 홍행을 불러들여 다시 벌을 더했다. 하지만 그로부터 삼 년 후에는 어김없이 고신을 돌려받으니, 무서워할 이유가 없어 무서울 게 없음이 당연했다.

본마누라의 머리를 깎아 소박 놓을 정도로 포악무도한 호색꾼 김휘는 오 년 후 상의원 첨정으로 다시 벼슬자리에 나갔다.

정숙지는 발발한 일꾼으로 수원 판관, 도감 낭청, 제용감 정, 사재감 정, 장예원 판결사, 전라도 관찰사, 공조 참판, 제용감 제조 등의 중직을 두루두루 역임하였는데, 이러저러한 상벌에서 어우동과의 추문이 문제가 된 적은 한 번도 없었다.

이근지와 오종련과 박강창과 감의형과 지거비……. 변방으로 쫓겨났던 그들은 어우동이 죽은 지 두 달이 채 되지 않아 풀려났다.

감의형과 홍찬과 구전과 이승언과 이근지는 이 년 후 직첩을 돌려받았다.

홍찬은 작첩을 돌려받은 이듬해 감찰에 제수되었는데, 의금부에 어우동과 간통한 복초(服招)가 있어 문제가 되었다. 임금은 문무의 재주가 있는 홍찬을 개차하라는 요구에 "대사헌 노공필도 얽혀 들어간 걸 보면 이 여자의 말은 족히 믿을 수가 없는데, 이로 인해 감찰을 바꾸는 것은 매우 애매하다"며 아쉬워하였다.

김종직의 제자인 이승언은 사 년 후 선전관에 등용되었는데, 그를 천거한 김종직의 말인즉슨 어우동의 일에 비록 박행하다는 이름을 얻었으나 재예가 있어서 쓸 만하다고 하였다.

어우동 사건이 있은 지 삼 년째 되던 해, 엄밀히는 이 년 뒤,

* 나라에 경사가 있을 때에 궁중에서 베풀던 잔치
** 임금이 활을 쏠 때에 곁에서 모시고 활을 쏘던 일

수산수 이기는 '그러한 사실을' 알지 못했음이 분명하고 어우동과 간통한 자들이 모두 석방되었으므로 석방되었다.

어우동과 통했음을 인정한 유일한 인물인 방산수 이난은 십이 년 후 비로소 작위를 돌려받았다. 하지만 그 후로 이난은 종친으로서 일체의 진연(進宴)*이나 시사(侍射)**에 나가지 않고 스스로를 숨기고 살았다.

오직 어우동, 그녀만이 죽었다. 처형된 지 한 달이 지나지 않아 종부시에서 『선원록(璿源錄)』에 남은 그녀의 이름을 지우기를 청하였다. 왕실의 족보인 『선원록』에 그녀는 태강수의 처로 이름이 올라 있었다. 왕이 명을 내려 그녀의 이름을 지웠다. 이제 그녀는 누구의 딸도 아내도 어미도 아닌, 그리하여 착하고 정숙하고 자애로울 필요 없는 순정한 암컷이 되었다. 계집종도 기생도 숙부인도 될 수 있는, 그들 중 누구도 될 필요가 없는 오롯한 그녀 자신이 되었다. 마음껏 나쁘고 한껏 자유로운, 비밀이 되었다.

열세 살에 왕이 된 소년은 서른여덟의 많지 않은 나이로 죽었다. 이십사 년의 짧다면 짧고 길다면 긴 시간을 고단하게 잡죄었던 그를 쓰러뜨린 것은 배꼽 아래 덩어리로 뭉친 작은 종기였다. 그의 뒤를 이어 열아홉의 장성한 세자 융이 왕위를 계승했다. 그는 잠저에서 태어난 선왕들과 달리 정통을 이어받고 궁에서 태어난 세자였다. 경전보다는 시를 좋아하고 그중에서도 감성이 풍부한 당시(唐詩)를 즐겼는데, 부왕과는 달리 하라는 공부만 하는 고분고분한 학생이 아니었다.

보위에 오른 지 삼 년 째 되던 어느 겨울날, 임금이 느닷없이 승정원에 전교했다.

"사족으로 어우동이란 여자가 시(詩)를 지었다 하는데 그러한가? 그 당시 추안(推案)*을 궐내로 들이라!"

뜻밖의 명령에 당황한 승지들이 허둥지둥 답했다.

"어우동은 음행 죄로 사형에 처했으며 이른바 시는 간부인 방산수가 지은 것입니다. 이처럼 더러운 사실을 상께서 보신다는 것은 부당하옵니다."

승지들이 모두 만류하니 임금은 마지못해 명령을 거두었다. 그녀는 죽은 지 십칠 년이 지나도록 입 밖에 내어서는 안 될 금기였다.

세상이 허락한 만큼만 살지 않은 죄의 대가는 가혹했다. 그녀가 처형된 후 박씨 집안에는 저주와 같은 재앙이 덮쳐왔다. "내 딸이 아니다!"며 그녀를 부정했던 아비 박윤창은 무지갯

* 추국청에서 죄인들을 심문한 기록

살 뻗치듯 자자한 망신살을 감당치 못하고 시름시름 앓다가 맥없이 죽었다. "사람이 누군들 정욕이 없겠는가? 다만 내 딸은 남자에게 혹하는 것이 너무 심할 뿐이다"며 짐짓 그녀를 감쌌던 어미 정씨는 그로부터 팔 년 뒤 어이없이 죽었다. 집에 도둑이 들어 살해된 정황을 수사하는 과정에서 그것이 아들 박성근의 사주를 받은 노비들이 강도를 가장해 벌인 소행이었음이 밝혀진 것이었다. 땅과 집과 노비 문서에 찍는 정씨의 나무 인장을 박성근의 어린 자식이 가지고 노는 모습을 어우동의 딸 번좌가 발견했다. 재산을 노리고 어미를 죽인 박성근은 그 재물을 써보지도 못한 채 장신(杖訊)을 받던 중 옥에서 죽었다. 그때 죽지 않았다면 토막 친 머리와 몸뚱이와 팔다리가 각지로 돌려지는 능지처사를 당했을 것이다. 남들에게 고관대작에 귀부인에 귀공자로 불렸으나, 서로를 향해 병신이요 화냥년이요 미친놈이라고 악다구니하던 아비와 어미와 오라비는 결국 서로를 죽이고 죽었다. 오랜 위선, 끈질긴 악연이 비로소 끝났다.

승지들은 임금이 무엇을 어떻게 알고 있는지 불안했다. 재위 삼 년 동안 젊은 왕은 꽤 무난하게 정사를 돌보고 있는 터였다. 선왕의 유지를 순연히 따르며 무언가 의심하거나 꺼리는 기색이 없었다. 전국에 암행어사를 파견해 관료의 기강을 바로잡고, 귀화한 야인들을 회유해 변방을 안정시키고, 학문을 진작하고 인재를 확충했다. 선왕 대에 이루었던 태평성대가 무사히 후대로 안착되는 듯했다. 하지만 앞으로 백 년 후까지는 폐비 윤씨의 문제에 관해 거론하지 말라는 성종의 유명이 허깨비처럼 검질기게 그들을 따라 쫓고 있었다.

"분명 이처럼 추한 일을 서연이나 경연에서는 아뢴 자가 없었을 것이온데, 전하께서는 어디서 들으셨습니까? 필시 상달한 자가 있을 것이오니 청컨대 들려주옵소서!"

세상의 모든 비밀을 두려워하는 이들이 제 발이 저려 동동거렸다. 매끈하고 갸름한 임금의 얼굴이 창백했다. 충혈된 붉은 눈이 번쩍 빛났다. 그는 천천히 입을 열었다.

"나는 성종조에 이미 이 일을 알았는데…… 오늘 우연히 기억이 난 것이다!"

어우동이 죽었을 때 세자 이융은 다섯 살이었다. 다섯 살에 그녀를 알고 있었다면, 일곱 살에 사약을 마시고 내장이 불타 피를 토하며 죽은 친모를 모른다고는 할 수 없을 터였다. 비밀은 비밀을 낳고, 불안은 불안을 낳고, 숨은 여인은 또다른 숨은 여인으로, 위험은 위험으로 이어졌다. 그럼에도 아무것도 낌새채지 못한 이들은 다만 "불가하옵니다!"를 소리 높여 왜자길 뿐이었다.

그녀가 살아 있을 때 그랬던 것처럼, 그녀가 사라진 후에도 세상은 변하지 않았다. 그들은 서둘러 밤을 잊었다. 어둠 속에서 부대끼던 달뜬 몸짓을 지웠다. 비밀의 휘장으로 진실을 가리는 검은 세상을 빚었다. 그녀 홀로 울긋불긋 푸릇푸릇 발발하였다. 야단스럽게, 소란스럽게, 감히 숨기지도 않고, 어차피 숨기지 못하고.

〈끝〉

그녀의 모험, 그녀의 사랑, 사랑이라는 모험

이름이 곧 상징인 사람이 있다. 그의 행적은 어떤 가치를 대변하고, 가치에 대한 염원까지도 망라한다. 하지만 때로 상징은 낙인이 되어버리고, 그 삶은 인간에 대한 이해로 확장되지 못한 채 편견으로 소급된다.

어우동, 혹은 어을우동은 우리 역사에서 가장 위험한 상징이자 뜨거운 낙인 중의 하나다. 『조선왕조실록』에 그 선명한 이름을 남긴 그녀는 16명의 간부(姦夫)들과 함께 희대미문의 음녀이자 탕녀로 기록되어 기억되어왔다. 그러하기에 그녀를 쓰기 위해서는 해묵은 선입견에 맞서는 동시에 집요하게 행간을 읽는 작업이 필요하다. 정4품 혜인의 봉작을 받은 외명부의 여인에서 음부(淫婦)의 대명사로 왕실의 족보인 『선원록』에서 이름이 지워지기까지, 사랑의 정념에 사로잡혀 조선의 한복판을 종횡무진 했던 어우동은 정녕 어떤 여인이었을까?

내가 만난 그녀는 상처받은 아이였다. 사랑받은 적이 없기에 사랑할 줄 모르는 한없이 외로운 아이였다. 또한 세상을 믿지 못하는 뿌리 깊은 불신자로서, 혐오와 환멸에서 벗어나기 위해 자해와 자멸조차 두려워하지 않았다. 허위와 허영과 허상에 엿을 먹이는 별종의 여인이었으며, '존천리 멸인욕(存天理 滅人慾)'을 내세우는 위선의 나라 뒷골목에서 조롱하듯 농탕치는 반항아이기도 했다. 사랑의 상대에 있어 왕족에서부터 노비까지, 문신과 무신을 가리지 않고 신분과 지위를 간단히 무시한 평등주의자의 면모도 있었다. 그런가 하면 시와 음악에 흠뻑 취한 탐미주의자이자 감성의 만족과 욕망의 충족을 최선으로 하는 쾌락주의자였고, 무엇보다 인간 욕망의 비밀을 캐기에 골몰한 거침없는 탐험가였다.

그리하여 어우동은 세상의 모든 여자에 대한 환상과 공포의 결합체이자, 끝내 종잡을 수 없는 수수께끼였다. 결국 정답 없음이 여자에 대한, 인간에 대한 정답임을 소설로서 다시금 확인했을 뿐이었다.

『채홍』『불의 꽃』에 이어 『어우동, 사랑으로 죽다』로 '조선 여성 3부작'을 마무리 짓는다. 순빈 봉씨, 유씨, 그리고 어우동은 그 빛깔은 조금씩 다르되 결국 조선에서 금지된 '사랑'의 죄를 지어 국가 권력에 희생당한 여성들이다. 그런데 봉빈의 동성애와 유씨의 간통이 폐쇄와 고립에서 벗어나기 위해 몸부림치는 '생존형'이라면, 어우동의 난봉은 사뭇 당돌성이 도드라진 의도된 '모험형'이다. 어우동의 행적은 융 심리분석 전문가 클라리사 에스테스의 책 『늑대와 함께 달리는 여성들(*Women who run with the wolves*)』에 나오는, 여성(women)이라는 단어의 어원이 자궁(womb)이 아닌 늑대(wolf)의 옛 이름인 'woe'에서 비롯되었다는 주장과 겹쳐진다. 늑대 같은 야성, 힘과 직관과 장난기와 끊임없는 호기심으로 사내들을 '사냥'한 어우동의 모험은 우리가 몰랐던 (혹은 외면하거나 거부했던) 조선 여성의 또 다른 민낯을 드러낸다. 그녀들은 그렇게 호락호락하고 고분고분하고 나긋나긋하게만 살지 않았다. (또한 누구도 그렇게 살 수 없다.)

여전히, 정답은 없다. 마지막 문장의 마침표를 찍는 순간 소설은 더 이상 내 것이 아닐지니, 그녀를 어떻게 읽는가는 온전히 독자들의 몫이다. 다만 소설은 가장 새뜻한 오답에 끌리는 속성을 지니고 있다. 지루한 세상과 뻔한 생각들을 뒤엎는 오답들이 더 많이 생겨나길 바란다.

2014년 여름과 가을 사이

김별아

어우동, 사랑으로 죽다

초판 1쇄 2014년 9월 15일
초판 4쇄 2014년 12월 15일

지은이 | 김별아
펴낸이 | 송영석

편집장 | 이진숙 · 이혜진
기획편집 | 박신애 · 박은영 · 한지혜 · 서희정 · 이수정
디자인 | 박윤정 · 김현철
마케팅 | 이종우 · 허성권 · 김유종
관리 | 송우석 · 황규성 · 전지연 · 황지현 · 한승민

펴낸곳 | (株)해냄출판사
등록번호 | 제10-229호
등록일자 | 1988년 5월 11일(설립일자 | 1983년 6월 24일)

121-893 서울시 마포구 잔다리로 30 해냄빌딩 5 · 6층
대표전화 | 326-1600 **팩스** | 326-1624
홈페이지 | www.hainaim.com

ISBN 978-89-6574-458-0